KB239022

수민에 관한 진실

수민에 관한 진실

초판 1쇄 찍은 날 § 2008년 6월 11일
초판 1쇄 펴낸 날 § 2008년 6월 21일

지은이 § 정경하
펴낸이 § 서경석

편집장 § 문혜영
편집책임 § 이종민
편집 § 한지윤

펴낸곳 § 도서출판 청어람
등록번호 § 제1081-1-89호
등록일자 § 1999. 5. 31
어람번호 § 제5-0199호

주소 § 경기도 부천시 원미구 심곡1동 350-1 남성B/D 3F (우) 420-011
전화 § 032-656-4452 팩스 § 032-656-4453
http://www.chungeoram.com
E-mail § eoram99@chollian.net

ⓒ 정경하, 2008

ISBN 978-89-251-1350-0 03810

※ 파본은 구입하신 서점에서 교환하여 드립니다.
※ 저자와 협의하여 인지를 붙이지 않습니다.
※ 이 책은 도서출판 청어람과 저작자의 계약에 의해 출판된 것이므로,
   무단 전재 및 유포·공유를 금합니다.

★정경하 지음

수민에

관한

진실

도서출판
청어람

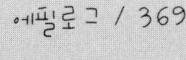

프롤로그 ♥ ♥♣♥

참새가 지저귀는 아침, 수민의 온 집 안에 고성이 울려 퍼
졌다.

"삼십만 원!"

거실 바닥이 부서질 듯 쿵쾅거리는 소리에 베개에 고개를 처
박고 잠들었던 도영이 부스스 일어났다.

"뭐래? 뭐가 이렇게 시끄러운 거야."

비몽사몽간에 중얼거림과 동시에 벌컥, 문이 열리고 진노한
아버지가 들어섰다.

"유도영, 너!"

"아, 아버지. 왜 그러셔?"

야구방망이를 든 아버지를 본 도영의 눈이 튀어나올 듯 커졌다. 그러자 석준이 요금 명세서를 휙 던지며 소리쳤다.

"야, 이놈아. 휴대폰 요금이 삼십만 원이 뭐냐! 내 이놈의 자식을 그냥!"

'일요 야구회'의 자칭 4번 타자를 자랑하는 석준은 특기를 살려 그녀에게 야구방망이를 휘둘렀다.

"아버지, 이건 반칙이에요, 반칙. 나 아직 잠에서 덜 깼단 말입니다요!"

하지만 그녀는 잠에서 덜 깼다는 말과는 다르게 아버지의 야구방망이를 피해 잽싸게 방을 빠져나갔다.

"이놈의 자식이! 입만 나불나불, 아비 등골 빼먹을 놈이지, 오늘 아주 끝장을 보고 말 테다."

몇 달 동안 벼르고 별렀던 석준의 분노는 화산 폭발보다 강력했다.

석준의 외동딸, 도영의 나이 올해로 이십칠 세. 세트 디자이너라는 허울 좋은 직업이 있지만 어찌 노는 날이 더 많다. 남의 집 딸들 이야기를 들어보면 하루에도 수십 번 거울을 들여다보고 요리조리 예쁘게 치장을 하며 데이트다 뭐다, 부모가 딸자식 얼굴 볼 겨를이 없다는데 도영은 일이 없는 요즘은 하루 종일 방에 틀어박혀 만화책을 끼고 앉아 낄낄거렸다. 때론 그마저도 싫증이 나면 집 바로 아래층, 석준이 운영하는 비디오방에 틀어박혀 하루 종일 비디오를 봤다. 어찌나 어두컴컴한 음지로만 찾

아드는지 도영의 몸에서 곰팡이가 서식하고 있다는 착각마저
들 정도였다.

　남들이 들으면 군내 나는 아들을 키운다고 착각할, 석준 역시
아무리 생각해도 이해할 수 없는 딸자식이다. 오로지 저놈 하나
만을 바라보며 십칠 년 홀아비 생활을 견뎌냈건만. 아이고, 복
장이야!

　"더는 참지 않을 테다!"

　"헉!"

　석준은 거실 소파를 사이에 두고 선 도영을 보며 방망이를 치
켜올렸다. 그러자 도영이 소리쳤다.

　"아버지, 야구방망이로 때리면 외동딸 죽어요."

　그럴 때만 딸자식! 저걸 딸이라고 생각한 적이 언제인지 기억
도 나지 않는다. 게다가 말이라도 못하면 속 타는 게 좀 덜할 텐
데, 죽어도 말대답이다.

　"진정하시고 우리 말로 해요, 말로!"

　"이놈아, 다 필요없다!"

　오십대의 나이가 무색하게 바람처럼 도영의 앞을 막아선 석
준은 딸의 능글맞은 면상을 향해 돌진했다.

　쿵!

　"너 죽고 나 죽자!"

　"아악, 아버지!"

　도영의 비명이 집 안에 울려 퍼졌다

사태가 종료된 것은 삼십여 분이 지나서였다. 소파가 발라당 뒤집어진 거실 한복판, 양반 다리를 한 채 여전히 야구방망이를 든 석준 앞에 이마에 계란만한 혹을 단 도영이 무릎을 꿇고 있었다.

　"내가 한 가지만 물어보자."

　"……."

　"유도영!"

　석준이 무시무시한 어조로 그녀를 불렀다. 하지만 자유민주주의 국가에서 폭력을 용납할 수 없는 도영이 대답을 하지 않는 것으로 자신의 불만을 표출했다. 그것을 본 석준은 야구방망이를 바닥에 소리 나게 쳤다.

　"대답 안 하냐?"

　쿵 하는 소리에 찔끔 놀란 도영이 더듬거렸다.

　"무, 물어보면 되지…… 요."

　"넌 대체 꿈이 뭐냐?"

　석준은 정말이지 자신의 자식이나 절대 알 수 없는 이 능글맞은 놈의 속이 궁금했다.

　"내 꿈?"

　"그래, 네놈 꿈. 네놈도 꿈이란 게 있긴 하냐?"

　그러자 도영이 말도 안 된다는 듯 목소리를 높였다.

　"당연히 있지."

"뭐냐?"

이어지는 아버지의 물음에 도영의 눈이 가늘어졌다.

"내 꿈은…… 아버지 빌딩 다 물려받아서 월세 안 밀리고 다 받는 거."

집과 비디오방이 있는 오층짜리 후진 건물 말고, 번화가에 위치한 최고급 빌딩 세 채를 떠올리는 도영의 얼굴이 꿈결처럼 행복에 잠겨 아련해졌다. 하지만 그녀에게 '꿈'이란 게 있다는 말에 한 줌 기대를 가졌던 석준은 도영이 내뱉은 말에 그만 복장이 터져 죽을 것 같았다.

"이놈아! 네놈이 왜 내 빌딩을 물려받아? 누가 준대? 내가 뼈 빠지게 벌어서 산 빌딩이야. 네놈은 십 원 한 푼 안 보탠 주제에 내 빌딩을 넘봐? 어림없다, 이놈아."

석준이 이를 갈며 뱉은 말에 이번에는 도영이 발끈하며 소리쳤다.

"내가 왜 십 원 한 푼을 안 보탰어!"

"네놈이 뭘 보탰어?"

그러자 도영이 억울한 듯 소리쳤다.

"뭘 보태긴? 내가 아버지 밖에서 일하도록 밥도 하고 빨래도 해줬잖아. 청소도 하고, 집도 지켰어!"

도영의 절규에 석준은 순간 말문이 막혔다. 뭐, 생각해 보니 도영이 집안일을 많이 하긴 했지.

"전업주부 아내랑 남편이 이혼할 때도 재산은 공동으로 분할

하는 거래요. 아버진 살림하는 게 얼마나 힘든 건지 몰라서 그래?"

그렇다. 그가 밖에서 일하는 동안, 어린 녀석이 혼자서 살림을 도맡아했다.

"흠……."

"그리고 아버지가 나한테 그럼 안 되지. 내가 내 신세 비관해서 가출이나 하는 비행 청소년으로 안 커준 게 어딘데 그래? 학교에서 돌아오면 아무도 없는데, 그 집에 불 켜고 들어가 밥하고, 빨래하고. 그거 내가 다 했어."

"이, 이놈아. 나, 난 놀았냐?"

석준의 기세가 한풀 수그러들자, 이제 도영이 나오지도 않은 눈물을 억지로 짜내며 몰아붙였다.

"그래, 그래. 나도 알지. 아버지가 열심히 일한다는 거 알았으니까 내가 가출 안 하고 살아준 거야."

여우같이 교활한 딸년의 수작인 걸 알면서도, 석준의 마음은 한없이 약해지고 있었다. 맞다, 이놈 하나 잘 키우려고 그 고생을 했는데. 하지만 말이다. 미운 놈은 떡 하나 더 주고, 귀한 놈은 매 한 대 더 친다고 석준은 하나뿐인 딸자식의 미래가 심하게 걱정이 됐다. 세트 디자이너로 대성하겠다든지, 아니면 잘난 남자 만나 결혼해 호의호식하겠다든지. 왜 그런 꿈이 없는 것일까?

"아버지, 이제 나 들어가서 더 자도 돼?"

저 봐라, 이 상황에서도 빠져나가려고 아비의 동정을 자극하는 저 능글능글함을. 석준은 도영의 의미심장한 미소가 담긴 얼굴을 보며 결정했다.

"과거는 과거일 뿐이다. 일하지 않는 자 먹지도 말라고 했다. 내 빌딩 다 물려받고 싶으면 오늘부터 아비 대신 비디오방에서 일해라."

"에이, 아버지."

도영은 가당치도 않는다는 듯 웃음을 지으며 손사래까지 쳤다.

"농담이 지나치셔."

"넌 아비가 그리 우스워 보이냐?"

하지만 아버지의 어금니를 악다물고 펄펄 뛰는 모습을 보건대, 진정 진심이신가 보다. 도영은 허둥지둥 변명거리를 쏟아냈다.

"아버지, 나 비디오방에서 일하는 거 싫어요. 젊디젊은 내가 하기에는 너무 답답해요. 또 다른 할 일도 많고……."

딱. 석준이 들고는 있었으나 설마 때리겠어, 싶었던 야구방망이로 도영의 머리를 쳤다.

"아얏, 아버지이!"

"비디오방에서 일하기 싫으면 세트 지으러 나가."

아쉬운 게 없어 빈둥거리는 저 몹쓸 습관을 이번 참에 반드시 고치고 말 테다.

"그리고 일하지 않으면 네 휴대폰 요금도 안 내줄 거야."

꼼짝도 하지 않던 도영이지만 석준의 마지막 경고에 질색을 할 수밖에 없었다.

"안 돼, 아버지."

최첨단 디지털 문명 속에서 휴대폰이 끊기는 것만은 절대 피해야 했다. 휴대폰 없이는 살 수 없다. 더 솔직하게는 휴대폰으로 할 수 있는 인터넷 결제의 유혹을 포기할 수 없었다. 그런 도영의 약점을 마음껏 이용하는 석준의 얼굴이 의기양양했다.

"오늘부터다. 네놈이 지금껏 자유를 즐겼으니 아비도 이제 자유를 즐길 거다. 비디오방의 현상 유지를 못하면 네놈 휴대폰 그날로 압수는 물론이요, 집에서도 쫓겨날 줄 알아. 그러니 손님들한테 잘해."

석준이 눈을 부라리며 경고한 뒤 안방으로 사라졌다.

"아유."

홀로 거실에 남은 도영은 야구방망이로 통통 두들겨 맞은 머리를 문질렀다. 이 새파란 청춘에 허리 굽어진 노인네마냥 비디오방을 지키라니.

"정말 싫어!"

그녀의 외침에 아버지가 발끈해 문을 열었다.

"죽어볼 테냐?"

"아이고."

그 모습에 놀란 도영이 후다닥 자신의 방으로 들어가 문을 닫았다.

"오늘부터야. 일자리 생기기 전까지 하루도 빠지면 안 된다!"

석준이 닫힌 문을 보며 쐐기를 박았다.

라면이라면 목숨도 건다

1

하나. 라면이라면 목숨도 건다

그리하여 이 화창한 여름날, 도영은 비디오방을 지키기 위해 새벽잠에서 일어나야 했다. 아버지 빌딩 월세 전부하고도 안 바꿀 달콤한 새벽잠에서 일어나기란 결코 쉬운 일이 아니었다.

"아이고, 엄마. 왜 날 혼자 두고 가셨나요."

개나리가 만발한 침대 시트 아래 도영이 눈물 없는 곡소리를 연발했다. 온몸이 천근만근 무너져 내려 그야말로 죽기보다 힘들었다. 그때 시트가 확 걷히며 가차없는 목소리가 날아들었다.

"막 한번 잘했다. 너 하나 잘되는 거 보려고 그 고생을 하고 간 엄마한테 부끄럽지도 않냐?"

헉, 그녀가 놀란 눈으로 위를 보자 아버지가 팔짱을 낀 채 근엄한 얼굴로 그녀를 내려다보았다.

"당장 일어나지 못해?"

"아버지, 노크도 없이 너무합니다요. 내 방에서 프라이버시를 요구하는 것이 그렇게 힘든 겁니까?"

그러자 아버지가 콧방귀를 뀌었다.

"지금 네놈이 말하는 '네' 방이 '내' 집 안에 있다는 걸 기억해라."

"아버지, 제발 다시 한 번만 생각해 봐요. 나 진짜 선배들한테 연락해서 일자리 구할 테니까……."

"언제는 안 그랬냐? 두어 번 전화 넣는 시늉만 하다 자리 없다고 나자빠졌잖아. 일자리 없는 거 핑계 대고 팽팽 노는 거 더는 못 봐준다. 늙은 호박에 이도 안 들어가는 소리 말고 당장 나와."

쾅!

아버지가 방문을 닫고 나갔다. 진짜 마음 단단히 먹으셨나 보다. 도영은 머리를 긁적이며 푹 한숨을 쉬었다. 아닌 게 아니라, 이 좋은 여름날 신세 처량하기가 곰팡이 핀 늙은 호박보다 못하다.

"아우, 나도 일자리 있으면 일하고 싶단 말입니다. 하지만 현실이 이런 걸 날더러 어떡하라고 그러십니까. 배우 인건비도 안 빠지는 소극장 세트 지어봐야 품삯은커녕 재료비도 못 건지는데. 그렇다고 영화 세트장, 거긴 낯모르는 사람을 써야 말이죠. 전부 학연에, 지연으로 사람 뽑아 쓰는데 날더러 어떡하라고요."

침대에서 내려온 도영은 듣는 사람도 없는데 마구 구시렁거렸다.

그러게 애초에 문예창작과 학생이 대학 동아리를 연극부로 드는 게 아니었다. 사람들 앞에만 서면 얼음이 되어버리는 성격상 무대 아래로 내려가 배우들 뒤치다꺼리며 잡일을 하다 맡은 게 세트 담당이었다. 그래도 그땐 그게 재미있어 과 수업보다 동아리 생활에 더 충실했으니, 원.

겨우 학점을 채워 졸업은 했지만 할 수 있는 게 아무것도 없었다. 아이들 공연 시나리오 각색도 힘든 마당에 글 써서 먹고 살 수 없다는 것을 깨달은 그녀는 동아리 선배의 권유로 연극무대 세트 디자인을 하기 시작했다. 하지만 건축과 출신도 아니고, 미대 출신도 아닌 그녀가 맡을 수 있는 일은 매우 한정적이었다.

그 결과로 지금 이 화창한 여름날, 아버지의 비디오방—바른 말로 비디오 감상실—을 지키러 슬리퍼 차림으로 집을 나서는 것이다.

"이 양반은 어디로 가셨나?"

그렇게 호통을 쳐대던 아버지가 보이지 않자 도영은 집 여기

저기를 기웃거렸다. 하지만 어디에서도 부친을 찾을 수가 없었다.

"교활하시긴. 내가 못하겠다고 드러누워 늘어질까 봐 도망가셨구나."

벽시계를 보니 아침 아홉 시. 이제 영업 준비를 시작할 때였다. 그건 지금 당장 아래층으로 내려가야 한다는 말이었다.

겨우 눈곱만 떼는 고양이 세수를 한 뒤, 늘어지게 하품을 하며 계단을 내려온 그녀는 '도영 비디오방'이란 빨간 글씨가 붙은 유리문을 한참 동안 쳐다보았다.

"아니, 요새 누가 비디오방이란 이름을 쓰냐? 감상실 같은 그런 말 쓰지. 내가 많은 걸 바라지도 않아요. DVD 감상실이라면 정말 아무 말도 안 하겠어. 비디오방이 뭐야, 비디오방이. 촌스럽게."

게다가 이름마저 '도영' 비디오방이라니. 한 손을 트레이닝복에 찔러 넣은 채 그녀가 마구 머리를 긁적거렸다.

"현상 유지할 게 뭐 있어? 장사가 되어야 말이지."

'도영 빌딩'의 지하 일층에서 지상 삼층까지 지난 십 년 동안 각층이 다양한 업종으로 임대되는 동안 한 번도 변하지 않은 곳이 바로 사층의 '도영 비디오방'과 오층 집이었다. 유리문을 열고 들어서자 왼쪽 카운터 옆 볕 잘 드는 창이 그녀를 반겼다.

문에서 마주 보는 위치로 역 'ㄷ'자 형식으로 감상 방이 위치한 팔십여 평의 비디오 감상실—이제부터 비디오방이라고 하자—은 그녀에게 제2의 집과도 마찬가지였다. 아침잠을 뺏기고 자유를 구속당했다지만 도영은 아버지의 손길이 고스란히 묻은 비디오방 구석구석이 정겹기만 했다.

오륙 년 전만 해도 비디오방은 수입이 쏠쏠했다. 하지만 인터넷의 보편화와 DVD 감상실, 그리고 영화 다운로드 경로가 셀수 없을 만큼 다양해진 지금, 비디오방은 쇠퇴일로에 접어든 지 오래였다.

현상 유지도 겨우겨우 하는 형편이었지만 아버진 폐업을 하지 않았다. 생활에 필요로 하는 돈은 건물 월세로도 충분했다. 그렇기에 아버지는 소일 삼아 비디오방의 문을 열어두며 오래된 비디오테이프를 두 번, 세 번 반복해 감상했다. 그것이 아버지의 유일한 낙이자 취미였다.

"아버지 취미 생활을 내가 이어받다니, 에구."

도영은 이미 반질반질해 더 닦을 필요도 없는 마룻바닥에 밀대 질을 시작하며 투덜거렸다. 넓디넓은 마룻바닥 청소를 하고 먼지 한 점 없는 카운터를 대충 걸레질한 다음, 화장실로 들어가 물청소까지 다 하고 나니 어느덧 열한 시가 가까워졌다.

8월, 가만히 있어도 땀이 줄줄 흐르는 여름날 청소를 해댔으니 온몸이 늘어지는 것은 당연했다.

"아이고. 이러다 내가 죽지, 내가 죽어."

도영은 카운터 옆 냉장고에서 이가 시리도록 차가운 캔 커피

하나를 꺼내 숨도 쉬지 않고 다 마셨다. 뜨거운 몸속으로 차가운 커피가 전류처럼 흐르는 것을 느끼며 카운터 의자에 털썩 주저앉자, 기다렸다는 듯 문이 열렸다.

"어서 오……."

"나다."

반사적으로 인사를 하며 자리에서 일어나는데 불쑥 아버지가 들어섰다.

"아버지, 어디 갔다가 오셔?"

"아비의 행적을 궁금해하지 마라."

힘든 청소는 오로지 그녀 몫으로 남겨둔 채 출타를 하고 오신 분이 말까지 저리 냉정하다니. 진정 너무하신다.

그녀가 퉁퉁거렸지만 석준은 뒤도 돌아보지 않고 카운터 맞은편에 위치한 테이프 꽂이에 온 정신을 집중했다. 플라스틱 케이스의 제목을 훑어 내리다 마음에 드는 것을 찾은 석준의 입가에 미소가 어렸다. 케이스에서 테이프를 꺼낸 석준은 도영은 없는 사람처럼 무시한 채 카운터로 들어왔다.

"그런데 지금 뭐 하시는 거야?"

도영은 그런 석준을 의아한 눈으로 보았다. 7호실은 아무도 없는 빈방이었다. 문을 연 뒤 손님이 하나도 없었으니. 그런데 아버진 왜 카운터의 7번 비디오에 테이프를 넣는 것일까.

"비디오 감상하련다."

"누가요, 아버지가?"

그녀는 아버지가 가져온 케이스를 보았다. '몽 3'. 하얀 모시 저고리를 펄럭거리는 여자의 묘한 미소를 본 순간 도영이 질겁했다.

"아버지, 이건 에로 영화잖아요!"

"그래서?"

"어떻게 딸 앞에서 아무렇지도 않게……."

깐깐한 여학교 사감처럼 그녀가 땍땍거리자 석준이 코웃음을 쳤다.

"아이고, 딸. 너도 '플레이보이 섹시 맨' 보는 거 다 알거든?"

"헉!"

'플레이보이 섹시 맨'이라 함은, 말하기 심하게 부끄럽지만 약간의 에로가 가미된 만화였다. 자정을 훨씬 넘긴 시각, 아무도 모르게 혼자 얼굴을 붉히며 본다고 생각했었는데 그건 착각이었나 보다.

민망함에 우물쭈물 아무 말도 못하는 그녀를 뒤로한 채, 냉장고에서 음료수까지 꺼내 든 석준은 7호실로 유유히 사라졌다.

"나 방해하지 말고 가게 잘 봐."

"그래…… 나도 외로운데 아버지라고 안 외로우시겠냐. 됐어."

이 사태를 어떻게 헤쳐 나갈까 고민하던 도영은 그냥 현실을 받아들이기로 했다. 엄마가 돌아가신 지 어언 십칠 년. 아버지가 외로움에 진저리를 칠 때도 됐다. 뭐, 또 그게 아니라 한들 어쩌겠는가, 비디오방 주인이 에로 비디오를 보시겠다는데. 의자에 앉은 도영은 카운터에 수북하게 쌓인 과자 중 하나를 뜯어 먹기 시작했다.

네 시.
"아우."

도영은 늘어지게 기지개를 켰다. 하루가 채 지나지도 않았는데 지겨움에 몸살이 날 지경이었다. 그냥 비디오방에 틀어박혀 영화를 볼 때는 하루 종일도 괜찮더니, 막상 여길 지켜야 한다고 생각하니 엉덩이에 쥐가 내리는 듯했다. 그 와중에도 손님은 스타트를 끊은 아버지와 어린 연인 한 커플이 전부였다. 손님이 북적하게 많다면 에어컨이 빵빵하게 돌아갈 텐데, 사람이 없으니 돌릴 수도 없다. 더위와 지겨움에 늘어질 대로 늘어진 그녀가 턱을 괴고 엎드렸다.

"정녕 미쳐 버릴 노릇이야."

문자질이라도 하면 좋으련만 절친한 친구 민주는 신이 내린 직업, 공무원이라 열심히 일을 하고 있을 테였다. 그녀의 전부를 이해해 주는 민주라면 이 상황을 동정해 주겠지만 다른 친구들이라면 사정이 달랐다. 더운 여름날, 팔자 좋은 소리 한다고 욕이나 안 하면 다행이었다.

그때 죽어도 안 열릴 것 같던 7호실의 문이 열리며 아버지가 나왔다.

"도영아, 출출한데 자장면이나 시켜 먹자."

도영은 고개를 홱 돌려 누우며 말했다.

"싫어, 소화 안 된단 말이야."

"배 안 고프냐? 너 아침도 안 먹었잖아."

아버지의 은근한 목소리.

"일하지 않는 자 먹지도 말라며."

어쩐지 서러웠다.

"쯧쯧."

그 모습에 석준이 혀를 찼다. 누가 부모, 자식 아니랄까 봐 마음에 안 드는 게 있으면 몇 날 며칠 꽁하게 토라지는 것이 그와 어김없이 닮았다. 딸의 축 처진 모습에 마음이 아려왔지만 그가 독하게 굴어야 저 버릇 고친다.

"그래, 그럼 넌 굶든지."

카운터로 다가간 석준은 이 근방에서 최고로 맛있는 중화요리 집으로 전화를 했다.

"우와."

정말 한 그릇만 주문하는 그의 모습에 도영의 입이 떡 벌어졌다. 기막힌 표정이 역력한 도영을 보며 석준이 태연하게 말했다.

"왜, 안 먹는다며?"

"정말 치사해. 나 안 해."

지금까지 참을 만큼 참았다. 자리를 박차고 일어난 도영은 그대로 카운터를 돌아 문으로 돌진했다.

"한 걸음만 더 나가봐. 그러면 유언장에 네 이름 빼고 재산 다 사회에 환원한다고 확 고쳐 버릴 거야."

완전 허거이다. 막 문을 열고 나가려던 도영은 황당함을 참을 수 없어 아버지를 돌아보았다.

"진심이셔?"

"아비가 농담하는 거 봤냐?"

잠시 그의 심중을 헤아리듯 유심히 보는 도영의 얼굴에 패배감이 어렸다. 약자는 자신이니 알아서 처신할 수밖에.

결국 도영은 머리를 긁적이며 중얼거렸다.

"누, 누가 안 한대? 자장면 먹기 싫어서 마트에 라면 사러 가는 거야."

"그래, 얼른 갔다 와라. 그동안은 내가 여기 지켜주마."

석준의 얼굴에 의기양양함이 번져 나갔다.

에휴……. 비디오방을 나서는 그녀의 한숨이 발등을 찧을 지경이었다.

"정말 일자리를 구해야지, 안 되겠어."

도영은 한창 태양열에 달궈진 아스팔트 길을 걸으며 각오를 다졌다.

삼십 년 만에 처음 찾아오는 폭염이라더니 비디오방에서 불과 십 분 거리인 마트까지 가는데 벌써 땀이 축축하게 흘러내렸다.

"더워, 더워."

태양 아래 십 분은 그녀의 머릿속을 하얗게 만들기 충분했다. 아까의 비장한 각오는 모두 사라진 채 얼른 더위를 피해야 한다는 생각밖에 없었다.

도영은 혓바닥 길게 늘어진 강아지처럼 헐떡거리며 서둘러 마트 안으로 들어갔다. 안으로 들어서자 천국의 소리인 에어컨 가동 소리가 요란하게 들렸다. 상쾌하고 차가운 바람 앞에서 마음껏 더위를 식히고서야 도영은 이곳에 온 이유를 생각해 냈다.

"라면이랑 양파."

쾌적한 마트 안에서 본래의 유쾌함을 회복한 도영이 흥얼거리며 가까운 야채 코너부터 갔다. 다홍색 망에 든 양파를 집어 들고, 라면이 진열된 곳으로 발걸음을 옮겼다. 보통은 대파를 넣어 먹지만 그녀에겐 양파를 송송 썰어 넣은 라면이야말로 진정한 일품 라면이었다. 게다가 오늘처럼 우울한 기분이라면 통마늘을 세 개 넣으면 더 좋다. 마늘 특유의 아릿한 향과 매운맛에 시름을 모두 잊을 수 있으니. 양파와 마늘, 그리고 계란까지 하나 톡 넣으면…….

"아우, 완전 미쳐 버리지."

생각만 해도 군침이 돌았다.

"라면은 장라면이 최고야."

얼른 집으로 돌아가 맛있게 끓여먹고 싶은 생각에 잰걸음으로 진열대로 간 도영이 우뚝 멈춰 섰다.

"이게 무슨 변고냐?"

언제나 많고 많던 장라면 다섯 개들이 묶음이 딸랑 하나밖에 없었다. 다른 라면들은 다 제자리를 지키는데 유독 그것만 하나뿐이라니.

"저기요."

도영은 지나가던 직원을 불러 세웠다.

"장라면은 이게 다예요?"

"아, 네. 조금 전에 요 앞 복지관에서 엄청나게 사갔거든요. 무슨 행사가 있다던데 라면을 대접한다나 어쩐다나. 재고품까지 몽땅 가져가서 내일 아침이나 되어야 물건이 들어올 겁니다. 저기 감자면 사요. 쫄깃한 게 맛있어요."

천만의 말씀이다.

그 어떤 라면도 장라면 특유의 매콤하고 쫄깃한 맛을 따라올 수 없다. 유도영의 이십칠 년 라면 인생 동안, 그 어떤 것도 장라면을 능가한 것은 없었다. 고작 다섯 개들이 한 묶음이라 해도 더위를 뚫고 온 보람이 있을 테였다. 그런데 이게 무슨 일인가. 도영이 장라면 봉지를 잡는 순간, 커다란 손이 덥석 장라면을 낚아채 갔다.

"어?"

눈앞에서 장라면을 강탈당한 도영의 눈이 튀어나올 듯 커다래졌다. 황당함을 감추지 못한 채 쳐다보자 시커먼 모자를 코까지 눌러쓴 남자가 그녀의 장라면을 들고 서 있었다. 이 도둑놈!

"이봐요. 이게 지금 무슨 짓이에요?"

살다 살다 눈앞에서 장라면을 놓쳐 보기는 처음이다. 도영이 씩씩거리며 남자의 손에 든 라면을 가리켰다.

"그거 내 라면이에요. 내가 먼저 집었다고요."

하지만 이 남자. 그녀의 지적에 귀찮다는 듯 귀를 후비며 대답했다.

"그런데 내 손에 있지 않습니까?"

라면 도적은 남의 것을 뺏은 것에 대한 죄책감이 하나도 없는 듯했다. 순간 혈압이 머리끝까지 상승했다.

아, 나 이런 경우 어떻게 해야 하는 거니?

평소대로의 성질 같으면 당장 화장실 뒤로 불러내 결투를 신청하겠지만, 참을 인(忍) 자 세 개면 살인도 면한다고 했다. 그녀는 가까스로 흥분을 가라앉히고 침착하게 말하기 시작했다.

"당신이 뺏어갔으니까 그런 거죠. 얼른 줘요."

도영은 남자의 손에 든 라면 봉지를 잡아당겼다.

"어허, 먼저 손에 넣은 사람이 임자지, 뭔 말이 그렇게 많아요."

그러자 남자가 날쌘 동작으로 라면 봉지를 머리 위로 치켜들었다. 대체 뭘 먹고 자랐는지 예의라고는 눈곱만큼도 없는 남자의 키는 어림잡아도 185cm가 넘을 듯했다. 표준 키에도 미치지 못하는 162cm의 그녀로서는 도저히 뺏어낼 수 없는 거리였다. 이렇게 억울할 수가!

"대체 나이를 몇 살이나 먹은 건지는 잘 모르겠지만 엄청 유치한 데다 예의도 없군요. 내가 먼저 잡았어요. 얼른 주세요."

도영은 이를 악물고 한 마디 한 마디에 힘을 주어 말했다. 나름 예의를 갖춰 요구했지만, 남자는 이러고 만다.

"저기 다른 라면 사요."

Shit! 건들건들하고 성의없는 말투, 그리고 사람을 철저히 무시하는 태도를 견딜 만큼 견뎠다. 그녀는 남자의 정강이를 사정없이 찼다.

"헉!"

그녀의 공격 따윈 예상하지 못했다는 듯 남자가 비명을 지르며 주저앉았다. 그래, 내가 각목을 발로 부러뜨리던 실력이 아직 녹슬지 않았단 말이지. 도영은 남자의 손에서 자유를 찾아 떨어진 라면 봉지를 주워 들며 의기양양해했다.

"그러게 착하게 사려는 사람 건들면 안 되죠."

"이 여자가!"

스팀이 머리끝까지 치미는 듯 모자를 홱 벗은 남자가 그녀를 노려보았다. 아이고, 좀 생겼네? 남자의 얼굴을 보는 순간 도영의 눈이 동그래졌다.

소개팅 자리에서 봤다면 그대로 발목 잡아 애인 만들어 버리고 싶을 만큼 잘생긴 얼굴은 어쩐지 매우 눈에 익었다. 분명 어디서 본 듯한 그런 얼굴이다. 그녀가 세상에서 제일 사랑하는 영화배우 장호건 님에 비해도 뒤처지지 않는 저 얼굴을 대체 어디에서 봤을까?

"요즘 같은 세상에 사람을 치다니, 겁이 없는 여자네. 그거 당장 내놔요."

하지만 여자에게 바락바락 성질을 내는 모습 하며, 그녀의 라면을 제 것이라 우기는 뻔뻔함을 본 순간 잘생긴 인물은 의미를 잃었다.

"웃기지 말아요."

혀를 날름 내민 그녀가 라면 봉지를 끌어안고 남자를 스쳐 지나갔다.

"지고는 못 살지."

"악!"

순간, 남자의 손에 목덜미가 잡힌 도영이 그대로 바닥으로 넘어졌다. 롤러스케이트를 타다가 넘어진 것처럼 엉덩방아를 찧은 도영은 아픔과 황당함에 숨도 쉴 수가 없었다. 소리를 지르고 넘어지는 통에 기웃거리는 사람들의 시선도 시선이었지만, 이 남자의 무례함에 어이가 없었다.

기가 막혀 눈만 껌뻑거리던 도영은 자신의 품을 떠나 또르르 굴러간 라면을 잡으려는 남자가 보였다. 저걸 뺏기다니 어림도 없다. 이를 악문 도영이 무릎걸음으로 다다다 다가갔다. 허리를 굽혀 잡으려던 남자의 손을 밀치고 장라면을 재빨리 품에 안은 그녀가 환호성을 질렀다.

"나이스."

"젠장!"

눈앞에서 라면을 놓친 남자의 짜증을 즐겁게 들으며 도영은 숙였던 머리를 확 치켜들었다. 그 순간 빡 소리가 함께 그녀의 머릿속에서 별이 반짝거렸다. 그녀가 통증을 느끼는 찰나, 숨막힌 비명 소리가 들렸다.

"헉."

어쩐지 불길한 예감에 힐끔 머리를 들자, 아니나 다를까, 남자가 자신의 눈을 감싼 채 주저앉아 있었다.

"내 눈…… 아이고, 내 눈."

그녀의 뒤통수가 아픈 이유는 바로 저 남자의 왼쪽 눈을 강타했기 때문이란 자각이 들자, 더럭 겁이 났다.

하나 남은 라면을 사려다 뒤통수로 남자의 눈을 실명시킨 여자. 인터넷 포털 사이트에 뜨고도 남을 일이었다. 거기에 달린 댓글도.

⟨님아, 돌통수냐? ㅋㅋ⟩

⟨라면 때문에 철창 신세라니, 안됐다. ㅜㅜ⟩

⟨초딩이 따로 없네.⟩

"악! 어떡해!"

주위 사람들의 시선까지 더하자 얼굴이 화끈거린 도영은 라면을 품에 안고 사정없이 뛰기 시작했다.

"야, 너 어딜 도망가!"

뒤에서 남자의 절규가 들렸다.

"아줌마, 계산은 내일 할게요!"

하지만 도영은 계산대에 선 주인아줌마에게 바람처럼 말한 뒤 마트를 빠져나갔다. 더위 따윈 장애가 되지 못했다.

갈 때 십 분 걸렸던 거리를 오 분 만에 달려온 도영이 비디오 방에 들어서자마자 문을 걸어 잠갔다.

"뭐냐?"

한참 자장면을 먹던 석준이 그 모습에 의아해 물었지만 도영은 아무 말도 하지 않은 채 철퍼덕 정수기 앞에 쓰러지듯 주저앉았다.

"아버지, 나 죽을 거 같아."

아닌 게 아니라 빨갛게 달아오른 도영의 얼굴이 심상치 않았다. 자리에서 일어난 석준이 서둘러 물 컵을 가져와 냉수를 받아주었다.

"자, 이거 좀 마셔라."

도영은 아버지가 준 물을 받아 마시며 물이 이렇게 달게 느껴질 수도 있다는 것을 처음 알았다.

"무슨 일인데 그래? 변태 새끼가 쫓아오던?"

"변태보다 더 무서운 일이야."

도영이 심각하게 중얼거렸다.

아까는 장라면에 눈이 어두워 아무 생각도 못했는데 남자의 정강이를 걷어찬 것도 그녀가 먼저였다. 남자가 한 짓이라면 라면을 뺏어간 것과 정강이를 찬 것에 대한 보복성 엉덩방아뿐.

그녀는 아픈 머리를 어루만졌다. 이 단단한 머리도 아픈데, 여기에 강타당한 눈이 실명이라도 하면…… 헉, 어쩌면 콩밥을 먹게 될지도 모른다!

"정말 어떡하니, 어떡해!"

바닥에 주저앉은 도영이 비명을 질렀다. 이깟 장라면이 뭐라고 육탄전을 벌였는지, 지금 생각하니 미친 짓이 아닐 수 없었다.

✻

힐끔, 빌딩 입구에서 밖으로 고개만 삐죽 내민 도영이 주위를 조심스레 살폈다. 여름 폭염을 피해 거리에는 인적이 드물었다.

벌써 오 일째.

그녀는 마트에서 남자의 눈을 박고 도망친 후 극도로 몸을 사렸다. 남자와 육탄전을 벌인 날 밤엔 경찰이 그녀를 잡으러 오는 꿈까지 꿨다. 도영에게 자초지종을 전해 들은 아버지가 마트에 라면 값을 가져다주며 은밀히 동정을 파악했지만 웬걸, 그후 남자는 마트로 오지 않았다고 했다.

서울 한복판이라 해도 오래된 주택 밀집지역이라 유동 인구가 적은 동네였다. 동네 토박이 마트 주인도 처음 보는 남자라고 한 걸 보면 외지인이 틀림없었지만, 그래도 몸을 사려 나쁠 것은 없었다.

주위를 스윽 둘러본 후, 남자가 없다는 판단이 든 도영이 재빨리 건물 입구를 나와 맞은편 편의점으로 갔다.

"재우, 안녕."

편의점의 문을 열고 들어선 도영은 카운터에 있던 재우에게 반갑게 인사를 했다. 낮에는 편의점에서 아르바이트를 하고 주말과 야간에는 도영네 비디오방에서 아르바이트를 하는 재우는 이제 막 대학생이 된 녀석이었다.

긴장을 풀고 좀 쉬어도 좋을 여름방학이었으나, 집안형편이 어려워 밤낮 할 거 없이 아르바이트를 해야 하는 재우의 사정을 딱하게 여긴 아버지가 일손이 필요없는 비디오방에 자리를 마련해 주었다. 손님 드문 비디오방을 지키며 학기 중 부족했던 공부를 하란 배려였다.

"누나, 왔어요?"

고등학생 티를 벗어나지 못해 아직도 여드름이 몽글몽글 맺힌 재우의 얼굴엔 항상 웃음이 가득했다.

"이렇게 나와도 돼요?"

석준으로부터 도영의 무용담을 여과없이 전해 들은 재우가 놀리듯 묻자 그녀가 손을 저었다.

"당연히 안 되지만 나왔어."

"그러다 잡히면 어쩌려고요."

"겁주지 마. 내가 새가슴이라 이렇게 나오는 게 너무 떨리지만 더위를 참을 수가 있어야지. 아주 죽을 거 같아서 아이스크림 하나 사 먹으려고 내려왔어."

"얼른 골라서 올라가요."

재우의 충고가 아니더라도 얼른 비디오방으로 가고 싶었다. 철문 닫힌 성처럼 답답하게 느껴지던 비디오방이 며칠 동안 더할 나위 없이 아늑했다. 즐겨 먹는 아이스 바 다섯 개를 골라 계산대로 가자 재우가 물었다.

"그런데 누나, 비디오방에 짜증나는 커플 안 왔어요?"

"짜증나는 커플이 뭐냐?"

그녀는 아이스크림 값을 셈하며 되물었다.

"누나 있을 때는 안 왔구나."

"누군데 그래?"

"왜, 그런 커플 있어요. 남자 키가 거짓말 하나 안 보태고 누나 키만 한데, 여자는 누나보다 몇 센티미터 클 거예요. 만날 와서는 이것저것 트집 잡고 갈 때는 짜증나는 거 남기고 가요."

'짜증' 나는 커플을 이야기하는 재우의 얼굴에 진절머리가 가득했다. 그녀는 포장을 뜯고 아이스 바를 입에 물었다.

"짜증나는 커플이 뭘 남기고 가는데 그렇게 짜증이 나니?"

"콘…… 허엄."

그런데 열정적으로 대답하려던 재우가 순간 멈칫했다.

"그게…… 어. 흠. 그런 거 있어요."

"엉? 그런 거라니?"

아이스 바를 아그작 깨물며 되묻자 재우의 얼굴이 순식간에
불타올랐다.

"아, 몰라요. 누나, 제발 더 묻지는 마세요. 진짜 그런 거 있어
요. 그러니까 제 말의 요점은 그거예요. 누나보다 큰 여자랑 누
나 키만한 남자가 오거든 들이지 말고 내쫓아요. 그럼 돼요."

"그러니까 왜?"

어떻게든 이유를 알고 싶은 그녀와는 달리, 재우는 어떻게든
대답을 회피하고 싶은 듯했다.

"얼른 가요. 나 장사해야 해."

카운터를 빙 돌아 나온 재우가 그녀의 등을 떠밀어 편의점에
서 내보냈다. 아이스 바를 입에 문 도영이 저항할 틈도 없었다.
녀석의 행동에 도영은 어리둥절할 뿐이었다.

"날이 너무 더워 그러나?"

아닌 게 아니라 정말 덥다.

잠시 황당한 얼굴로 편의점 안을 들여다보았지만 굳이 따져
묻고 싶지도 않았다. 그녀는 비디오방으로 돌아가기 위해 돌아

섰다.

그런데 뒤돌아서자마자 건물 앞 전봇대 뒤에 몸을 숨긴 아버지를 발견했다. 손수 곱게 다려 입은 와이셔츠 등판이 땀에 홀딱 젖어 뭘 저렇게 훔쳐보시는 걸까?

"잉? 아버진 또 왜 저러시나?"

그런데 뒤돌아서자마자 건물 앞 전봇대 뒤에 몸을 숨긴 아버지를 발견했다. 손수 곱게 다려 입은 와이셔츠 등판이 땀에 홀딱 젖어 뭘 저렇게 훔쳐보시는 걸까?

의아한 도영은 아버지에게 다가갔다. 아버지는 얼마나 열중하고 있는지 그녀가 다가가도 인기척을 느끼지 못했다.

도영이 아버지의 시선을 따라가자 그늘 한 점 없는 태양 빛 아래, 땀을 뻘뻘 흘리며 아버지가 보는 것은 다름 아닌 '도영 빌딩' 일층 귀퉁이에 있는 수선집이었다. 보름 전 문을 연 수선집으로, 여 사장님이 손수 개업 기념 수수팥떡을 가져왔었는데 참 맛있었다.

도영은 아버지의 어깨를 톡톡 쳤다.

"아버지, 뭐 하세요?"

온 정신을 집중해 수선집을 바라보던 석준이 기겁을 해 돌아섰다.

"헉!"

"아이고."

아버지의 비명에 덩달아 놀란 도영이 뒤로 풀쩍 물러났다.

"왜 그래요, 아버지! 깜짝 놀랐잖아."

"이놈아! 아비 심장마비 걸려 죽으라고 아주 고사를 지내라!"

서로 놀란 부녀가 목청을 높였다.

"더위 잡수려고 그래요? 이 더위에 여기서 대체 뭐 하시는 거야?"

그래도 세상에 단둘뿐인 부녀 아닌가.

어찌어찌 마음을 가다듬은 도영이 비닐봉지에 든 아이스 바의 포장을 뜯어 아버지 손에 들려주었다.

"일단 이것 좀 드세요."

"오냐, 고맙다."

마침 무척 갈증이 났던지 아이스 바를 받아 든 석준이 단숨에 베어 물었다. 그러더니 간절하게 선언했다.

"도영아, 아비가 너무 오래 홀로 늙었나 보다."

"그게 무슨 말씀이셔?"

"딸아, 내가 말이다. 여기가 콩닥거려서 아주 환장하겠다."

도영은 심장을 움켜쥔 아버지의 수줍은 고백에 놀라고 말았다.

"뭐야! 아버지, 또 꽃뱀한테 걸린 거야?!"

"아니야, 아니야."

그녀의 외침에 화들짝 놀란 석준이 도영의 입을 틀어막았다.

"아니긴 뭐가 아니야! 또 저 아랫동네 별다방 민 마담이 소개시켜 준 여자 만났지? 내가 아주 민 마담 죽여 버린다."

별다방 민 마담이 소개한 여자와 함께 브루스를 추는 아버지를 집으로 모셔온 것이 두 달 새 벌써 다섯 번이다. 발견 당시 두 여자 모두 오십줄이 넘은 나이에 허벅지를 반도 못 덮는 미니스커트를 입은 모습이었는데 그걸 보고 도영이 얼마나 기함을 했는지 모른다.

그녀는 엄마 없는 십칠 년 세월을 홀로 살아온 아버지가 사랑에 빠지는 것을 반대할 밴댕이 소갈딱지가 아니었다. 웬걸, 아주 대찬성이다. 하지만! 아버지 빌딩을 노리는 이 동네 다방 마담들은 아주 사절이라 이 말이다.

"딸아, 좀 진정하지 그러니?"

"지금 진정하게 됐어요? 내가 그만큼 알아듣게 말했건만. 민 마담, 이 여자가 사람을 우습게 봐도 정도껏 해야 참지!"

도영이 길길이 날뛰기 시작하자 석준이 식은땀을 흘리며 변명했다.

"마담 아니라니까. 저기 저, 수선집 호, 홍 여사."

딸에게 자신의 순정을 이해시키고픈 석준이 말까지 더듬었다.

"수선집 홍 여사?"

당장이라도 민 마담에게 달려가려던 도영은 아버지가 가리키는 수선집을 물끄러미 바라보았다.

"남편 없대요?"

"그래, 그래. 저 밑에 복덕방 주인이 하는 말이 홍 여사가 혼자 된 지 벌써 이십 년째라고 하더라."

오호라, 그러셔?

보름 전 수수팥떡을 받으며 본 바로는 수선집 여 사장님의
하나로 곱게 빗어 묶은 머리가 무척 단정하게 보였다. 역시나
안이 들여다보이는 유리벽을 통해 단정한 모습의 홍 여사가
보였다. 날라리 마담이 아닌 이상 자체 검열은 무난히 통과.
수선집이란 건전한 사업체까지 운영하고 있으니 나무랄 데 없
다. 좋았어. 완벽하게 흥분을 가라앉힌 도영이 진지하게 말했
다.

"그러게 아버지. '몽' 시리즈만 보지 말고 이젠 실전 파트너
를 찾아봐야죠."

딸이 그렇게 외골수는 아니라 자부했던 석준은, 도영의 말에
반색을 했다.

"그렇지?"

"그런데 이렇게 숨어서 뭐 하세요? 천하의 유석준 씨가? 아
버지. 남자는 박력이 있어야 해요. 박력 빼면 시체라니까."

"그래도 너무 떨린단 말이지."

수선집을 바라보는 석준의 얼굴엔 긴장이 가득했다.

"에이, 아버지. 대시하자, 차 마시자, 연애하자! 3단 구호 몰
라요?"

"대시하자, 차 마시자, 연애하자?"

"네네."

도영은 구호를 따라 하는 아버지의 등을 떠밀었다.

"일단 가셔서 말이나 걸어보시라고요. 날도 더운데 얼음 동동 띄운 냉커피 한잔하자고 해봐요."

"그, 그래."

그녀의 응원에 힘입은 석준이 멈칫멈칫 수선집으로 걸어갔다.

"도영아."

싫은 걸 억지로 하는 아이처럼 자꾸만 뒤를 돌아보는 아버지를 향해 주먹을 불끈 쥐어 보였다.

"파이팅!"

그것을 본 아버지가 비장하게 고개를 끄덕이더니 수선집의 문을 두드렸다. 어여쁜 홍 여사님과 데이트를 하기 위해 한 발 내디딘 아버지가 사라지는 것을 본 도영의 마음이 흐뭇했다. 아버지가 엄마 없는 세상에 홀로 내던져진 지 어언 십칠 년. 그 긴 시간이 주마등처럼 눈앞을 스쳐 지나갔다.

"아버지, 이제 솔로에서 탈출할 때도 됐어요."

아아, 자식 키워 결혼 시키는 부모 마음이 이런 것일까.

갑자기 울컥한 것이 치솟는 가슴이 몹시 뿌듯했다. 그러니 유도영, 넌 아버지가 열심히 연애에 열중할 수 있도록 생업에 전념해야 한다. 아무렴. 기쁨의 콧물을 훌쩍인 그녀는 서둘러 비디오방으로 갔다.

아버지의 연애가 예상보다 훨씬 잘 진행되고 있나 보다. 길고 긴 여름 태양이 저물도록 아버진 가게로 올라오지 않았다. 그동안 도영은 카운터에 앉아 친구 민주와 신나게 통화 중이었다.

[미친 거지? 그런 거 맞지?]

사무실 직속 과장의 사사로운 심부름에 제대로 열 받은 민주가 거품을 물었다.

"그래, 제대로 미쳤네. 왜 지 마누라 휴대폰 요금을 너보고 내라는 거니? 요새 세상에 다 자동이체 하는 거 아니야? 설사 자동이체가 아니라 한들 그런 일을 왜 시켜? 감사하면 걸리는 거 아니야?"

[당연하지. 한 번만 더 그래봐. 감사 때까지 절대 안 기다릴 거야. 직원 민원함에 투서를 해서라도 다신 그런 짓 못하게 할 거야.]

"자꾸 받아주지 마. 안 그럼 자기 구두도 너보고 닦으라고 할 거야."

[미쳤니? 어디 한 번만 더 그러기만 해봐. 목구멍에 거미줄을 치는 한이 있어도 때려치우고 말 거야.]

"알았어. 그런 일이야 있겠니? 너도 그만 진정해."

사회생활 중에서 제일 용납하기 힘든 일은 상사들이 권력을 함부로 남용하는 것이다. 뭐, 비록 몸소 겪은 바는 아니지만 그걸 꼭 겪어봐야 아는 건 아니다. 만화책만 봐도 상사에게 괴롭힘을 당하는 주인공은 많고도 많다. 따라서 도영은 민주가 지금 얼마나 흥분했을지 충분히 납득이 갔다.

"무조건 참는 게 능사는 아니야. 일단은 참고, 안 되면 확 받아버려."

그녀가 분함을 가누지 못한 민주를 달래고 또 달래는데 문이 열리며 한 쌍의 남녀가 들어왔다.

"어, 민주야. 손님 왔어. 내가 다시 전화할게."

도영은 서둘러 전화를 끊고 상냥한 표정을 지어 보였다.

"어서 오세요."

하지만 커플은 그녀의 인사에 눈길조차 주지 않았다. 9㎝는 족히 넘을 하이힐을 신은 여자와 그런 여자의 귓바퀴쯤에 키가 미치는 남자는 서로 껴안듯 어깨를 나란히 하고 테이프만 고를 뿐이었다. 어찌 좀 언밸런스한 커플이다.

하루 종일 있어봐야 채 열 명도 안 되는 손님을 받기에 도영은 낯선 커플에 대한 호기심이 충만할 수밖에 없었다. 여자의 얼굴을 보아하니 꽤나 예쁜데, 저 남자는 슈렉 과다. 성이 저당 잡힌 피오나 공주를 모시는 땅 부자 슈렉? 순간 웃음이 터진 도영은 얼른 입을 틀어막았다.

"왜요?"

참 운 나쁘게도 그때 테이프를 골라 뒤돌아선 여자가 도영의 웃음을 보고 말았다.

"우리 보고 웃었어요?"

여자가 눈을 부라리며 반문했다. 까칠하시긴.

"아닙니다. 틀어드릴 테니까 5호실로 가시고요, 칠천 원입니다."

표정을 수습한 도영은 언제 웃었냐는 듯 비디오 기계를 작동시키며 말했다.

"캔 커피 두 개 주세요."

그러자 남자가 여자에게 매달린 형색으로 말했다.

남자의 목소리는 상냥 그 자체였다. 여자와는 정반대의 온화함이었다. 순간 도영은 한평생 세상살이에 잘난 인물 뜯어먹고 사는 것도 아닌데, 남자의 생김새를 가지고 혼자 이러쿵저러쿵한 것이 미안했다.

"네, 천육백 원 더 주시면 되겠네요."

미안함을 담아 최대한 상냥하게 말하자, 여자가 다시 발끈했다.

"아니, 비디오방 캔 커피에는 금가루를 탔어요? 이거 할인마트 가면 네 개에 천 원이거든요? 그런데 팔백 원이라뇨? 뭘 이렇게 비싸게 받아 처먹어?"

뭐, 받아 처먹어?

생긴 건 예쁘장한데 입이 걸다. 말을 듣는 순간 욱하는 것이, 도영은 여자의 조동이 위로 캔 커피 탑을 쌓아버리고 싶은 충동을 느꼈다.

"아무도 사라고 권한 사람 없거든요? 비싸면 안 사면 되잖아요."

물론 여자의 말은 흔히 할 수 있는 항의였다. 하지만 마트마다 흔하디흔한 설탕 값이 다르듯, 할인마트와 비디오방의 캔 커피 값이 다르다는 것은 상식 아니냐, 이 말이다. 상식없는 사람을 상대하며 비굴하게 돈을 요구하지 않겠다. 도영이 정색을 하자 여자가 눈을 치켜떴다.

"무슨 영업을 이딴 식으로 해요?"

내 맘이다.

"자기야, 그만 해. 그만 하고 얼른 들어가. 자기 이 영화 보고 싶다고 했잖아."

여차하면 맞장이라도 뜰 태세이던 여자는 팔에 매달려 애원하는 남자를 보더니 이내 가증스런 미소를 지어 보였다.

"자기야, 아무리 그래도 너무 비싸잖아~"

저저 코맹맹이 소리. 축농증이 의심스럽다.

"캔 커피가 아무리 비싸도 캔 커피야. 우리 자기가 이렇게 성질낼 만큼 비싼 건 아니잖아. 웃어, 자기야. 우리 자기 미소와 바꿀 수 있는 건 아무것도 없어. 자, 얼른 돈 주고 얼른 들어가자~"

지랄들 한다.

도영은 천육백 원을 카운터 위에 놓고 5호실로 사라지는 커플의 뒷모습을 노려보았다. 참 제대로 만난 진상들이다.

넓은 비디오방에 손님이라고는 5호실뿐.

카운터에 홀로 남은 그녀는 외로웠다. 실컷 수다를 떨어 다시 민주에게 전화를 건다는 것은 무의미했다. 텔레비전이나 볼까 싶어 리모컨을 들었지만, 아침부터 이리저리 채널을 돌렸던지라 그마저도 금세 흥미를 잃었다.

아무리 아버지 연애 사업에 도움이 되기 위해 그녀가 생업에 종사를 해야 한다고 하나, 텅 빈 거나 마찬가지인 비디오방을 하릴없이 지키고 있는 건 정녕 못할 짓이다. 지겨움이 발가락 끝에서 번지기 시작하더니 굶주린 배에서 공허한 가슴으로, 그리고 생각없는 머리끝까지 차지해 버렸다. 도영은 가슴을 움켜쥐고 카운터로 쓰러졌다.

"윽! 드디어 최후요. 내, 견딜 수 없는 지겨움으로 장렬히 전사하니 뒷일을 아버지께 부탁하오."

통렬한 외침과 함께 카운터로 머리를 박고 잠시 숨을 멈췄지만, 그대로 정적. 뒷일을 책임질 아버지가 등장할 리 없었다.

"쩝."

그녀는 입맛을 다시며 살아났다.

"하다가, 하다가 별짓을 다 해요."

다름 아닌 그녀가 한 짓이지만, 참 가관이다. 이러다가 정신병원에 감금되는 것은 아닌지 심각하게 고려하며 휴대폰을 들었다. 안 되겠다. 선후배, 동기 할 것 없이 연락을 해봐야겠다. 잔심부름이나 하는 보조 자리라고 해도 꼭 일자리를 구하고 말 테다.

"보자, 영진 선배는 이번에 뮤지컬 세트팀에 합류했다던데 비

자리 하나 없을라나? 오, 그래. 성희 선배도 있었구나."

백수 생활을 하는 동안 잊고 지냈던 이름만 봐도 즐거웠다.

친했던 선배와 동기들의 이름을 곱씹으며 잠시나마 지겨움을
잊던 그녀는 반복적으로 들리는 소리에 퍼뜩 정신을 차렸다.

쿵, 쿵, 쿵.

두 박자의 간격을 두고 일정하게 들리는 쿵쿵쿵. 도영은 아스
라이 멀게만 느껴지는 소리에 고개를 갸웃거렸다.

"누가 못 박나?"

그렇지만 망치질 소리라기엔 너무 약하고 박자도 느리다. 그
리고 결정적으로 사층엔 그녀와 5호실 손님뿐인데 누가 못을 친
단 말인가? 갑자기 그녀의 얼굴이 심각해졌다.

"호, 혹시 작년에 얼어 죽은 귀신?"

아니면 도둑이다.

둘 중 뭐든 등줄기가 서늘하긴 마찬가지지만. 자리에서 벌떡
일어난 도영은 카운터를 빙 돌아 나왔다. 이대로 앉아 귀를 막
고 모른 척하는 것이 딱 좋았지만 수상쩍은 것은 확인을 해야
하는 것이 주인 된 도리다.

슬금슬금 주위를 두리번거리며 구석에 세워두었던 빗자루를
잡았다. 그리고 천천히 소리가 나는 쪽으로 걸어갔다. 테이프가
정렬된 벽을 지나 1호실, 2호실…… 4호실 앞에 서자 소리는 더
욱 선명해졌다.

쿵쿵쿵.

도영은 손바닥에 퉤, 침을 뱉어 빗자루가 미끄러지지 않게 힘을 준 뒤, 높이 치켜올렸다.

"아흑."

엥, 아흑?

하늘 높이 빗자루를 치켜든 도영이 갸웃거렸다. 가만있어 봐라. 4호실 문을 발칵 연 그녀는 아무도 없음을 확인한 뒤 5호실을 노려보았다. 설마하니 이 진상들이? 그래도 손님방인데 싶어 잠시 망설이던 그녀는 문에 귀를 대었다.

"아, 자기야. 너무 좋아."

"편하게 호텔로 가서 하자니까."

"이런 데서 몰래 하는 게 더 스릴 있잖아. 아, 조금 더 넣어봐, 아흑!"

쿵, 쿵. 생중계로 들리는 에로 소리에 얼굴을 붉힌 것도 잠시. 쿵쿵거리는 소리의 정체가 진상 커플들의 '허리 짓'에 따라 소파가 벽에 부딪치며 나는 소리란 것을 안 도영이 콧김을 품으며 두 주먹으로 문을 내려쳤다.

쾅!

"이것들아, 소파 부서져! 그만 하지 못해?!"

가뜩이나 손님도 없는 비디오방, 소파마저 퀴퀴하면 안 된다고 우리 아버지가 두 달치 빌딩 월세 털어 바꾼 거란 말이다, 그것도 올 봄에!

5호실 안에서 두 남녀가 그녀의 외침에 놀라 숨을 몰아쉬며 후다닥거리는 것이 고스란히 들렸다.

"여기가 모텔이야? 왜 여기서 이 난리들이야?"

니들이 대체 상식이 있는 사람들입니까, 없는 사람들입니까? 망할 진상들.

도영이 고래고래 소리를 질렀다. 캔 커피 비싸다고 샐쭉거릴 때부터 알아봤어야 했다. 어쩌다 하나 받은 손님이 저 모양이라니.

증기기관차처럼 콧김을 뿜으며 씩씩거리려니, 잠시 뒤 5호실의 문이 삐걱거렸다. 도영은 가슴 위로 팔짱을 낀 채 고개를 푹 숙이고 나오는 진상들을 노려보았다.

"나 참, 어이가 없어서. 이봐요, 아무리 막 가는 세상이라도 해도 남의 영업집에서 너무들 하는 거 아니에요? 네?"

사납게 눈을 부라려도 그녀보다 머리 하나는 더 클 여자의 기세는 들어올 때와 너무 달랐다. 아무 말 못하는 음란 피오나를 대신해 머슴 슈렉이 사과를 했다.

"죄, 죄송합니다."

"죄송한 건 아나 보죠? 당장 나가요."

도영이 현관 유리문을 가리키자 커플은 부리나케 사라졌다.

"날도 더운데 사람 기 채워 죽일 것들."

5호실로 들어가자 톡 쏘는 사향 냄새가 진동을 했다. 두 개 가지런히 놓아둔 침대형 소파는 갈 지(之) 자가 되어 있었고, 비싸다고 그 난리를 쳤던 캔 커피는 바닥에 아무렇게나 나뒹굴고 있었다.

주말에 커버를 깨끗하게 빨아 갈아놓은 쿠션은 아예 텔레비전 위로 올라가 있으니, 그것을 본 도영은 기가 막힐 따름이었다. 이럴 줄 알았으면 괜히 순순히 보내줬다. 여기 다 치우라고 할 것을 말이다.

"유도영, 너 생각이 짧았어."

마구 구시렁거리며 소파를 나란히 놓고 캔 커피를 들던 그녀는 미끄덩한 느낌에 인상을 팍 썼다.

"에잇, 찝찝하게 이게 뭐야."

캔 커피를 테이블에 놓으며 캔에 깔려 있던 미끄덩한 그것을 보던 도영의 입에서 절로 비명이 터져 나왔다.

"악!"

하필이면 캔 커피 밑에 깔려 있던 그것이 슈렉의 콘돔이었던 것이다.

"아악, 엄마! 내 손 썩어요, 내 손!"

도영이 고래고래 비명을 지르며 화장실로 뛰어갔다. 그리고 다급히 세면대를 닦을 때 쓰는 초록색 수세미를 들어 손을 박박 문질렀다. 비누칠을 두 번, 세 번해서 문질러 닦아냈지만 슈렉의 거시기가 여전히 남은 것 같은 찝찝함이 들어 견딜 수가 없었다. 대체 이게 무슨 꼴이람. 너 어쩌다 이렇게 됐니, 유도영?

절로 울컥해진 그녀가 천장을 올려다보며 소리쳤다.

"정말 이렇게는 못 살아!"

거실 뻐꾸기가 밤 열한 시를 알리는 울음을 울고 들어간 지 십여 분 후, 도영은 현관문이 삐걱거리며 열리는 소리에 방에서 나왔다. 그녀는 슈렉의 콘돔을 만진 후유증에서 미처 벗어나지 못해 눈 밑에 다크 서클이 검게 낀 얼굴로 아버지를 보았다.

"아버지, 나⋯⋯."

아주 강경하게 도저히 비디오방 못 보겠다는 말을 하려는데, 아버지가 슬픈 얼굴로 그녀를 보았다. 아주 슬픈 송아지의 눈빛으로.

"도영아."

도영은 긴장할 수밖에 없었다.

"어? 왜 그래요, 아버지?"

언제나 씩씩한 아버지를 닮아 언제나 씩씩한 그녀이거늘, 오늘 밤의 아버지는 온몸에서 '나 우울해요'를 외치고 있었다.

"도영아⋯⋯."

아, 답답해!

"왜요, 무슨 사고 쳤어? 에이, 무슨 사고길래 그래?"

이를테면 마담 아줌마들이랑 고스톱을 쳐서 빌딩 하나를 넘겨줬다든지, 술 먹고 운전해 면허가 정지됐다든지 그런 것만 아니면 다 괜찮다.

"답답하게 그러지 말고 말을 해봐요."

"저기⋯⋯ 전자마트 강 사장이⋯⋯."

"만주 아저씨? 그 아저씨가 왜?"

그녀는 아버지와 이십 년지기 앙숙인 강 사장 아저씨의 등장에 의아했다. 뭐냐, 그 아저씨랑 같이 사고 치신 거야?

긴장감을 이기지 못해 침을 꼴깍 삼키는데, 아버지가 절규했다.

"그놈이 홍 여사를 가로챘어."

"뭐야?"

"내가 홍 여사한테 냉커피 한 잔 사주겠다고 겨우겨우 설득해서 다방에 데려갔는데, 잠깐 화장실 간 사이에 그놈이 홍 여사랑 쌍화차를 마시더라고."

"그러게 화장실을 왜 가요."

그녀는 이야기를 전해 듣는 것만으로도 안달이 났다.

"몰라, 내가 미쳤지! 안 가겠다는 홍 여사를 그렇게 설득해서 다방에 데려갔는데, 하필이면 강가 그놈이 내 자리를 꿰차다니. 아이고."

아버지의 원통함에 도영의 가슴도 절로 원통해졌다.

"그냥 커피 시켜 드시지, 뭐 하러 다방에 모셔가요, 모셔가길? 그래서 홍 아줌마는 만주 아저씨랑 쌍화차 마시고 가셨어? 아버지는 그냥 두고?"

원통함과 허탈감에 진이 빠진 아버지는 그저 고개만 끄덕거렸다. 태양이 쨍쨍 내리쬐는 거리, 전봇대 뒤에서 홍 아줌마를 훔쳐보며 그렇게 좋아하더니……. 도영은 아버지의 허탈감을 이해할 수 있었다.

에구, 원통절통하여라.

"네 엄마 그렇게 보내고, 하나뿐인 딸자식 계모 구박 안 받게 하려고 죽은 네 엄마 앞에서 맹세했다. 내 인생에 네 엄마 말고는 여자 없다고. 그걸 어겨서 벌 받는 거다. 네 엄마 배신했다고……."

마음이 많이 상하셨던가 보다. 생전 그녀 앞에서 돌아가신 엄마 이야기는 안 하시던 양반이 울적하게 털어놓는 이야기에 도영은 그만 울컥해졌다.

"아이 참, 아버지는 별소리를 다 하시고 그래. 우리 엄마 그렇게 속 좁은 사람 아닌데, 왜 그러셔."

천상 마음 고운 여자였던 엄마라면 아버지의 재혼을 쌍수 들고 환영하실 것이다. 계모 구박이 걱정됐던 어린 그녀가 보기에도 아버지의 뒷모습은 너무 외로웠다.

"아까 그랬으면 지금 이 시간까지는 뭐 하셨는데요."

"포장마차에서 술 한잔했어."

"아버지!"

도영은 축 처진 아버지의 어깨를 힘껏 잡았다. 그녀의 우렁찬 소리에 화들짝 놀라 쳐다보았다.

"왜?"

"걱정하지 마세요. 골키퍼 있다고 골 안 들어가나? 원래 게임도 라이벌이 있어야 재미있는 건데, 만주 아저씨한테 이대로 홍 아줌마를 뺏길 수는 없어요."

"그게 무슨 말이냐?"

"가만히 생각해 보세요. 만주 아저씨보다 아버지가 더 젊고 잘생겼고, 동네 인심도 아버지가 더 많이 얻었고, 무엇보다 아버지한테는 이렇게 이해심 많은 딸이 있는데 뭐가 걱정이야?"

"도영아, 난 그냥……."

그녀는 포기의 빛이 역력한 아버지에게 일격을 가했다.

"아버지가 만주 아저씨한테 지고 사실 수는 없잖아. 안 그래요? 만주 아저씨 잘난 척하는 거 보시면 화병 생기실 텐데……."

교묘하게 말끝을 흐리자 과연 아버지의 얼굴에 비장한 기색이 어리기 시작했다. 동네 반장자리를 놓고 이십여 년 내내 충돌을 일삼는 정치 정적 두 양반, '일요 야구회' 4번 타자를 놓고 벌이는 숙명의 암투, 게다가 오랜 세월 홀로 사신 외로운 영혼이기까지. 두 양반은 서로 지고 살 수는 없는 숙명을 타고난 사이였다. 그리고 그것을 너무 잘 아는 도영은 두 사람의 경쟁심을 부추겨 아버지의 승부욕에 불을 당긴 것이다.

"그래, 내가 그 양생이 좁쌀 같은 강가 놈에게 지고 살 수는 없지. 암, 그렇고말고. 그래, 홍 여사를 그렇게 쉽게 포기해서는 안 되는 거야."

아버지가 거실 바닥을 치며 흥분하기 시작했다.

"그럼, 그럼. 아버지. 절대 홍 아줌마 포기하지 마요. 그분은 아버지 인생에 마지막 여자라니까."

"좋다. 이렇게 물러서진 않을 거다."

그리고 비장한 각오 끝에 바지를 뒤져 휴대폰을 찾아 어디론가 전화를 걸었다.

"네, 접니다. 홍 여사. 늦은 시간에 죄송합니다만 드릴 말씀이 있습니다."

호기로운 아버지의 목소리를 들으며 도영은 슬며시 자리를 피해주었다. 그녀는 자신의 방으로 들어와서야 미소를 지었다.

똑같은 대상에 관심을 기울이는 만주 아저씨와 아버지의 특성상 거칠고 긴 싸움이 될 것이다. 그 요란한 승부 속에서 아버지는 결과와 상관없이 삶의 열정을 불태울 테니, 외로울 시간도 없을 것이다.

도영은 그것으로 만족했다.

"아 참, 나 비디오방 일 안 할 거라고 말해야 하는데!"

흐뭇함을 달랠 길 없던 그녀의 머리를 스치는 생각. 이 미련한 머리가 고새 그것을 잊어버렸다니. 바보 같으니라고.

저 넘치는 흥분을 주체할 길 없는 아버지에게 비디오방 일을 안 한다고 선언하면 야구방망이가 날아올 것은 자명한 일.

"강가 놈 딸, 연봉이 얼마인 줄 알아?!"

그 다음 말은 안 봐도 DVD요, 안 들어도 오디오다. 남들이다 부러워하는 대기업에 떡하니 취직한 만주 아저씨 딸은 왜 그렇게 잘나서 그녀를 이렇게 힘들게 하는 것인지 모르겠다. 그녀는 침대 위로 뻗어버렸다. 이 우울한 인생, 제발 누가 좀 구제해 줘요!

너무 오래 기억한다

2

둘. 너무 오래 기억한다

"그럼 네가 말했던 짜증나는 커플이 그 진상 커플들이었단 말이야?"

도영은 삼각 김밥 두 개와 컵라면 하나를 계산대에 내려놓으며 소리쳤다. 그러자 재우가 한심하다는 듯 고개를 저었다.

"으이그, 내가 그렇게 말했는데 결국 그 사람들 가게에 들였어요?"

"내가 어떻게 그 물건들인 줄 알았겠냐? 세상에 여자가 키 큰 커플도 굉장히 많다 뭐."

"또 난장판으로 만들어놓고 갔죠?"

도영은 안 봐도 알겠다는 듯 치를 떠는 재우에게 열광적으로 고개를 끄덕거렸다.

"그 미친 것들이 세상에, 콘ㄷ······."

"누나, 거기까지!"

'콘돔'의 '콘ㄷ'까지 말하는데 재우가 소리쳤다.

"뭘 거기까지야. 얼마나 기막힌지 한번 들어봐."

"누나, 그만!"

재우는 한술 더 떠 얼굴까지 빨개지며 마구 손을 저었다. 하지만 어디 그것에 굴할 유도영이란 말인가. 어림도 없다.

"왜 말을 못하게 해? 슈렉 콘돔 만져서 내 손이 썩고 있어. 한번 봐봐."

때수건으로 빡빡 민 손이 벌겋게 변한 것을 재우 코앞에 디밀었다. 그러자 재우가 차마 보지 못하고 고개를 푹 숙였다.

"어휴, 별말을 다 해. 누나는 어떻게 된 여자가 부끄러움도 없어요?"

얼씨구. 부끄럼 따윈 재작년에 얼어 죽었다.

"그게 뭐 부끄럽냐? 재우 아가, 이 누나가 말이다. 너 똥꼬 바지 입고 이유식 먹을 때 누나는 책가방 메고 학교 가서 한글을 배웠다. 그러니 이 나이에 너한테 부끄러울 거 없거든? 가만."

재우를 향해 일장연설을 하던 도영의 눈이 순간 게슴츠레 변했다.

"오호라, 재우 너 나 사랑하는구나, 그렇지?"

순간 뜨악한 얼굴로 멍하게 보던 재우가 혀를 차며 어이없다는 투로 말했다.

"누나, 제발요."

"솔직하게 말해. 재우야. 누나 사랑해도 괜찮아. 누나가 책임져 줄게. 응?"

"됐거든요. 내가 누나한테 뭘 바라요. 얼른 가세요."

"히히, 싫으면 할 수 없고. 누나 간다."

그녀는 재우를 향해 손을 저어준 뒤 편의점을 나왔다. 재우가 그녀의 너스레에 한두 번 당하는 것도 아닌데 당할 때마다 당황해하는 것이 놀라울 따름이다. 재우 녀석이 어려서 그런 거지 뭐.

도영은 사층 비디오방으로 올라와 컵라면 용기를 뜯어 뜨거운 물을 부었다. 아무리 더운 여름이라 하더라도 라면은 뜨거워야 제맛이다. 면발이 꼬들꼬들하게 익도록 기다리며 아무도 없는 비디오방을 둘러보았다.

홍 아줌마를 사이에 둔 만주 아저씨와의 대결에 뛰어든 아버지는 아침부터 나가고 없었다. 이 년 전 도영이 첫 월급을 탄 기념으로 사드린 빨간 반팔 셔츠에 하얀 면바지를 입고 말이다.

"도영아, 아비가 그 얌생이 강가 놈보다 훨씬 멋있지?"

황토 빛 선글라스를 낀 채 거울 앞에 서 우쭐해하던 아버지의 모습에 얼마나 웃었는지 모른다 그녀가 새벽잠도 포기하고 녹즙까지 손수 갈아드렸는데, 반드시 만주 아저씨에게서 홍 아줌마를 쟁탈하기를 바라는 바였다.

"그래야 비디오방에서 탈출을 할 텐데."

도영은 컵라면 뚜껑을 열며 중얼거렸다. 사람이 많아서 바쁘다면 얼마든지 할 수 있을 것 같은데, 화장실 벽에 붙은 파리 수보다 작은 사람들을 상대하는 게 지겨워 죽을 지경이었다.

"누가 이 지겨움에서 구해줄까."

중얼중얼, 비 맞은 중생처럼 구시렁거리며 라면을 젓는데 휴대폰이 울렸다. 민주가 안 하면 열흘 가봐야 한 번 울릴까 말까 하는 휴대폰, 별 기대 없이 액정을 확인하자 낯선 번호가 파란 빛을 뿜어냈다.

"네, 여보세요."

자못 기대를 가지고 전화를 받자, 투박한 음성이 귀를 파고들었다.

[여 차 좀 빼주소. 대체 양심은 어디다 팔아 묵었는교. 차를 이따구로 대놓고 토끼면 다른 사람은 우짜라고!]

잉? 나 차 없는데?

[마, 얼른 와가 빼라카이! 생선 다 죽는다!]

걸쭉한 남자의 전투적인 음성에 기가 죽은 도영이 슬며시 물었다.

"저기요, 지금 어디세요?"

[어디긴! 자갈치 시장이지! 니 지금 내랑 장난하나?]

자갈치 시장이면…… 부산?

"여기 서울입니다."

도영은 두말하지 않고 전화를 끊었다. 전화를 끊은 그녀는 공허하게 천장을 올려다보았다. 아, 사는 게 참 힘들다. 혹시나 낯선 번호가 줄지 모르는 실낱같은 희망을 기대하고 사는 건 더 힘들다.

Rrrrrr.

신세한탄을 하는데 또 휴대폰이 울렸다. 역시 낯선 번호였다. 아니, 이 아저씨가 진짜! 순간 울컥한 도영이 전화를 받아 소리쳤다.

"이 아저씨가 증말! 여기 서울이라니까요! 그리고 전 차도 없거든요. 그러니 죽었다 깨어나도 부산까지 차 빼러 못 가요. 됐어요?"

안 그래도 백수 신세가 서러워 죽을 지경인데, 날 자극하지 말란 말이에요!

[…….]

절절히 한 맺힌 음성으로 소리쳤지만 수화기 너머에서 아무 말도 없었다.

"미안은 한가 보네요, 아저씨?"

[후후 유도영, 여전하구나.]

과격한 동작으로 전화를 끊으려는데 갑자기 웃음소리가 들렸다. 순간 정신이 번쩍 든 도영이 다시 휴대폰을 귀에 가져다 댔다.

"누, 누구세요?"

[누구긴, 희준이다.]

그녀를 무척 잘 알고 있는 듯, 남자의 음성에는 웃음이 가득했다. 희준이, 희준이라. 순간 도영의 눈이 튀어나올 듯 커다래졌다.

"서, 설마 그 희준 선배는 아니죠?"

[아니길 바라는 거니? 불행하게도 그 희준 선배 맞는데?]

"이야, 선배!"

도영이 잔뜩 흥분해 소리쳤다.

"정말 선배예요? 독일 갔다더니, 지금 독일에서 전화하는 거예요?"

최희준!

도영의 대학 시절 내내 최고의 킹카로 군림했던 멋쟁이 동아리 선배였다. 영화배우를 해도 절대 부족함이 없는 외모에 상냥한 성격, 그리고 빵빵한 뒤 배경까지. 희준의 아버지는 한국화의 대가로 손꼽히는 최성호 화백이었다. 연극부 동아리 여학생을 포함한 문과대 여학생 모두 최희준과 로맨스를 꽃피우기 위해 살기 어린 결투를 벌이게 만들었던 장본인.

하지만 희준 곁에는 영원한 희준의 사랑, 동갑내기 윤연지가 버티고 있었다. 그 누구도 넘을 수 없는 산, 윤연지. 희준과 연지는 커플답게 나란히 미술을 전공하고 같이 독일 유학을 떠났었다.

[아니, 한국이야. 얼마 전에 귀국했어.]

"너무 반가워요, 선배. 보고 싶었어요. 연지 언니는 잘 있죠?"

[물론, 연지는 아직 독일에 있어.]

희준과 연지는 도영을 무척 귀여워해 줬다. 혈육처럼 그녀를 챙겨주던 기억이 새록새록 떠오르자, 도영은 그때처럼 마구 어리광을 피웠다.

"정말 너무 반가워요."

[유도영, 지금부터 하늘같은 선배가 묻는다. 그러니 솔직하게 대답해. 너 지금 놀지?]

헉. 도영은 희준의 질문에 가슴을 움켜잡았다.

"선배 너무해요. 오랜만에 전화해 놓고 아주 가슴에 비수를 꽂아요."

[후후, 그럼 비수 빼줄게.]

"어떤 걸로도 못 뺄걸요?"

[너 내가 취직시켜 줄게.]

"정말요?"

순간 도영의 눈이 동그래졌다.

"귀국한 지 며칠 안 됐다면서 무슨 취직을 시켜줘요?"

[독일 가기 전부터 알고 지낸 형이 연출을 하는 영화 미술팀

에 들어갔어. 근데 거기서 사람이 부족하다고 하더라구. 너 어
때? 일할 생각 있니?]

"당연하죠!"

마치 자신 곁에 희준이 있기라도 한 듯 고개를 크게 끄덕거렸
다.

"사막에서 우물을 파는 일이라고 해도 할 수 있어요."

그만큼 일에 목말랐다.

[그래, 그럼 지금 좀 나올 수 있어? 스튜디오 나와서 미술 감
독님한테 얼굴 도장 찍어야 하는데.]

"당근 갑니다."

종합 영화 촬영소의 위치를 받아 적은 후, 전화를 끊은 도영
은 주위를 둘러보았다. 여전히 조용하기만 한 비디오방. 그러나
그녀는 벌떡 일어나 비명을 질렀다.

"까악, 나 취직했어!"

그것만으로는 기쁨을 표현할 수 없었다. 그녀는 굿거리장단
에 맞춰 덩실덩실 어깨춤을 추었다.

"가만가만, 이럴 때가 아니지."

얼른 가야 한다. 조금이라도 늦어 미술 감독 눈 밖에 난다면
대인관계 문어발인 최희준이 다른 사람을 소개시켜 줄 수도 있
었다. 하지만 도영은 퉁퉁 불은 컵라면은 그대로 쓰레기통으로
던져 버리고 비디오방을 나서다 문득 비디오방을 지킬 사람이
아무도 없다는 것을 자각했다.

서둘러 아버지 휴대폰으로 전화를 걸었지만, 이 양반, 전화를 안 받으신다. 어쩐다. 그녀는 입술을 잘근잘근 깨물며 망설였다.

"에잇, 어차피 손님도 없는데 잠그고 간다."

천하의 마당발 최희준이 소개시켜 준 자리인데, 게다가 영화 미술팀인데 망설일 이유가 무엇인가. 결심을 굳힌 도영은 자물쇠로 문을 걸어 잠근 뒤 미친 듯이 오층으로 뛰어올라 갔다.

✳

남양주에 위치한 종합 영화 촬영소는 그녀도 학창 시절 친구들과 여러 번 가본 곳이었다. 약 한 시간 정도 걸려 촬영 스튜디오 앞에 도착하자 희준이 마중을 나와 있었다.

"여, 반갑다."

"선배."

햇수로 사 년 만에 보는 것이다.

"오통통한 내 너구리 유도영, 하나도 안 변했네?"

통통한 볼살 때문에 남자 선배들로부터 '너구리'란 별명으로 곧잘 불렸던 도영이 히죽 웃었다.

"선배도 여전히 바람둥이 같아 보여요."

"그렇지?"

그들은 반가움에 마주 웃었다.

"일단 더운데 들어가자."

"네. 그런데 선배, 무슨 영화 찍어요? 유명한 사람 나와요?"

취직이 된 것만으로 기뻐 날뛸 이유는 충분했으나, 같은 값이면 다홍치마라고 유명한 영화배우가 출연하는 영화라면 더 좋을 테다.

"혹시 우리 호건님?"

도영은 꿈에서 봐도 행복한 영화배우 장호건을 떠올리며 물었다.

"아닌데 어쩌지?"

도영의 '장호건' 사랑을 너무 잘 아는 희준의 얼굴엔 미안한 기색이 어렸다.

"장호건은 아니지만 엄청 유명한 사람이 남자 주인공이다. 그 정도면 되겠어?"

"누군데요?"

"설수민."

"오! 설수민이요?"

순간 희준의 말에 도영의 입이 떡 벌어졌다. 완벽한 얼굴과 죽여주게 섹시한 몸매, 그리고 얼굴보다 더 완벽한 연기력을 가진 배우, 설수민. 장호건만큼은 아니지만 역시 좋아하는 배우.

"이야, 유도영 복 터졌네."

미술소품팀 보조로서 설수민과 눈빛 한 번 마주쳐 보겠냐마는, 그래도 살아생전 설수민을 보게 된다니 그것만으로도 영광이다.

"선배, 너무 고마워요. 나 선배 영원히 사랑할게요."

도영의 굳은 맹세에 희준의 얼굴이 심각해졌다.

"음, 그래. 도영아, 나도 너 엄청 사랑해. 그런데 우리 연지 감당할 수 있겠어?"

"헉! 연지 언니."

"우리 사랑은 영원하다."

씨름판에 내놔도 살아남을 희준의 영원한 사랑, 연지의 살벌한 얼굴을 떠올린 도영이 곱게 두 손을 들었다.

"그냥 내 사랑 포기할게요. 연지 언니랑 행복하세요."

"후훗."

희준은 언제나처럼 사람 좋은 웃음을 보이며 그녀를 '제1스튜디오'라는 팻말이 적힌 곳으로 데려갔다. 스튜디오 안에는 카메라 앞에 제법 많은 사람들이 모여 있었다. 그 사람들의 중간에 감독으로 보이는 나이 지긋한 남자 하나와 검은 모자를 푹 눌러쓴 몸매 좋은 남자가 있었다.

"선배, 저기 중간에 앉은 사람이 설수민이에요?"

어쩐지 분위기에 압도당한 도영이 작은 목소리로 묻자, 희준이 고개를 끄덕거렸다.

"지금 모니터링 하는 중이야. 유도영, 얼른 따라와. 저기 미술 감독님한테 소개시켜 줄 테니까."

"네."

설수민의 진짜 얼굴을 보고 싶은 열망에 사로잡힌 그녀는 희준을 따라가면서도 계속 뒤돌아보았다.

화면 앞에서 감독이 말했다.

"감정 괜찮았어. 이대로 가면 될 것 같아. 십 분간 휴식한 뒤다시 모입시다."

"네."

그가 생각해도 이번 감정은 괜찮았다. 수민은 자리에서 일어나 뜨거운 열기를 자랑하는 조명기구 앞을 벗어났다.

푹푹 찌는 삼복더위에 계절 배경이 겨울인 영화를 촬영하려니, 제일 힘든 것은 더위였다. 너무 곱게 자라 모든 악조건에서 약하지만 유독 더위에 더 약한 수민이 장시간 촬영에 지칠까 노심초사인 매니저 선규와 로드 담당 동호가 이온 음료를 따라주었다.

"형, 이거 마셔요."

"그래, 얼른 마셔."

마치 사막에서 단비를 맞은 기분이었다.

"고마워."

겨울 털옷을 벗은 수민은 차가운 음료를 단숨에 들이켰다. 땀에 젖은 그의 얼굴을 꼼꼼히 살펴보던 선규가 메이크업 담당자를 소리 높여 찾았다.

"이봐, 조 실장. 여기 눈 화장 다시 좀 해줘."

'눈 화장'이란 말에 수민이 찔끔했다.

"흠, 선규야. 이제 괜찮아."

"괜찮긴 뭐가 괜찮아! 아직도 푸른 자국이 선명하구만. 조 실장, 얼른 와."

수민과 동갑인 선규가 으름장을 놓았다. 수민은 아무 말도 못하고 음료수만 마셨다.

그 이름 하여 설수민.

그는 올해 서른하나의 나이로 자타공인 대한민국에서 제일 영향력 있는 영화배우로 손꼽히는 존재였다. 덕분에 영화 현장에서도 그의 의견은 최우선으로 존중받기 마련이지만, 선규가 이렇게 마구 으름장을 놓을 수 있는 데는 딱 세 가지 이유가 있었다.

첫째, 수민과 열다섯 살 때부터 친구이기 때문에 가능했고. 둘째, 수민이 속한 소속사 주주이기 때문에 가능했다. 마지막으로 세 번째, 요즘 들어 더 으르렁거리는 것은 일주일 전 크랭크인 인터뷰를 하는 자리에 수민이 시퍼렇게 멍든 눈을 하고 나타났기 때문이다.

티 하나 없는 완벽한 얼굴에 멍이라, 선규와 감독이 뒤집어진 것은 자명한 일. 결국 수민은 실내 인터뷰에도 선글라스를 낄 수밖에 없었다.

"이 멍이 언제 다 사라질 거야. 언제."

선규는 그를 보고 푸념을 늘어놓았다.

이게 다 장라면 때문이다. 선규의 구박을 들으며 수민이 이를 갈았다. 게다가 첫 번째 원인 제공자는 망할 설수안이다. 막둥이의 뻔뻔한 얼굴이 떠오르자 속이 탔다.

그날따라 수안이 제 집에 들여 잠을 재워준다 했다. 하지만 다음날 눈을 떠보니 막둥이 내외는 간데없고 배고파 우는 어린 조카 둘만 그를 바라보고 있었다.

또 러브호텔을 간 것이리라. 그보다 다섯 살이나 어린 여동생 수안은 벌써 결혼을 해 아이를 둘이나 두었지만 그것과 상관없이 틈만 나면 제 남편과 깨소금을 볶는다. 아이들을 그에게 맡기면서 말이다! 이건 명백한 염장질이다.

하지만 그것에 열 받을 시간적 여유도 없었다. 잠도 덜 깬 수민은 우는 조카 둘을 달래기 위해 녀석들을 양쪽 팔에 끼우고 비행기를 열 번이나 태워줘야 했다. 그 뒤 배고프다고 난리를 피워대는 어린 조카들에게 참기름과 간장을 넣어 밥을 비벼 먹인 후 겨우 낮잠을 재우고 나자 벌써 오후.

그 정도면 고단한 영혼에게 좋아하는 라면을 먹여줄 이유가 충분했다. 수민은 수안 내외의 옷장을 뒤져 최대한 허름한 매제의 트레이닝복을 찾아 입은 후 낯선 동네의 마트를 찾아 나섰다. 그리고 생각하기도 싫은 장라면 여인과의 결투. 그게 만약 인터넷 기사화된다면 망신스러워 혀를 깨물고 죽어도 시원찮을

판이었다.

"형, 왜 그래요?"

일주일 전의 그날 기억을 더듬던 수민이 음료수의 플라스틱 병을 힘껏 움켜쥐자, 곁에 있던 로드매니저 동호가 움찔 놀라 물었다.

"기억을 하고 있는 중이야."

앙심을 품고 있다는 말이기도 했다. 형제들이라면 그가 얼마나 뒤끝이 심한지 알 것이다. 그가 이를 가는 동안 나이 지긋한 미술 감독의 호탕한 웃음소리가 들렸다.

"우리 미술팀 홍일점이네."

좀처럼 웃지 않기로 유명한 미술 감독의 웃음소리에 저절로 고개가 돌아갔다. 충무로에서 최고의 솜씨로 인정받는 하윤섭 미술 감독과 남자 하나, 여자 하나. 어쩐지 여자의 얼굴이 낯익다.

"가만히 좀 있어봐."

희미한 멍 자국을 조금이라도 없애고픈 선규가 메이크업 하는 것을 지켜보며 안달을 내자, 그는 고분고분 고개를 돌렸다. 지은 죄가 있기에. 그날은 뭔가에 단단히 홀린 날이다. 평소 이성을 자랑하는 그이건만, 그 땅콩 같은 장라면이 덤비는 바람에…… 그래, 장라면!

수민의 고개가 홱 돌아갔다. 앞을 보고 옆을 봐도 분명하다. 하 감독 앞에 썩소를 지은 여자는 그를 시험에 들게 한 장라면이 분명했다. 원수를 갚을 운명이긴 한가 보다. 영화 촬영 장소에서 다시 보다니.

"설수민 씨, 앞을 좀 보시죠?"

선규의 목소리가 음침하게 낮아졌다. 한계에 도달했다는 말이다.

"이 실장. 나 스튜디오 뒤쪽에 있을 테니까 저 물건 좀 잡아와라."

선규가 움찔하는 것이 느껴졌다. '선규'가 아닌 '이 실장'으로 불리는 것은 매우 드물었고 그 드문 와중에 '이 실장'으로 불린 날이면 꼭 무슨 사단이 났다. 화보 촬영 직전, 선정적인 옷을 문제 삼아 계약을 파기했던 날도 그랬고, 삼 년 동안 한솥밥을 먹은 사주의 비윤리적인 태도에 폭발했던 날도 그랬다. 자연 긴장할 수밖에 없는 '이 실장'이 수민의 손끝을 따라갔다.

"누구?"

"하 감독님 앞에 있는 땅콩."

"저 여자는 왜?"

"갚아야 할 게 있다."

수민이 비장하게 읊조린 뒤 자리에서 일어났다.

"저, 수민아."

당황한 선규가 굳은 어깨를 하고 걸어가는 수민을 불렀지만 멈춰 서지 않았.

"동호야, 이게 다 무슨 일이냐?"

"글쎄요."

잠시 동호와 얼굴을 맞대며 고민하던 선규가 하 감독 쪽을 보자 아차, 땅콩이라 지칭되는 여자가 총총히 사라지고 없었다.

"얼른 가보자."

마음이 급한 선규가 서둘러 스튜디오를 나왔다. 멀리 가지 못했을 거란 생각과 함께 주위를 두리번거리자 입구 쪽에서 아른거리는 작은 그림자를 발견했다.

"동호야, 저기 있다. 가자."

선규는 동호와 함께 여자 쪽으로 다가갔다.

"저기요."

"네?"

이름을 알든지 성을 알든지. '저기'로 그녀를 멈춰 세우자 여자가 그들을 돌아보았다. 한 마디로 깜찍한 얼굴이다. 귀밑에서 찰랑거리는 단발머리 하며 작고 통통한 얼굴, 커다란 아몬드형 눈에는 장난기가 가득해 보였다. 예쁜 여자들을 수없이 봤지만 이렇게 깜찍하게 귀여운 여자는 처음이었다. 순간적으로 여자의 얼굴에 시선을 뺏긴 선규가 멍하게 보자 곁에 섰던 동호가 그를 툭 쳤다.

"형."

"아, 그래. 흠, 저기요."

언뜻 정신을 차린 그가 말문을 열었지만, 하지만 다음 말이 생각나지 않았다. 뭐라고 할 것인가. 수민이 잡아오랬다고? 에이, 꼭 깡패 같지 않은가.

"누구를 좀 만나야 되겠는데요."

"누가요? 제가요? 누구를 만나요?"

아몬드형 눈동자가 왕사탕마냥 동그래졌다. 저런 얼굴 앞에서 마음 약해지지 않을 남자가 누구일까. 선규를 혀를 차며 동호를 보았다.

"동호야, 팔 잡아라."

하지만 그는 설수민의 매니저. 설수민을 위해서라면 뭐든 다한다.

"이것 봐요! 무슨 짓이에요?"

"십 초만 참으세요."

선규와 동호는 의아함이 역력한 여자의 양팔을 잡고 뛰기 시작했다.

두 남자에게 팔이 잡혀 다리는 허공으로 붕 떴고, 달리는 남자들의 속도에 바람이 얼굴을 부딪치고 지나갔다.

나 지금 납치당하는 거야?

도영은 더운 바람을 얼굴에 맞으며 경악했다. 내일부터 출근하란 말을 듣고 희준의 배웅도 마다하고 홀로 나온 것이 문제다.

"아악, 이거 놔요!"

마구 발버둥을 쳤지만 두 남자는 꿈쩍도 하지 않았다. 십 초만 참으라더니, 십 초 후 스튜디오 뒤 으슥한 곳에 그녀를 데려다 놓았다.

"뭐, 뭐예요? 나 빚은 많아도 돈은 없거든요. 돈은 우리 아버지가 많아요. 우리 아버지 이름 유, 석 자, 준 자. 나한테 이러지 말고 우리 아버지한테 연락하세요."

절대 겁먹었다는 표시를 내지 않으며 빠르게 말하자, 순간 어둠을 등지고 키 큰 남자 하나가 모습을 드러냈다.

"헉."

도영이 뒤로 물러났다.

"어이. 땅콩. 아버지 돈이든 당신 돈이든 병원비는 줘야 하지 않아?"

낮고 위협적인 목소리, 어쩐지 귀에 익다.

"누, 누구세요."

도영은 여차하면 달려들 태세로 주위를 두리번거렸다. 무기가 있으면 더 좋을 터, 무기는 각목이 좋다.

"나 잊은 거야?"

순간 남자가 얼굴을 쓱 디밀었다. 창가 쪽으로 얼굴을 디밀자, 남자의 얼굴이 훤하게 보였다. 처지를 망각한 도영이 눈을 가늘게 뜬 채 남자를 꼼꼼히 뜯어보았다.

"어, 누구더라?"

눈에 익은데.

"수민아, 너 진짜 뭐 하냐? 그만 하고 가자. 응?"

수민아?

"장라면. 기억 안 나?"

어리둥절한 그녀 앞에 남자가 음산하게 말했다. 장라면? 수민……. 순간 도영의 입이 떡하고 벌어졌다.

"내 라면 훔쳐 간 도둑."

설마 그 남자가 설수민? 한여름에 파란색 모직 니트를 입은 남자는 분명 영화배우 설수민이자 라면 도적이다. 그 사실을 깨달은 도영이 두 팔을 허우적거리며 물러났다.

"거짓말이야, 거짓말."

그럴 리가 없다. 그녀가 머리로 눈을 들이박은 남자가 설수민일 리가 없다. 장호건 다음으로 좋아하는 영화배우를 못 알아봤을 리가 없단 말이다. 진정 유괴범이다. 그렇게 생각하기로 마음먹은 도영이 미친 듯이 뛰어갔다.

"야, 너 어디 가!"

총알처럼 뛰쳐나가는 도영의 뒷모습에 수민이 이를 악물었다.

"저 물건 잡아올 테니까 조금만 기다려."

"야, 수민아."

"형."

선규와 동호가 당황한 어조로 불렀지만 수민은 돌아보지 않았다. 단지 저 땅콩을 잡아야 한다는 생각뿐. 그 짧은 다리로 뛰어봤자 개구리 앞에 벼룩이다. 다다다 뛰어가는 여자를 단 몇 걸음 만에 잡았다.

"이거 놔요, 아악!"

단숨에 목덜미가 잡힌 땅콩이 고래고래 고함을 질렀다. 아이구야, 기차 화통도 모자라 기차를 통째로 삶아 드셨나? 목청 한번 좋다.

"놔요!"

수민은 따라오지 않으려고 버둥거리는 땅콩을 잡고 으르렁거렸다.

"웃기지 마. 저번처럼 순순히 놓아줄 거라 생각했다면 오산이야."

정말 이럴 수는 없다. 설수민이 나오는 영화 촬영 현장에서 일하게 되었다고 얼마나 기뻐했는데. 라면 도적이 다름 아닌 그라니.

"이런 게 어디 있어. 다, 당신 영화배우 설수민이라면서요!"

"그래, 내가 설수민이다."

가슴 위로 팔짱을 낀 그가 거만하게 고개를 끄덕거렸다. 순사기다. 스크린에서 관객을 압도하는 카리스마 설수민이라면 그녀의 라면 따위를 강탈할 리 없다. 영화 편당 출연료가 아버지 빌딩 한 채 가격과 맞먹는 남자라면 절대 동네 마트에 와서 그녀의 라면을 넘봐선 안 된다, 이 말이다. 그런데 그런 짓을 한 남자가 설수민이란다. 설수민!

"사기꾼."

그에게 가졌던 환상, 더 솔직히 말해 멋진 영화배우 설수민에 대해 가졌던 환상이 산산조각남이 분하고 억울했다.

"뭐야? 사람을 쳤으면 반성의 기미가 있어야 하잖아."

"그럼 남의 라면 가로채 간 사람은 왜 반성하는 기미가 없어요?"

도영이 수민을 노려보며 따졌다. 하지만 설수민은 잘못을 지적하자 그것엔 일언반구도 없이 이를 드러내며 협박을 했다.

"우리 형수님이 잘나가는 변호사거든? 널 상해죄로 고소할 수도 있어."

헉, 쪼잔하다. 하지만 도영은 한 발 물러설 수밖에 없었다. 상해죄라니. 우리 집은 변호사 없나? 그녀는 마구 머리를 굴렸다. 결론은…… 없다. 에잇, 사돈의 팔촌까지 어찌 변호사 하나 없단 말인가!

"내가 들고 있던 걸 가로챘으니 나로선 그럴 이유가 충분했어요. 그리고 그건 고의가 아니었다고요. 왜 내 머리가 움직이는 반경에 있었어요? 제풀에 얻어맞고 나한테 화풀이하는 거잖아요. 지금!"

싸움에서 일단 우기고 봐야 한다. 뭐로 싸우든 목소리 큰 자가 이기는 거다.

"이 여자가 어디서 큰소리야, 목소리 좀 죽여."

아니나 다를까, 그녀의 우렁찬 목소리에 설수민이 찔끔거리는 것이 보였다. 그래, 내가 웅변대회에서 세 번이나 우승한 전적이 있단 말이다! 도영이 의기양양한 얼굴로 수민의 뒤에 선 남자 둘을 보았다.

"이 남자가 내 라면 가로채다 내 뒤통수에 눈 맞아서 멍들었어요. 혹시 눈에 멍든 거 봤어요?"

"야!"

수민이 서둘러 땅콩의 입을 막았다.

"목소리 죽이라고 했잖아."

"읍, 이거 놔요. 내 친구가 인터넷 뉴스 기자인데 폭로해 버릴 거야."

수민은 자신의 팔에 버둥거리며 매달려서도 끝끝내 목청을 죽이지 않는 여자를 보며 기가 찼다. 살면서 설수안보다 더 독하게 뻗대는 물건은 처음 봤다. 몹쓸 성질머리.

"설수민."

이름이 불린 그가 힐끗 돌아보자 선규가 시계를 가리켜 보였다. 휴식 시간 십 분이 지났다. 아깝다. 이제 시작인데. 촬영과 땅콩을 응징하는 것에서 찰나의 고민을 하던 수민이 동호를 불렀다.

"동호야, 이 땅콩 이름이랑 전화번호 확실하게 받아 적고 보내."

땅콩과 실랑이를 하느라 감독 이하 스태프 전원을 기다리게 해서는 안 된다. 그것이 배우 일을 하는 동안 수민의 깨지지 않는 철칙이었다.

"이걸로 끝나는 게 아니란 것만 알아둬. 인터넷 기사? 폭로할 테면 해. 하지만 그게 곧 전쟁의 시작일 거란 것만 알아둬."

마지막까지 으름장을 놓은 그가 총총히 사라졌다. 도영은 눈이 찢어질 듯 그 뒷모습을 노려보았다. 남의 라면이나 가로채는 나쁜 놈. 이제부터 설수민이 나오는 영화는 무조건 안 본다. 친구들한테 전부 설수민 주연 영화를 보지 말라고 전화를 넣어야겠다. 관객 수 떨어져 확 망해 버려라.

"저기 휴대폰 번호요."

수민의 지시를 받은 '동호'라 이름이 불렸던 남자가 머뭇거리며 물었다. 그를 확 노려보던 도영은 이내 마음을 고쳐먹었다.

그래, 당신이 무슨 죄요. 먹고 살려고 저런 남자 밑에서 일하는 게 죄지. 그녀는 남자의 손에 들린 휴대폰을 뺏어 자신의 휴대폰으로 전화를 걸었다.

"아직 젊을 때 다른 일자리 찾아봐요."

"네?"

그녀의 말에 동호란 남자가 멍하게 반문했다.

"저런 남자 밑에서 시다 하지 말고 당신의 넓은 뜻을 펼치라고요."

도영은 남자 손에 휴대폰을 꼭 쥐어준 뒤 충고했다. 짧은 몇 초 동안 그녀의 말을 이해하려 애쓰던 남자가 진지하게 말했다.

"저기, 내가 좋은 마음에서 충고하는데 그런 말 어디 가서 함부로 하지 말아요. 수민 형 팬클럽에서 그런 발언을 들었다 하면 편하게 살지는 못할 거니까."

"이민을 가는 한이 있어도 할 말은 할 거예요."

다짐하듯 선언한 도영은 남자를 버려두고 그 길로 스튜디오를 빠져나왔다.

세상 참 오래 살고 볼 일이다. 설수민이라니.

그래, 남자의 눈을 다치게 한 건 그녀의 잘못이라 치자.

하지만 그녀가 먼저 잡은 라면은 낚아채 간 것은 어쩌고? 그리고 제일 중요한 건 고의가 아니었단 말이다. 고소하겠다고 협박하는 남자가 설수민인데, 과연 그 촬영장으로 일하러 가도 될까?

"뭐, 전화번호 벌써 찍었는데. 일하든 아니든, 결판은 나게 되어 있는 거야."

도영은 오층 계단을 걸어 올라가며 중얼거렸다.

"아무리 생각해도 내가 잘못한 게 없다 이 말이야. 먼저 싸움

걸어놓고 일방적으로 당했다고 주장하면 내가 섭섭하지."

그리고 섭섭한 건 절대로 못 참는다.

유씨 집안 가훈이 '받은 만큼 갚아주고, 얻은 만큼 돌려주자'이다. 집안의 무남독녀 외동딸로서 가훈에 충실해야 하는법. 물러서지 않는다. 도영은 비장하게 중얼거리며 현관문을열었다.

딱.

순간 참나무 장작 패는 소리와 함께 눈앞에 별똥별이 아른거렸다.

"악!"

도영은 밀려오는 아픔에 머리를 움켜잡고 주저앉았다.

"비디오방 문 걸어 잠그고 도망갔을 때 예상했어야지."

석준이 야구방망이를 허공에 휘두르며 살벌하게 말했다. 맞다. 현관으로 들어서며 이럴 줄 알았어야 했는데 순간의 방심이이런 결과를 낳았다. 이게 다 그 남자 때문인 것을. 도영은 다시한 번 설수민에 대한 분노로 이를 갈았다.

"너! 어디 갔다 와?"

"아우, 나 취직해서 면접 보러 간 건데 진짜 너무해요."

도영이 신음 소리를 내며 거실로 들어갔다.

"취직? 네 직장이 비디오방인 것을 잊었냐?"

"영화 촬영장에 취직했다니까요. 미술소품팀이라고요."

"그만둬."

그녀의 외침에 아버지 가라사대.

"우리 유 씨 집안 가업은 비디오방이다."

헉. 이 양반이 왜 이러실까.

도영이 무릎걸음으로 석준에게 다가갔다.

"취직하기 전까지만 비디오방에서 일하라면서요. 아버지, 그러지 말고 우리 비디오방 정리해요. 비디오방 안 해도 먹고 살잖아요. 네?"

"이놈아. 우리가 언제부터 부자였다고 그래? 다 이 비디오방에서 돈 벌어 빌딩 사고 너 대학 공부 하고 그랬어. 아무리 장사가 안 되도 포기 못한다."

"몰라. 이제 난 일자리 구했어. 절대 비디오방 못 지켜."

무슨 속셈으로 그녀를 비디오방에 옭아매려는 것인지, 도영은 의아하면서도 절대 복종할 수 없었다.

"내가 월급 많이 줄 테니까 그만둬라. 응?"

강압정책을 바꿔 그녀를 살살 구슬리려는 것이 눈에 보였다. 순간 많은 월급과 설수민의 얼굴이 오버랩 되며 마음이 동하는 것은 사실이었다. 하지만 도영은 고개를 가로저었다. 길에 험난한 장애물이 있다고 해서 지레 겁먹고 포기하지 않는다. 아무리 안간힘을 써도 장애물을 넘을 수 없을 때, 그때 포기해야 하는 법. 일단은 고다.

"싫어."

"그럼 아비는 어떡하라고. 나 연애 해보라고 등 떠민 거 너잖

아. 만주 놈이랑 싸워서 이기려면 시간이 필요하다니까."

아하, 결국 그거였단 말씀이세요? 도영이 마구 손을 휘저었다.

"재우 풀로 써요. 그럼 되잖아요."

"됐어, 됐어. 자식 다 필요 없어. 그래도 내 딸은 머리 굵어졌다고 아비 버리고 제 할 일 찾아 떠나는 그런 자식은 아니라고 믿었는데. 됐다."

정말 환장하겠네.

"그게 아니잖아."

상처받은 기색이 역력한 아버지를 보며 도영이 안달을 했다.

"나 일 열심히 해서 돈 많이 벌어야 아버지 호강시켜 드리지."

"나 호강은 시켜주고 싶냐?"

"당연하죠."

"나 사랑해?"

촉촉한 아버지의 눈망울을 보며 도영이 미친 듯이 고개를 끄덕거렸다.

"세상에서 아버지를 제일 사랑해. 나한텐 아버지밖에 없어. 하늘만큼 땅만큼, 아니, 우주의 별만큼 사랑해."

두 팔을 머리 위로 올려 하트까지 만들어 보였다. 그러자 아버지가 탁자 밑에서 무엇인가를 주섬주섬 꺼냈다.

"도영아, 사랑은 말로 하는 게 아니라 증명하는 거다."

그녀는 아버지가 테이블 위에 올려놓은, 손바닥보다 작은 종이 한 갑을 어리둥절한 눈으로 보았다.

"이게 뭐야?"

"아비한테 학 천 마리만 접어다오. 그럼 내 네 사랑을 믿으마."

학 천 마리? 도영이 질색을 하며 뒤로 물러났다.

"싫어! 무슨 학을 천 마리나 접어? 한 마리도 힘들어."

가만히 있어도 더운 판에, 이 껌 딱지만한 종이를 이리 접고 저리 접어, 날지도 못하는 학을 접다니.

"도영아, 홍 여사가 말이다. 굉장히 우아하고 시적이면서 여린 여인이야. 첫날 수선집 들어가서 보니까 종이별이 유리병에 가득하더라. 그런 걸 굉장히 좋아한대. 그러니 내 마음을 보여줄 방법이 이거 말고 더 좋은 게 어디 있겠냐?"

우와, 첩첩산중이다. 보라, 이게 현실이다.

그녀가 학교 졸업하고 놀고먹는 날이 더 많다지만, 아버지에게 이런 정신적인 고문을 날마다 당했다. 기묘하고 악랄한 유석준 씨. 당할 때마다 새로운 게 놀라울 따름이다. 도영이 숨을 고른 뒤, 차근차근 말하기 시작했다.

"아버지. 아버지 말씀처럼 종이학 접어서 마음 보이는 거, 좋아. 그래, 그거 멋진 방법인 것 같은데, 그런데 왜 내가 접어? 내가 접으면 내 마음이잖아."

"땅이나 파고, 화투나 치던 이 손으로 어떻게 고운 종이학을 접겠니? 그리고 네 마음을 보여주는 것도 좋잖아? 네가 그만큼 새로운 가족을 원한다는 말이잖아."

아버지가 천진한 눈으로 그녀를 보았다.

"우리 딸, 사랑해. 그리고 부탁해."

한 마디 한 마디에 철철 넘쳐흐르는 간절함을 보며 말로는 도저히 아버지를 이길 자신이 없었다.

"정말 너무해. 취직했다는데 축하는 안 해주고 학을 천 마리나 접어야 일하러 가게 해준다니. 세상에 아버지 같은 사람 없을 거야."

아무리 도망갈 궁리를 해도 결국은 아버지 손바닥 안이다. 절망한 도영이 발을 뻗대며 불만을 토로했다.

"휴대폰 새걸로 바꿔줄까?"

스스로 생각하기에도 좀 미안했던지 아버지가 은근한 목소리로 물었다. 그러자 처지가 서러워 목이 울컥 메던 도영이 솔깃한 눈으로 아버지를 바라보았다.

"제일 최신형으로 바꿔줄 거야?"

그러자 유 사장이 마구 고개를 끄덕거렸다.

"그럼, 아비가 말을 안 하면 안 했지, 일단 내뱉으면 제일 좋은 걸로 해주잖아."

늘어진 자세를 단박에 곧추세운 도영이 재빨리 종이까지 들고는 말했다.

"천 마리만 접으면 돼?"

"그럼, 그럼."

그녀를 마음대로 요리한 아버지가 흡족한 얼굴로 안방으로 들어갔다. 유도영, 아무리 생각해도 참 단순하다.

가식적이다

3

셋. 가식적이다

한마디 말도 없었다.

하염없이 바라만 볼 뿐, 사실 홀로 남은 방이라 말은 필요가 없었다. 죽은 연인의 영정 사진을 보던 그의 눈에서 호두알 같은 눈물이 떨어져 내렸다. 한 방울, 두 방울. 가슴 끝까지 차오른 슬픔이 소리가 되어 터져 나왔다.

"흐흑."

슬픔을 주체하지 못한 채, 눈물을 닦고 또 눈물을 닦아내는 그의 모습은 지켜보는 사람의 가슴을 아리게 했다. 그의 등을 끌어안고 같이 울고 싶어질 지경이었다. 눈물은 참을 수 없는 그리움과 절망을 모두 말해주었다. 그 절절함이 바다가 되고 파도가 되어 사람들의 가슴속에 파고들었다.

"컷."

감독의 오케이 사인이 떨어짐과 동시에 숙연하던 스튜디오가 술렁거렸다. 하지만 감정이 북받친 수민은 선규가 건네준 수건에 얼굴을 묻고 한동안 고개를 들지 못했다.

"이번 장면 정말 좋았어."

감독의 입이 귀에 걸렸다. 완벽한 슬픔을 NG 없이 단 한 컷으로 표현한 수민이 흡족했던 것이다.

"원래도 감정 좋은 건 알았지만, 대단해."

"별말씀을요."

감독의 칭찬에 수민이 꽉 잠긴 목소리로 대답했다.

"수민 씨, 고생했고 오늘은 그만 합시다. 주말 잘 쉬고 월요일날 모입시다."

"네, 고생하셨습니다."

감독의 선언에 스튜디오 안의 모든 사람이 다 흡족해했지만 단 한 사람, 멀리서 그 광경을 지켜보는 도영만이 입술을 비죽거렸다.

"가식 덩어리."

설수민의 유치한 행동을 경험하지 못했다면, 자신도 저 남자의 눈물연기에 흠뻑 녹아들었을 테다. 허름한 트레이닝복 차림으로 마트에 나타났던 남자가 저 남자라니 아무리 생각해도 매치가 되지 않았다. 또 하나, 아무리 그런 차림으로 마주쳤다 해도 설수민을 못 알아본 스스로가 이상했다. 눈에 익다 싶었을 때 알아봤어야 했는데! 아니, 정말 어떻게 설수민을 못 알아봤을까? 하여튼 눈 나쁜 유도영.

"안과에 가봐야 할까 봐."

아닌 게 아니라, 늦은 밤까지 종이학을 접느라 스탠드 불빛 앞에 너무 오래 앉아 있었더니 눈이 매우 침침하다.

"뭘 그렇게 구시렁거려?"

어깨를 툭 치는 손길에 돌아보자 희준이 웃고 있었다.

"별말 아니에요. 이제 퇴근하면 되죠?"

"그래, 미술팀 막둥이 유도영은 촬영소품만 소품실에 넣어두고 퇴근하라는 감독님 명령이시다."

"아싸."

도영이 신이 난 얼굴로 촬영에 쓰였던 소품을 챙겨 들었다. 첫날이라 그런지 힘든 일도 없었고 모두들 따뜻하게 대해주어 신난 하루였다.

그녀는 두 팔 가득 소품을 챙겨 들고도 가뿐히 소품실로 달려가 정리를 했다. 촬영세트에 기본적인 것은 챙기지 않지만 그날 촬영에만 필요한 것들은 촬영이 끝나면 모두 소품실로 옮겨야 했다.

깔끔하게 정리를 하고 소품실을 나오자,

"월요일 날 봅시다."

스태프들에게 인사하는 수민이 보였다.

"안 가고 뭐 하는 거래? 선거 나갈 거니? 흥."

첫 대면부터가 그래서인지, 저 남자가 하는 건 죄다 마음에 들지 않았다. 사람들에게 먼저 인사하는 것까지 거만해 보였다.

"스타면 좀 겸손한 맛이 있어야지. 게다가 웃는 것 좀 봐라. 완전 썩소다."

그녀가 혼자서 마구 구시렁거리며 돌아서는데 젠장, 언제 다 가왔는지 수민과 눈이 딱 마주쳤다.

"허억."

그녀는 도끼눈을 한 그의 모습에 질겁해 물러서며 외쳤다.

"가까이 오지 마, 죽여 버린다."

순간 수민의 얼굴이 빨갛게 달아올랐다. 살다 살다, 저런 콩알 같은 여자에게 살해 협박을 당할 거란 생각은 못했다.

"뭐야?"

이 땅콩이 몸소 실천하는 것도 모자라 협박까지, 아주 골고루 하신다.

"협박도 처벌 받을 수 있다는 거 아냐?"

그의 으르렁거림에 도영은 서둘러 주위를 둘러보았지만 스튜디오 안의 그 많던 사람들이 다 어디로 갔는지 텅 빈 스튜디오에는 그녀와 이 남자뿐이었다.

"그런 거 몰라요. 모르고 싶어요. 당신이야말로 그때도 지금처럼 소리 소문 없이 내 뒤통수 반경에 있다가 눈 맞아놓고 내 잘못이라고 우기잖아요. 그러니까 그렇게 사람 뒤에서 나타나지 말아요."

"머리가 무기인지 내가 어떻게 알았겠냐? 잔말 말고 얼른 따라 나와."

"왜요! 나 퇴근할 거란 말이에요."

수민은 바닥에 뿌리를 내린 듯 움직이지 않는 그녀의 팔을 억지로 잡아당겼다.

"나도 퇴근한다."

"어어."

체격으로 보나, 힘으로 보나 끌려갈 수밖에 없었다.

"그 매니저란 사람이랑 같이 갈 거잖아요."

"먼저 보냈어. 너랑 나랑 해결해야 할 게 있잖아."

도영은 스튜디오 건물을 나와 막무가내 차에 태우는 남자를 보며 기가 찼다. 이 남자, 정말 뒤끝 있다. 도영은 언제든 조수석을 탈출할 마음의 준비를 하며, 수민을 설득하기 시작했다.

"그냥 서로서로 없던 일로 하자고요. 네?"

"싫거든."

그녀는 낮도깨비에게 홀린 것도 아니고, 당최 이 상황을 납득할 수가 없었다. 도영은 쌩하고 도로를 질주하는 수민에게 꽥 소리를 질렀다.

"이것 봐요!"

그러거나 말거나 수민은 제 갈 길만 열심히 달려 한적한 공원 앞에 차를 세웠다. 한여름 무더운 공원에는 사람의 그림자도 찾을 수가 없었다. 혹시 땅 파서 나 묻으려는 건 아니겠지? 도영은 내심 불안해졌다.

"이 시간만을 기다렸다."

비장하게 중얼거린 그가 차에서 내렸다. 뭐야? 저 남자 나랑 진짜 맞장이라도 뜨겠다는 거니?

그렇다고 해서 절대 물러서지 않는다. 힘으로 안 되면 물어뜯어 버려야지. 도영도 비장하게 다짐하며 차에서 내렸다. 해가 지는 오후라 해도 하늘에 남은 태양은 뜨겁기만 했다. 죽음의 결투가 되겠군.

도영이 주먹을 꼭 쥐고 차를 돌아오는 남자를 노려보자, 수민이 트렁크에서 버너와 장라면을 꺼내 그녀 앞에 내밀었다.

"받아라."

"뭐예요?"

순간 도영의 눈이 휘둥그레졌다.

"보면 모르냐? 끓여."

진심이십니까? 그녀는 어이가 없어 멍하게 그를 바라보았다.

"얼른. 점심도 못 먹어서 배고파."

진정 진심이시네. 남자의 진심을 깨달은 도영이 펄펄 뛰었다.

"이건 완전 억지에다 결정적으로 너무 유치해요. 이성적인 성인이라면 절대 그런 거 안 해요. 그리고 당신처럼 공인이면 더더욱 그래선 안 된다고요."

차라리 두 주먹 맞대고 싸우자! 그게 더 낫겠다.

"영화배우는 사람 아니야? 안 되는 게 어디 있어? 다 돼. 그리고 나 엄청 유치한 건 우리 형도 알고 우리 동생도 알아. 선규도 알고 동호도 나 유치하다고 인정했어. 그러니까 얼른 물 올려."

살다 살다 이 남자처럼 대책없는 사람은 또 처음이다. 팻말에 '취사 금지'라고 적혀 있는데 끓이란다. 잡혀서 유명세 치를 일이 전혀 두렵지 않은가 보다.

"이봐요, 설수민 씨. 만약에 단속하는 아저씨한테 딱 걸려서 망신당하고 기사 나면 어쩌려고 그래요?"

절대 수민을 걱정하는 게 아니라 그냥 물어보는 거다.

"그러니까 얼른 끓여. 점심도 못 먹어서 배고프단 말이야."

졌다.

어쩌다 이 남자와 엮이게 된 운명을 저주하자. 도영은 수민이 차 안에서 꺼내주는 생수병을 받아 들며 체념하고 말았다.

말 그대로 덩치가 땅콩만한 여자랑 상대해 싸울 수는 없고, 그렇다고 없었던 일로 할 수도 없는 수민의 선택이 태양 아래 버너 불 작전이다.

좀 덥지?

수민은 얼굴이 달아오른 도영을 보며 히죽 웃었다. 세상은 원래 유치한 것이고, 심각한 것보다 유치한 것이 훨씬 재미있다.

얼큰한 라면 국물 냄새가 허공을 물들인다. 세상 그 어떤 산해진미도 장라면만큼의 감동을 주지 못한다.

대체 또 무슨 영문으로 혼자 보내냐고, 또 사고 쳐서 눈 시퍼렇게 멍들면 그땐 너 죽고 나 죽는다고 소리치는 선규를 먼저 보낸 보람이 있었다. 잠시 감격에 잠겨 있는데, 친절하지 못한 손이 플라스틱 그릇에 라면을 덜어 건네주었다.

"김치가 있어야 맛있는데, 안 그러냐, 땅콩?"

한여름 태양 볕도 모자라 끓는 물 앞에서 열이 받을 대로 받은 도영은 수민을 확 째려보았다.

"계속 반말이네? 그냥 먹어."

도영의 짧은 말이 끝나기도 전에 수민이 사레가 들려 요란하게 기침을 해댔다.

"풉, 콜록."

라면 가락이 그대로 식도로 넘어갔고 잘못 들이킨 매운 국물에 목이 따가웠다. 하지만 도영은 눈물까지 흘리며 기침을 하는 그를 본 척 만 척 라면을 먹었다.

"쿨럭, 너 뭐라고 했냐? 그냥 먹어?"

"음식 할 땐 손가락 하나 까딱하지 않으면서, 먹을 때 잔소리 많은 사람 딱 질색이야. 그러니까 주는 대로 먹으라고."

수민은 자신의 험상궂은 표정에도 전혀 굴하지 않는 도영을 보니 기가 찼다.

"하, 너 몇 살이니? 참고로 난 서른한 살인데, 네가 나보다 어릴 거라는 데 이만 원 걸 수 있어."

반말을 용납할 수 없어 씩씩거리는데 도영이 고갯짓으로 라면 그릇을 가리켰다.

"난 스물일곱 살이고, 나도 참고로 말하면 라면 불기 시작한다."

순간 수민의 분노가 홀랑 날아갔다.

"어, 그럼 안 되는데."

불어터진 라면은 절대 사절이라, 반말은 나중에 꼭 따지기로 다짐하고 후루룩 먹기 시작했다.

"흠, 너 라면은 좀 끓인다?"

"십칠 년 세월이 묻어나는 솜씨인데 어련하겠어?"

콩알만한 게 타박타박, 계속 반말이다.

수민은 한입 가득 우물거리며 도영을 노려보았다. 뺏길까 봐 라면은 열심히 씹으며 말이다. 참 희한한 게, 그가 직접 끓인 라면보다 남이 끓여주는 라면이 더 맛있다. 어머니, 아버지가 크루즈 여행만 떠나지 않았다면. 그래서 먹음에 굶주리지만 않았다면 이 라면에 감격하지 않겠지만, 지금 먹고 있는 라면이 맛있어 그냥 참아주겠다.

잠시 그들에게 고요한 침묵이 내려앉았다.

"이름이 도영이라며, 유도영."

라면이 동나고 배가 불러오자, 나름 여유가 생김을 느꼈다. 이래서 풍년이 들면 세상만사 화목하다는 옛말이 실감났다. 싱각할 게 없었다.

"내 이름은 어떻게 알아요?"

그의 질문에 땅콩의 눈이 동그래졌다. 별걸 다 놀라.

"하 감독님한테 물어봤지."

수민은 생수병에 남은 물을 마시며 말했다.

"너 그때 내가 진짜 누군지 몰랐어?"

"이씨, 자꾸 반말하지 마요. 그럼 나도 반말할 거예요."

"나이 어리잖아."

수민이 으르렁거렸다. 한참이나 어린것의 반말은 용납할 수 없었다.

"쳇."

도영이 그를 흘겨보았지만 별다른 반항은 하지 않았다. 그래, 땅콩. 날도 더운데 잘 생각했다.

"그럼 당신이 이런 짓 하고 다니는 건 사람들이 알아요?"

"흠, 라면 좋아하는 거야 사람들이 다 아는데, 이렇게 필사적으로 좋아하는 건 모르지."

순간,

"찢어지게 가난해 못 먹고 살아서, 라면에 한이 맺혔다면 이해나 하지!"

울부짖던 선규의 절규가 수민의 귓가를 맴돌았다. 그러니 어쩌면 선규 녀석이라면 그가 라면을 필사적으로 좋아하는 걸 알수도 있겠다. 재작년 관객 800만 흥행을 기록햇던 무협영화 〈연무〉의 중국 현지 촬영 때 사막 한복판으로 장라면을 실어 날라야 했던 선규였으니.

"사람마다 좋아하는 게 다 다르잖아? 그런데 내가 라면 좋아한다고 그럼 사람들이 이상하게 생각한다."

"흠, 그건 나도 좀 이상하게 생각하는 건데요."

도영의 대답에 수민이 심각해졌다.

"야, 잘 생각해 봐. 너도 나만큼 라면 좋아하니까 마트에서 그 부끄러움 무릅쓰고 나랑 싸운 거 아니야?"

"그건 그렇죠."

지적에 도영이 마지못해 고개를 끄덕거리자, 수민이 그것 보란 듯 우쭐거렸다.

"그럼 내 마음 알겠네. 라면이 얼마나 좋은지."

"그렇게 말하니 또 좀 알 것도 같네."

"그렇지?"

공원에 앉은 것은 전혀 화해할 의도가 아니었다. 그럼에도 태양 볕 아래 라면을 나눠 먹은 그들은 서로를 조금 이해하기 시작했다.

공원 안을 단속하는 아저씨에게 들키지 않으려 깨끗하게 현장 수습을 마친 그들이 차에 탔다. 도영은 수민이 그녀를 길 하복판에 떨어뜨리고 가겠다고 협박할 줄 알았는데 뜻밖에도 태워준단다. 이렇게 친절이 어색해서야.

"같은 방향이야."

최소한 반목은 사라진 차 안.

에어컨 바람에 온몸을 내맡긴 채, 도영은 몰려드는 졸음을 주체할 수 없었다. 이상하게 밥만 먹으면 이렇게 졸린다.

이 대책없이 본능에 충실한 몸아, 어쩌면 좋니. 옆에 앉은 남자가 다름 아닌 설수민이다. 라면 도적인 동시에, 이 나라에서 제일 유명하다는 설수민!

절대 졸아선 안 된다고 스스로를 달래보아도 눈꺼풀이 저절로 거물거물 감겨들었다. 아…… 몰라, 몰라. 잠 오는데 어떡하라고. 마지막까지 눈을 떠보려던 그녀는 천 근처럼 무거운 눈꺼풀을 포기해 버렸다.

"야, 너 어디서 세워줄까? 그 마트 앞에서 세워주면 되냐?"

서울 도로 한복판에 접어든 그가 물었지만 들려오는 대답이 없었다.

"뭐야, 날 기사로 부리고 자는 거야?"

힐끗 곁을 보던 수민이 허탈한 얼굴로 중얼거렸다. 어쩐지 조용하다 했다. 수민은 유리창을 향해 하염없이 인사를 하며 자는 도영을 보며 기가 찼다. 갑자기 이 여자의 머릿속이 궁금해졌다.

"연구 대상이야, 연구 대상."

확실히 흥미를 자극하는 여자였다.

그에게 한 마디도 지지 않으려 기를 쓰는 모습 하며, 어떤 상황에서도 굴하지 않는 무모한 용기로 똘똘 뭉쳐 있다. 저 우습지도 않은 콩알 같은 체격으로 덤비겠다는 발상 자체도 놀라웠지만 너무나 완벽한 영화배우 '설수민'을 이기기 위해 바락바락 대드는 여자는 처음이라 더 놀랍기만 했다.

동호에게 전화번호 받아 적으라고 했을 때, 그의 예상으로는 이 여자는 다시 촬영장에 나타나지 않을 것 같았다. 껄끄러운 상황 앞에서 도망가는 건 남녀노소를 가리지 않고 선호하는 제일 법칙이니까. 그런데 웬걸, 보란 듯 나타나더니 가까이 오면 죽여 버린다고 협박을 해댔다. 웃기는 일이 아닐 수 없었다.

영화배우가 되기 이전에도 자신에게 참 많은 여자들이 좋다고 달려들었다. 우성유전자 덕에 보이는 것은 다 괜찮았으니.

여자들은 그가 무슨 고민을 하고, 무슨 행동을 하는지, 그런 건 상관없었다. 보이는 것에 열광했다. 배우가 되고 나서 그것은 더 심해졌다. 그에 대한 언론과 사람들의 관심이 더해질수록 그의 내면을 보고자 하는 사람들은 사라져 갔다.

일에 철저하고 사람들에게 매너있는 행동을 해야 하는 것은 당연했다. 그렇게 하도록 가르침을 받고 자랐기에.

하지만 일거수일투족이 전부 언론에 노출되는 것에 자아(自我)를 잃어가는 기분이 어떤 것인지, 아무도 알려고 들지 않았다. 그런데 이 여자는 좀 달랐다. 오래간만에 그가 어떻게 새겨

는지, 얼마나 유명한지 신경 쓰지 않는 재미있는 사람을 만났다. 생긴 건, 그래, 솔직히 생긴 건 좀 귀엽다.

"인정할 건 인정해야지."

그가 중얼거렸다.

하지만 생긴 건 '좀' 귀엽게 생겨서 하는 짓은 똥배짱에다 매우 무모하다. 곤히 잠든 도영을 보던 수민은 머리를 스친 생각에 히죽거렸다. 그리고 잠시 차를 멈춰 세운 뒤, 펜을 찾았다. 그러지 말자 해도 천성적으로 짓궂은 성격은 어쩔 수 없었다.

＊

"다 왔어."

"으응."

달게 자던 도영은 툭툭 치는 손길에 기지개를 켰다. 입가에 흘러내린 침을 쓰윽 닦으며 두리번거리자 혀 차는 소리가 들렸다.

"참 너무한다. 아무리 너랑 나랑 좋을 거 없는 사이라 해도 남자 앞에서 침까지 흘리고 자냐?"

빈정거리는 목소리, 수민과 눈이 마주친 도영이 흠칫 놀라 몸을 곧추세웠다.

"차비 내놔."

그가 손을 내밀었다.

"누, 누가 태워달랬나. 잘 가요!"

도영은 그가 붙잡기 전에 황급히 차에서 내렸다.

"오늘만 날인가. 월요일 날 차비 가져와."

서둘러 골목 안으로 접어들자 창문을 내린 그가 커다란 목소리로 말했다. 치사한 남자. 도영은 멀어져 가는 차를 보며 가운데 손가락을 들어 보였다. 어떻게 하는 짓이 죄다 저렇게 환상을 깨는 것인지, 신기한 노릇이다. 브라운관과 스크린을 통해 보여지는 그는 완벽 그 자체였다. 신비에 싸인 듯 젠틀하고 매력적인 남자는 간데없이 집집마다 꼭 하나씩은 있는 '삼촌' 같은 사람이었다. 백수에다 미운 짓만 골라하는 그런 '삼촌' 말이다.

"휴."

그나저나 그녀도 정상은 아니다.

아무리 그가 대한민국 사람 전부에게 얼굴 팔린 배우라 해도 낯선 남자인 것을. 어떻게 그렇게 한잠이 들 수 있는지, 첫 출근이라고 아침부터 호들갑을 떨었다지만 확실히 제정신이 아니다. 도영은 머리를 툭 쳤다.

"정신 차려, 이것아."

열대야인지 오늘 밤도 푹푹 찐다. 얼른 샤워할 생각으로 집으로 들어서자 아버지가 그녀를 반겼다.

"다녀왔어요."

"왔나?"

"응, 아버지. 너무 더워요."

순간 석준의 눈이 커다래졌다.

"그래, 덥긴 하더라."

그녀는 집 안으로 들어서자마자 냉장고로 달려가 물을 꺼냈다.

"왜 그러셔?"

도영은 얼굴을 빤히 보는 아버지에게 묻자, 아버지가 고개를 끄덕거렸다.

"흠. 도영아, 어떨 땐 나도 그렇게 생각한단다."

"무슨 말씀이셔?"

도영이 냉장고에 물병을 넣으며 되물었다.

"방에 들어가서 거울 좀 봐라."

"무슨 말씀이셔?"

안방으로 총총히 사라지는 아버지의 뒷모습을 어리둥절하게 보다 그녀의 방으로 들어갔다. 갈아입을 옷을 챙겨 들고 욕실로 가려던 그녀는 흘끗 거울을 보았다. 그런데 왼쪽 뺨이 검게 물들어 있었다.

"악, 이게 뭐야!"

화들짝 놀란 그녀가 거울 안으로 들어갈 듯 얼굴을 들이밀었다.

〈바보 쌈닭.〉

얼굴을 도화지 삼아 한 낙서를 보면서도 믿을 수가 없었다. 이렇게 유치할 데가! 망할 설수민 짓이 분명했다.

그 남자, 당최 마음에 드는 구석이 없다. 검지에 침을 묻혀 문지르자 시커먼 잉크가 퍼져 더 흉측해졌다.

"설수민, 진짜 가만 안 둬!"

도영이 분노의 다짐을 했다.

✳

"후훗."

수민은 수안의 집 앞에 차를 주차하며 씩 웃고 말았다. 꼼질 꼼질 적어놓은 펜글씨에 땅콩이 얼마나 흥분할지 눈에 선했다.

"사암─촌!"

기분 좋게 히죽거리는데 키 작은 대문 너머 고물거리는 조카 둘이 마구 정원을 가로질러 달려나왔다.

"아이고, 우리 병아리들. 잘 놀았어?"

막둥이 여동생의 아들 정헌이 세 살, 그보다 더 꼬맹이 정원은 막 돌이 지난 공주였다. 그는 쓰러질 듯 위태로운 걸음으로 뒤뚱거리는 정원을 먼저 품에 안고 정헌마저 안았다. 아이들 둘을 모두 껴안고 마구 볼을 쓰다듬어 주자, 기분 좋은 너석들이

웃음을 터뜨렸다. 정원이 방긋거리며 그의 목을 꼭 껴안은 동
안, 정헌이 목청 높여 말했다.

"삼촌 너무 기다렸어."

참새들처럼 입을 모아 지저귀는 것을 보니 얼마나 귀여운지,
수민의 입이 벌어져 다물어지지 못했다.

한 달 전, 부모님이 결혼 37주년을 기념하기 위해 크루즈 여
행을 떠나셨다. 형 수현과 동생 수안은 모두 결혼을 한 상태라
넓은 집에 수민뿐이었다. 지방 촬영이나 해외 촬영이 많아 집을
비우는 일이 다반사였고, 집에 있을 때는 가족들과 함께여서 몰
랐는데 넓은 집에 혼자 있는 것은 그다지 기분 좋은 일이 아니
었다. 그래서 그는 요즘 하루는 형 집에, 또 하루는 수안 집에서
머무는 정처없는 유랑을 하는 중이었다.

"그랬어? 삼촌도 너무 보고 싶었어."

수민은 정원을 안은 채, 정헌을 앞세워 대문 앞으로 다가갔
다.

"엄마는 뭐 해?"

감히 하늘 같은 오라버니가 왔는데 나와보지도 않다니. 그가
괘씸해하자, 정헌이 재잘거렸다.

"엄마? 삼촌 오면 아빠 회사에 놀러간다고 기다리고 있었어."

헉, 이게 또 그를 베이비시터로 만들 작정이구나!

수민의 등에 식은땀이 흘러내렸다.

"저기, 공주야. 오빠 손 잡아."

그는 얼른 정원을 바닥에 내려 정헌의 손을 잡게 했다.

"정헌아, 삼촌이 생각해 보니까 할아버지 집으로 가야 할 것 같아. 해야 할 일이 있는데 그걸 잊어버렸지 뭐야?"

"사암촌, 도망가는 거지?"

정헌이 영리한 두 눈을 반짝거리며 지적했다.

누가 설수안 아들 아니랄까 봐 눈치 백단에, 세 살배기라고 믿어지지 않을 만큼 완벽한 문장을 만들어내는 것 좀 봐라. 수민은 섣부른 변명을 하지 않고, 대신 바지 주머니를 뒤져 천 원짜리 한 장을 꺼냈다.

"엄마한테 삼촌 봤다는 말하면 안 돼. 알았지?"

"알았어. 나랑 원이는 삼촌 못 봤어."

빳빳한 천 원짜리 한 장을 받아 든 정헌이 씩 웃으며 고개를 끄덕거렸다.

"그래, 삼촌 간다."

수민은 아이들을 대문 안으로 들여보낸 후 얼른 차에 올라탔다. 탈출이다. 그는 수안이 쫓아 나올까 잔뜩 경계를 하며 이십여 분 남짓 떨어진 본가로 돌아왔다. 텅 빈 집에서 풍기는 서늘함이 어색해 잠시 현관 앞에 멈춰 섰다.

"옛날에는 이런 기분 못 느꼈는데."

불쑥 혼자라는 생각에 애처럼 외로웠다.

이럴 줄 알았으면 그냥 정헌이네 있을 걸. 조금의 후회가 밀려들며 기운이 쭉 빠졌다. 수민은 센티해진 기분 그대로 이층

방으로 올라갔다. 그리고 입은 옷 그대로 침대에 털썩 누워버렸다. 땅콩을 닦달해 얻어먹은 라면 덕에 최소한 배고픔은 면한 것이 이렇게 고마울 줄이야……. 그는 그대로 눈을 감았다.

"오빠!"
그런데 어디서 수안의 재촉이 들렸다.
"어휴, 좀 일어나 봐."
이 괴물이 집까지 따라왔나 보다. 절망한 수민이 떠지지 않는 눈을 억지로 뜨자, 똑같은 얼굴 세 개가 그를 내려다보고 있었다.
"헛!"
잠결에 놀라 흠칫 물러나자 수안이 혀를 찼다.
"정신 좀 차려."
정헌과 정원 따로, 수안 따로 보면 아무 생각이 없는데 셋이 한꺼번에 얼굴을 들이밀면 매번 놀라고 만다. 어떻게 저렇게나 부모 자식이 꼭 닮았는지, 유전이란 것이 놀랍고도 놀라울 따름이다.
"아, 무슨 일이야. 대체 어떻게 들어온 거야?"
수민이 빠르게 뛰는 가슴을 진정시키며 물었다.
"이제는 문 여는 법까지 터득한 거야?"
그러자 수안이 다시 혀를 찼다.
"바보."

"이게!"

버릇없는 동생을 용서치 않으리라 발끈하는데, 수안이 그의 어깨를 톡톡 치며 주의를 환기시켰다.

"일주일 전에 내가 현관 비밀번호 바꿨잖아. 기억 안 나?"

"맞네."

일주일 전 밤 선규와 함께 머리끝까지 마신 술 때문에 비밀번호를 잘못 눌러 경비업체가 출동했다. 더불어 말짱한 정신을 가진 사람이 필요해 근처에 사는 수안과 태원까지 출동했었다. 수안네가 비밀번호를 다시 입력하고, 경비업체를 돌려보내는 동안 현관에 머리를 박고 잠들었던 그였다. 수민은 머리를 긁적거렸다.

"오빠, 너무해. 어제 집까지 왔다가 그냥 갔다며?"

"어제?"

몇 시간 잔 것 같지 않는데 어제라니, 하지만 창밖을 내다보자 해가 중천에 떠 있었다. 밤을 도둑맞은 기분이 들었다.

"누구냐, 배신자가?"

굳이 묻지 않아도 또렷하게 문장을 말할 수 있는 정헌뿐이리라. 수민이 정헌을 보자, 녀석이 그 큰 눈을 깜빡거리며 머리를 흔들었다.

"나 아니야. 진짜 아니야. 원아. 우리는 아빠한테 가자."

그는 아니라면서도 날름 도망치는 녀석이 귀여워 피식 웃고 말았다.

"그나저나, 아침부터 넌 무슨 일이야?"

"오늘 태원 오빠네 회사에서 등산 가잖아. 부부 동반이라는데 안 갈 수도 없고, 그렇다고 애들을 데려갈 수도 없어. 그러니까 작은 오빠야, 애들 좀 봐주라."

수안의 남편 태원은 회계사였다. 그리고 보니 며칠 전 등산대회 어쩌고 하는 것을 들었던 것 같기도 하다. 이런 요물. 꼭 부탁할 게 있어야 이렇게 예쁘게 웃으며 애교질이다. 하지만 가식 애교에 넘어갈 리 없는 수민이 눈을 부라렸다.

"내가 베이비시터냐? 저번에도 애들 맡겨두고 러브호텔 갔지?"

그를 '영화배우 설수민'으로 대접하지 않는 형제들에게 익숙해진 지 이미 오래지만, 옹알거리는 조카 둘을 독신 남더러 보라는 건 너무하지 않은가. 그것도 하루 종일은 진정 너무한 일이었다.

"오늘은 절대 사절이다."

그러자 수안이 작전을 바꿔 애원 모드로 나오기 시작했다.

"나도 애들 데려가고 싶어. 그런데 정원이가 계속 콧물 나고 그래. 게다가 아토피 피부염인 거 알잖아. 모기 많은 산이 좋을 리는 없을 거야. 오늘 데려갔다가 곧장 응급실 가면 어떡해?"

공주가 콧물 감기라. 돌배기 아기가 작은 것에 얼마나 아파질 수 있는지 익히 알기에 수민의 마음이 약해졌다.

"형네 보내면 안 될까?"

자연 반항하는 목소리에는 힘이 실리지 않았다.

"재욱 언니도 바빠! 제헌이도 큰오빠가 볼 거야. 그리고 오빠. 형제간에 서로 돕고 살란 아버지 말씀을 자꾸 이런 식으로 거역할 거야?"

그가 반쯤 백기를 든 것을 직감한 수안이 위풍당당하게 소리쳤다.

"아버지께 전화할까?"

수안의 말이라면 콩이 팥이라고 해도 믿는 아버지였다. 딸은 무조건 사랑만 받아야 한다고 믿는 분이니만큼, 수안의 행보에 그가 방해를 준다면 불호령이 떨어질 것은 너무나 당연한 일이었다.

"아, 알았어. 알았다고."

처음부터 이렇게 될 말씨름이었다.

아주 어린 꼬마였을 때부터 설수안과의 말싸움에서 이긴 기억이 별로 없었다. 수민이 수안의 뒤를 따라 방을 나가자, 두 꼬마들은 제 아버지에게 안겨 사랑과 작별을 속삭이고 있었다.

"아빠, 빨리 와야 해."

"그래, 삼촌 말 잘 듣고 있어. 알았지?"

아이들의 볼에 번갈아 입맞춤 해준 태원이 그를 보며 미안해했다.

"쉬는 날을 이렇게 방해해서 미안해."

"괜찮아요, 형. 공주 아프다는데, 데려갔다가 일나면 어떡해요."

태원이 여동생의 남편이라지만, 나이가 수민보다 두 살 많았다. 게다가 태원이 가장 힘들었을 때 힘이 되어주었던 유년 시절을 함께 보낸 사이이자, 큰형 수현의 절친한 친구이기에 격식을 갖춘 호칭은 생략됐다. 그는 태원의 품에서 두 아이를 안아 바닥에 내려주었다.

"걱정 말고 다녀와요. 그리고 제발 수안이는 버리고 와요."

"후훗, 내가 그럴 거라고 생각해?"

"아니요."

태원이 수안이라면 하늘의 별이라도 따줄 거라는 것을 알기에, 그는 고개를 저으며 퉁퉁거렸다.

"자꾸 말하면 그런 마음 생기겠죠."

"작은 오빠, 진짜 자꾸 그래라."

뒤에서 수안이 그의 등을 아프게 꼬집었다.

"아프다. 얼른 가, 얼른."

잔뜩 인상을 쓴 수민이 손을 젓자, 수안과 태원이 웃으며 집을 나갔다. 문단속을 한 그는 양팔에 아이 둘을 나눠 낀 채 소파에 앉았다.

"우리 아가들, 밥은 먹었어?"

"응. 김치랑 김이랑 계란이랑 먹었어."

특정 단어 외에는 말을 거의 하지 못하는 정원 몫까지 합쳐,

정헌이 두 배의 열정으로 대답했다.

"찌개도 먹었는데 오늘은 엄마가 해서 별로였어. 하다가 긴장했나 봐. 아빠가 하면 더 맛있는데."

"그러게, 정헌아. 실은 네 엄마가 엄마라는 것도 낯설어."

"그게 무슨 말이야?"

정헌이 어리둥절한 눈으로 그를 보았다.

"조금만 더 크면 알게 될 거야. 우리 만화 볼까?"

수민은 아이의 관심을 돌릴 생각으로 만화 채널을 틀었다. 잠시 총천연색 만화에 여섯 눈동자가 모두 쏠린 듯했다.

하지만 곧 아이들이 만화에 집중하는 동안, 수민이 꼬박거리기 시작했다. 주말이라면 아침 늦게까지 푹 자야 한다고 믿기에 토요일 오전 열 시는 제정신이기가 힘들었다. 고개를 까닥거리며 꿀처럼 달콤한 잠을 자는데, 정헌이 흥분해 소리쳤다.

"우와, 삼촌! 삼촌 같은 피리 부는 배짱이 나와."

그의 허벅지를 탕탕 치며 관심을 요구했다.

"으응?"

비몽사몽 눈을 떠 아이를 보자, 정헌이 텔레비전을 가리켰다.

"봐봐. 삼촌 피리 맞지?"

가물거리는 눈으로 보자 화면에서 풀잎 모자를 쓴 배짱이가 검은 피리를 구슬프게 연주하고 있었다. 배짱이의 검은 피리를 보고 언젠가 그의 클라리넷 연주를 들은 적 있는 정헌이 흥분한 것이다.

"삼촌이 해봐. 응? 삼촌이 쟤보다 훨씬 잘 불러. 그치, 정원아?"

"어, 어!"

무슨 말인지도 모르고 돌배기 공주가 손뼉을 쳤다. 이 상황에서 '됐다!' 말하고 다시 눈을 감으면 딱 나쁜 삼촌 되는 거다.

"조금만 기다려."

비틀거리며 일어난 수민은 클라리넷을 가지러 이층으로 올라갔다. 한동안 불지 않고 넣어두었던 클라리넷을 케이스에서 꺼내 아래층으로 내려와 시험하듯 불어보았다. 그러자 부드러운 허밍 음이 거실에 울려 퍼졌다.

"우와!"

동시에 정헌의 눈이 왕사탕처럼 커다래졌다. 녀석의 눈에 검고 투박해 보이는 악기에서 이렇게 맑고 아름다운 소리가 나는 것이 신기할 것이다.

"올챙이 송 불러줘."

"오케이."

잠이 완전하게 깬 수민이 조카들을 위해 익혀둔 음을 불었다. 원래 영화 배역을 위해 배운 악기였으나, 불면 불수록 그 맑은 소리가 마음에 들었다.

한동안 불지 않은 것이 무색하게 경쾌한 올챙이 송을 연주하자 정헌과 정원이 손이 아프도록 박수를 쳤다.

"삼촌, 지인—짜 잘 불러! 배짱이 저리 가라고 해."

정헌이 최고라는 듯 엄지를 치켜 보였다. 이 녀석, 음악적 소양이 풍부하다. 마음에 들었어.

"또 불러줘. 이번에는 섬마을 아기."

"좋아."

까치집이 된 머리에 현란한 색상의 반바지 차림으로 신이 난 수민이 두 명의 관객을 만족시키기 위해 최선을 다했다.

내리 다섯 곡을 부르고 나니 출출해졌다. 시계를 보니 어느덧 열두 시. 수민은 아이들에게 먹일 것을 찾아 주방을 뒤지기 시작했다. 하지만 부모님이 없는 집에 반찬이나, 과일이 있을 리가 없었다. 시켜 먹자니 아직 어린 꼬마들, 특히 아토피 피부염에 고생하는 공주에게 마땅히 먹일 게 없었다.

"박정헌, 콜."

"왜?"

거실에서 정원과 레슬링을 하던 정헌이 그의 부름에 뛰어왔다.

"아가. 반찬이 없는데 우리 뭐로 밥 먹지?"

"계란 없어?"

냉장고 문을 본 그가 고개를 저었다.

"응, 없는데?"

"김은?"

"김도 없어."

"에잇, 그럼 삼촌은 뭐 먹고 살았어?"

"음……."

순간 말문이 턱 막혔다. 확실히 설수안 아들답게 그를 기죽이는 포스가 강하다.

"우리 집 가자. 우리 집에 김이랑 계란 있어."

고 작은 머리로 곰곰이 고민하던 정헌이 해결책을 내놨다.

"생각해 보니까 어제 아빠가 사 온 치킨도 좀 남았어."

"그래? 그럼 가자."

수민이 반색을 했다. 기죽는 건 기 죽는 거고, 정헌의 제안이 솔깃한 건 어쩔 수 없었다. 그는 정헌을 데리고 얼른 주방을 나왔다.

"우리 공주님. 집에 가서 맘마 먹자."

"응, 응."

이런 예쁜 '예스 걸' 같으니라고. 제 엄마나 오빠처럼 삼촌 기죽이지 않고 무슨 말을 하던 '응'이라 대답해 주는 아주 멋진 공주다.

집을 나온 수민은 아이들을 뒷좌석에 태우고 시동을 걸었다. 차로 이십여 분 걸리는 수안네 동네로 접어들자 도영과 몸싸움을 벌였던 마트가 나왔다. 그는 마트 옆으로 난 골목 안으로 천천히 차를 몰았다.

"어라?"

딱 100m만 더 가면 수안네가 나오는데, 저만큼 마주 걸어오는 얼굴이 낯익었다. 땅콩이다.

"그래. 이 동네 사니까 이렇게도 보는군."

수민은 도영과의 우연한 마주침이 놀라웠다. 도영은 그가 보는지도 모르고 뭘 샀는지 검은 비닐봉지를 신나게 휘두르며 다다다 뛰어 어느 건물 안으로 쏙 들어갔다. 길 옆으로 차를 세우고 도영이 들어간 건물을 보던 수민이 히죽 웃었다.

"도영 비디오방이라."

그가 도영을 찾기 편리하게 해주는 작명 센스다.

"정헌아, 우리 잠깐 어디 들렀다가 가자. 배 많이 고파?"

"아니. 오늘 아침에 원이랑 난 밥 두 그릇 먹어서 배 별로 안 고파. 삼촌 배에서처럼 그런 소리 안 나."

흠, 익히 알고 있었지만 지나치게 예리한 녀석이다. 수민은 꼬르륵거리는 자신의 배를 흘낏 보았다. 조금만 참아라. 저 비디오방에 딱 한 번만 들렀다가 집으로 가서 밥을 먹어주마. 수민은 차의 시동을 껐다.

✳

해가 중천에 떠서야 눈을 떠보니 유석준 사장님께서 손수 김밥을 싸들고 바다낚시를 떠난 뒤였다.

눈곱만 뗀 얼굴로 건물을 내려가 수선집을 보자, '금일 휴업'이란 반듯한 글씨가 유리문에 붙어 있었다. 필시 유 사장과 홍 여사가 함께 바다낚시를 떠난 것이다. 만주 아저씨의 밤해 공자에도 불구하고 두 분이 잘되나 보다. 흐뭇한 미소를 지은 도영은 그 길로 동네 책 대여점으로 갔다.

주말이라지만 이렇게 폭염이 계속되는 날, 태양 아래를 헤매고 싶은 생각이 전혀 없었다. 하루 종일 집에 있으려면 즐길 거리가 있어야 하는 법.

큰 비닐봉지 가득 따끈따끈한 신간만을 골라 신나게 비디오방으로 돌아온 도영은 냉장고에서 사이다 한 캔을 꺼내 테이블 위에 내려놓았다. 그리고 소파에 털썩 앉아 김밥 꽁다리가 수북하게 담긴 접시에서 꽁다리 하나를 들고 입에 넣었다. 볼품없는 꽁다리 대신 모양 좋은 김밥은 전부 낚시하러 떠난 아버지 도시락통에 있을 것이다. 하지만 상관없다. 원래 김밥은 꽁다리가 제맛이다.

"우, 맛있다."

하여튼 유 사장 음식 솜씨는 알아줘야 한다. 당근과 시금치, 분홍 게살, 노란 계란 등등 색도 얼마나 참한지 몰랐다. 비디오방을 안 하고 음식점을 했더라도 필시 성공했을 솜씨였다.

도영은 김밥을 우물거리며 시원한 사이다를 마셨다. 아버지의 감시망이 없었기에 빵빵하게 튼 에어컨 하며 김밥, 시원한 사이다까지 마치 소풍을 나온 기분이었다.

구김 하나 없는 새 만화책을 펼치며 행복해하는데, 딸랑딸랑 비디오방의 문이 열렸다.

"어서 오세요."

반사적으로 인사를 하며 고개를 돌리던 도영의 눈이 휘둥그 레졌다. 놀랍게도 침입자는 설수민이었다.

"어? 당신이 우리 가게에 무슨 일이에요?"

도영이 가슴 위로 팔짱을 끼고 떽떽거렸다. 그와 얼굴을 맞대 고 좋았던 기억이 없기에 자연 질문이 호전적으로 될 수밖에 없 었다.

"잘 만났어요. 이거 좀 봐요. 내 피부가 썩고 있는데……."

"안녕하세요."

수민이 낙서를 했던 얼굴을 보이며 따지려던 그녀에게 낭랑 한 인사가 들렸다. 어랏? 도영은 카운터에서 몸을 내밀어 소리 가 들리는 아래쪽을 보았다.

"어머, 안녕?"

수민의 허리춤에도 못 미치는 아이 둘이 그녀를 보고 있었다. 그 모습이 너무 귀여워 그녀가 저도 모르게 방긋 웃었다.

"너희들은 누구니?"

그러자 파란 반바지에 하얀 민소매 티를 입은 남자아이가 노 란 원피스 차림의 여자아이를 가리켰다.

"얘는 제 동생 박정원이고요, 저는 박정헌이에요."

얼마나 앙증맞은지 꼭 깨물어주고 싶을 지경이었다.

"그래, 반갑다. 난 유도영이라고 해. 얼른 앉아."

수민에 대한 반감도 잊은 그녀가 얼른 카운터 앞 소파에 아이 들을 앉혔다. 그때까지 아무 말 없이 비디오방을 쓰윽 둘러보던 수민이 감탄에 젖어 말했다.

"이야, 여기 진짜 너네 가게야?"

"그럼요."

더 정확하게는 유 사장 가게지만, 도영이 자부심을 담아 대답했다. 이곳은 이름만 비디오방이지, 나름 문화공간이다. 여느 비디오방과 다르게 카운터 앞은 널찍한 소파와 함께 여러 서적들이 꽂혀 있었다.

안쪽으로 들어가는 감상실은 특성상 음침할 수밖에 없지만 테이프가 가지런히 정리된 카운터 쪽 공간은 창을 통해 사계절 내내 빛이 들어왔다. 바닥까지 원목이라 가정집 응접실 같은 분위기였다.

"좋다."

수민의 음성에서 진심이 묻어났다. 도영은 절로 어깨가 으쓱해졌다. 그가 비디오방의 진가를 알아주니 어제의 일은 잊어주겠다고 다짐하며 고개를 돌린 순간, 또 한 번 놀라고 말았다.

"그 차림으로 막 다녀요?"

그녀는 빨간색과 초록색의 기묘한 결합체인 수민의 반바지를 보며 경악했다. 하지만 그는 전혀 아무렇지 않는 얼굴이었다.

"이게 순면이라 땀 흡수가 잘돼. 얼마나 시원한데 그래?"

하긴, 몸매 받쳐 줘, 얼굴 따라줘, 뭔들 못 입겠는가. 저렇게 입는 것도 '패션' 같아 보이는 게 당연할 따름이다.

"손님이 왔는데 음료수도 안 주나?"

예의 바른 아이들과는 다르게 수민이 마구 투덜거리더니 카운터 옆 냉장고에서 콜라를 꺼내 들었다.

"오, 김밥이다!"

캔을 따기도 전에 김밥을 발견한 그의 눈이 황금을 발견한 사람 같았다. 주인의 허락도 받지 않고 김밥을 입에 넣는 그를 본 아이가 그녀에게 말했다.

"우리 삼촌이요. 배가 고프거든요."

또랑또랑한 아이의 말에 수민을 째려보던 도영이 그만 웃고 말았다.

"그래, 저 아저씨가 삼촌이구나. 우리 예쁜 친구들한테도 마실 거 줄까?"

그냥 보고만 있어도 예쁜 아이들이라 저절로 마음이 갔다. 그러자 아이가 진지하게 부탁했다.

"네, 우리 원이랑 전 우유 주세요."

"응?"

"우리 엄마가요, 우리 아빠처럼 지인짜 멋있는 어른이 되려면 우유를 많이 먹어야 한댔거든요."

허리춤에도 못 미치는 아이의 신통방통한 말솜씨에 도영이 혀를 내둘렀다.

"얘 진짜 몇 살이에요? 아직 아기처럼 어려 보이는데?"

"응, 세 살인데 말하는 건 완전 초등학생이야. 쟤가 지 엄마 닮았어. 쟤 엄마도 세 살 때 따 저랬거든."

다섯 살 터울이라 수민은 수안의 꼬맹이 때 모습을 정확히 기억했다.

"우리 공주는 이제 돌 지났어. 순둥이인 게, 엄마 안 닮아서 다행이야. 공주는 확실히 제 아빠의 우성 유전자를 받았어."

남의 귀한 아이들과 그 부모의 유전자를 분석하면서도 수민은 이상하리만치 확신에 차 있었다.

"정헌아, 김밥 먹을래?"

수민은 아예 카운터에서 김밥 접시를 들고 소파로 다가오며 아이에게 물었다. 마치 제 것 같았다. 그가 내려놓은 접시를 꼼꼼히 보던 정헌이 망설였다.

"저기 있잖아. 삼촌, 당근 있어."

아이의 우물쭈물 망설이는 말에 도영이 몰래 웃었다. 아빠 닮으려고 흰 우유만 마신다는 꼬마도 당근은 싫은가 보다.

"당근 빼고 먹어."

수민이 김밥에서 당근을 빼고, 친절하게 시금치까지 빼서 정헌의 입가에 대주었다.

"원래 아기들은 시금치도 싫어하고, 당근도 싫어하고, 우유도 싫어해. 콜라 좋아하고 그래야 멋진 어른 되는 거야."

"아니야. 우리 아빠는 콜라 안 좋아해."

시금치와 당근이 모두 처리된 김밥을 흡족하게 받아먹으면서도 정헌이 고개를 저었다. 아빠가 어지간히 멋있나 보다.

"너네 엄마는 좋아해. 콜라도 좋아했고 별사탕도 좋아했어.

그러니까 너도 오늘은 콜라 마셔도 되고 김밥에서 당근도 빼고 먹어도 돼."

수민은 정원에게도 김밥을 먹이며 진지하게 말했다. 진지한 것은 좋은데, 아이 교육에 도움이 되는 것 같지는 않았다.

"자자, 당근은 안 먹어도 되지만 콜라는 안 좋아요. 내가 우유 가져다줄게. 정원이랑 정헌이는 우유 마셔."

도영이 말하자, 정헌이 그녀를 보며 해맑게 웃었다.

"고맙습니다."

아이고, 예뻐라. 도영은 그들이 초대 받은 손님이 아니란 것을 잊기로 했다.

"그런데 어쩐 일이에요?"

집에서 우유와 멀쩡한 김밥을 다 가지고 내려온 도영은 수민과 아이들이 그것을 바닥내는 것을 보며 물었다.

"밥 먹으러 얘들 집으로 가는 중에 너 봤어. 간판 보니까 도영 비디오방이라서 한번 와봤지."

도영은 수민이 무척 배고파하면서도, 자신이 먹기 전 조카들에게 김밥을 먼저 먹이는 것을 유심히 보았다. 그것도 시금치와 당근을 꼭 빼고.

"얘들은 누구예요?"

"내 여동생 보물. 부부동반으로 등산대회 참석해서 내가 돌봐 주는 거야."

"아, 그렇구나."

그래도 남자가 애들 보는 건 쉽지가 않는데 수민도 그렇고, 그와 남겨진 애들도 그렇고 무척 편안해 보였다. 그들 사이가 얼마나 친밀한지 알 것 같았다.

수민이 그 많던 김밥을 다 동내고서 부른 배를 두드리며 어슬렁거렸다.

"만화책이네?"

카운터 옆 비닐봉지를 발견한 그가 반색을 했다. 흘깃 도영 쪽을 보니 정헌과 정원에게 정신이 홀랑 나간 것 같았다. 소파 테이블 위에 달력을 뜯어 흰 면을 펼쳐 놓고 뭘 그리는지, 셋이서 아주 신이 났다.

그는 여유롭게 카운터 의자에 앉아 만화책을 펼쳤다. 이런 것을 기대하고 들어온 것이 아닌데 배도 불러, 시원해, 거기에 만화책까지. 무릉도원이 따로 없었다.

휘파람을 흥얼거리며 만화책을 뒤적거리는데 휴대폰이 울렸다. 극소수만이 아는 개인 번호라 굳이 발신번호를 확인하지 않고 전화를 받았다.

"네."

[어디냐?]

호건이었다.

"응, 조카들이랑 잠깐 밖에 나와 있어."

그와 마찬가지 영화배우인 호건과는 대학 시절 동창이었다.

선규와 함께 셋이서 참 많이 어울렸는데, 서로 바쁘다 보니 한 달에 한 번 보는 것도 이렇게 힘이 든다.

[넌 왜 그렇게 바쁘냐?]

"누가 할 소리. 이봐, 장호건 씨. 얼굴 좀 보고 살자."

그런데 정원과 정헌의 웃음소리에 푹 빠져 있던 도영이 '장호건'이란 말에 고개를 번쩍 들었다.

"잠깐만. 왜?"

그 모습을 본 수민이 수화기를 내리고 도영을 쳐다보자, 도영이 요상한 얼굴로 다가왔다.

"저기요. 호, 혹시 지금 금방 장호건이라고 했어요?"

"응, 그런데?"

"영화배우 장호건님?"

"응, 영화배우 장호건. 그런데 넘은 뭐냐?"

수민이 영문을 몰라 그녀의 말을 따라 했다. 에헤라디야! 장호건님이란다. 그녀 사랑 장호건님! 입 밖으로 튀어나올 것 같은 심장을 부둥켜안고 도영이 번개처럼 빠르게 그의 곁에 다가갔다.

"너 왜 이래?"

[수민아.]

도영을 뒤로 밀치는데 호건이 그를 불렀다.

"응, 호건아."

'헉' 거리는 숨소리를 내며 그녀가 그의 귓가로 바짝 다가왔다. 동시에 아기 냄새가 물씬 풍기자, 수민의 등 뒤로 오싹한 전율이 흘렀다.

이 여자, 나 덮치려고 하는 거 아니야?

"저리 가. 너 왜 이래?"

그가 도영을 밀었다.

"잠깐만요! 얼른 통화해요, 얼른!"

"야, 호건아. 전화 끊자. 내가 다시 할게."

하지만 수민은 얼른 전화를 끊고 그녀를 노려보았다.

"애들 보는데 왜 이래?"

"하, 전화 통화 하라니까 왜 끊고 그래요!"

장호건님 목소리 한번 들어보려고 했더니! 고새를 못 참고 전화를 끊냐? 나쁜 놈! 도영이 허리춤에 손을 얹고 씩씩거렸다.

"삼촌, 싸워?"

그러자 뒤에서 아이의 불안한 목소리가 들렸다. 아이고, 애들이 있었구나.

"원이랑 나 무서워지려고 해."

"아니야, 삼촌 안 싸워. 의견 충돌을 풀어가는 중이야."

수민이 서둘러 다가가 아이들을 안자, 도영이 머쓱함에 머리를 긁적거렸다. 이런, 어른이 되어가지고 저렇게 작은 애를 불안하게 만들다니.

"응, 누나랑 삼촌 안 싸웠어. 걱정하지 마."

"네."

정헌이 고개를 끄덕거렸다.

"이리 와. 누나가 예쁜 그림 그려줄게."

도영은 호건님의 목소리에 대한 아쉬움을 달래고 다시 아이들과 놀기 시작했다.

이렇게 오래 머물러 있을 생각은 없었는데, 애들 데려오란 수안의 전화를 받는 순간에서야 해가 어두워졌음을 알 수 있었다.

"자, 이건 김밥 값. 이건 비디오 값. 이건 우리 아가들이랑 놀아준 값."

도영의 펼쳐진 손바닥 위로 수민이 셈을 했다.

"콜라 값은요?"

그녀의 지적에 수민이 눈썹을 치켜떴다.

"그건 서비스 했다고 쳐."

"됐거든요. 오백 원이니까 얼른 줘요."

마치 귀신에 홀린 듯, 수민과 하루를 같이 보낸 뒤라지만 확실할 건 확실해야 한다.

"참, 내 얼굴! 한 번만 더 그랬단 봐요!"

뒤늦게 얼굴 낙서 사건을 기억한 그녀가 으르렁거리자, 수민이 히죽거렸다.

"잠팅아, 낙서하는 동안 누가 일어나지 말래?"

"씨."

그를 때려줄 요량으로 두 주먹을 꼭 쥐자, 수민이 재빨리 아이들을 안아 들었다.

"자, 우리 얼른 인사하고 가자."

"오늘 즐거웠어요."

흔히들 하는 '안녕히 계세요'를 기대했던 도영이 정헌의 말에 풋, 웃고 말았다. 정말 신통방통이다.

"그래, 누나도 즐거웠어. 잘 가."

"네. 장사 잘하세요."

요런 귀염둥이.

"장사 잘해."

정헌의 말을 따라한 수민이 비디오방을 나왔다. 비디오방을 나오자 후끈거리는 열기가 고스란히 전해졌다.

"삼촌, 오늘 재미있었어. 아주 마음에 드는 누나야."

"글쎄, 네 마음에는 들어도 내 마음에는 안 드는 누나인데 어쩌지?"

아이를 차에 태우며 말하자, 정헌이 고 작은 얼굴로 심각하게 말했다.

"흠, 난 저 누나 캡 좋아. 엄마가 그랬는데 삼촌이 좀 까다롭대."

설수안 요것이 애들한테 별소리를 다 한다.

"정헌아, 삼촌이 까다로운 게 아니라 꼼꼼한 거지."

"그게 그거래."

졌다. 수민은 세 살배기 조카를 상대로 이길 미련을 버렸다.

비디오방에서 딱 이 분 걸려 집에 도착하자 태원이 나와 있었다.

"아빠! 아빠아!"

뒷좌석에 앉아 있던 두 녀석들이 흥분해 태원의 품에 안겨들었다.

"그래, 우리 아기들. 잘 놀았어?"

"응응, 아빠도 재미있었어?"

이산가족 상봉에 버금가는 흥분으로 제 아버지 품에 답삭 안긴 정헌이 뭔가를 불쑥 내밀었다.

"참, 삼촌 이거."

"뭐니?"

정헌의 손에 도르르 말린 달력을 받아 펼치려 하자, 정헌이 기겁을 했다.

"아니야! 지금 보면 안 돼! 삼촌 혼자서 보랬단 말이야!"

"누가?"

"누나가."

도영이?

"알았어."

수민은 이게 뭔지 궁금하긴 했지만, 아이를 흥분시켜 가며 보고 싶은 마음이 없어 차에 던져 넣었다.

"저 갈게요."

"왜, 저녁 먹고 내일 일요일인데 자고 가,"

태원의 제안에 수민이 아쉽다는 듯 고개를 저었다.

"아, 다음 주 촬영 스케줄 조정하러 선규가 올지도 몰라서요."

"이런, 미안해서 어쩌지? 우리 애들 봐주느라 고생했는데."

태원은 진심으로 미안해했다.

"뭘요. 내 조카들인데. 갑니다. 정헌, 정원. 삼촌 간다."

"삼촌 잘 가!"

"조심해서 가."

수민은 그들의 배웅을 받으며 집으로 돌아왔다. 그리고 곧장 이층으로 올라와 침대 위로 누워버렸다.

"아고, 이렇게 하루가 가는구나."

그래도 오늘은 땅콩 덕에 하루가 금방 갔다. 도영 비디오방이라, 종종 놀러가야겠다. 히죽 웃으며 다짐을 하는데 등 밑에서 뭔가 부스럭거렸다. 슬쩍 아래를 보니, 정헌이 준 달력이었다. 차에서 내릴 때 가져온 걸 깔아뭉개 버렸다.

"그래, 뭔지 한번 볼까?"

수민은 꼬깃꼬깃해진 달력을 펼쳐 보았다. 그것을 본 순간 저절로 웃음이 터져 나왔다.

"홋."

달력 위에는 고릴라 몸 위에 그의 얼굴이 그려져 있었다. '심술 도깨비'라 명명된 고릴라의 몸에 얼굴이 앞뒤로 두 개 그려진, 이른바 캐리커처였다.

사람들이 구름처럼 몰려 있는 앞에선 천사처럼 웃는데, '도영'이라 이름 적힌 파리—요정이란 말풍선이 있지만 무시—가 그려진 뒤편에서는 엄청나게 심술궂은 얼굴이었다. 심술 위로 '라면 끓여!'란 말풍선이 둥둥 떠 있었다.

너무나 사실적인 캐리커처 앞에 웃음이 계속 나왔다. 도깨비라니, 유치원을 졸업함과 동시에 잊어버린 단어였다. 이 여자. 상당히 재미있다.

보고 열 받으라고 그려서 정헌 편에 전해준 모양인데 놀랍도록 그와 닮은 얼굴 위로 삐쭉 뿔 솟은 모습이 웃기기만 했다.

"그래, 내가 좀 심술궂긴 해."

한참 동안 '심술 도깨비' 그림을 보던 그가 고개를 끄덕거렸다. 아무리 결점이라 해도 인정할 건 인정한다 이 말이다. 수민은 책상 서랍에서 스카치테이프를 꺼내 달력 종이를 벽에 반듯하게 붙였다.

그와 너무 닮은 도깨비를 버리긴 아깝지 않은가.

"이봐, 너 하는 짓이 귀엽단 말이야."

수민은 흐뭇하게 '도영 파리'를 손가락으로 톡 쳤다.

죽여주는 친구가 있다

4

넷. 죽여주는 친구가 있다

다시 월요일이 시작됐다.

스튜디오로 출근을 한 도영은 아침부터 때아닌 '빡빡이'에 골머리를 앓고 있었다. 영화 속에서 수민의 상대역인 죽은 여자가 하필이면 문학소녀라, 각 장면마다 편지 소품이 빠지지가 않았다.

커다란 상자 가득 편지가 들어 있어야 하는데, 반 정도밖에 채우지 못했다.

"고등학교 다닐 때도 그냥 맞고 말지, 이건 안 했는데."

할 일 없이 편지지에 남자에 대한 사랑을 줄줄이 적어 내려가야 하는 도영의 입이 대자나나왔다

개그 프로에 나오는 '마빡이'가 아닌 '빡빡이'는 고등학교 숙제 전용이었다. 중간고사나 기말 고사 후, 허용범위보다 더 많이 틀리면 한 문제당 8절지 앞뒤로 빡빡하게 공부한 내용을 적어 제출해야 했던 것을 '빡빡이'라고 불렀다. 검은 연필 글씨 가득한 8절지에서 조금이라도 빈틈이 보이면 꿀밤을 각오해야만 했던 추억의 빡빡이를 나이 스물일곱 살이 되어 먹고살기 위하여 하고 있으니, 세상 참 요지경이다.

벌써 편지지 열 장을 미친 듯이 적어 내렸다. 그런데도 상자가 가득 찰 기미를 보이지 않자 막막해졌다.

"밤에는 학 접어, 낮에는 편지 적어. 도영아, 도영아. 넌 살기가 왜 이렇게 힘이 든 거니."

그때 팔이 저릿하게 아파와 심술이 난 그녀 머리 위로 차가운 기운이 느껴졌다. 얼른 위를 쳐다보자 희준이 차가운 캔 커피를 흔들어 보였다.

"십 리 밖에서도 김 나는 게 보이더라. 이거 마시고 열 좀 식혀라."

"고마워요. 선배밖에 없어."

속도 타고 목도 타던 도영은 서둘러 캔을 받아 들었다. 누가 뺏어먹을까 한입에 털어 넣은 그녀가 입가를 닦으며 투덜거렸다.

"하필이면 여자가 왜 문학소녀예요? 사람 잡네, 잡아."

"그러게 말이다. 우리 도영이 잡네."

희준이 그녀의 머리를 부비며 맞은편 자리에 앉았다. 그런데 그의 얼굴이 저번 주와 다르게 해쓱한 것이 상태가 썩 좋아 보이지 않았다.

"선배, 어디 아파요?"

"응, 마음이 아프다. 호 해줄래?"

희준이 잔뜩 어리광을 부리며 탄탄한 가슴을 내밀었다.

"아프긴, 아직 덜 아팠네요."

딱 바람둥이 같아 보이는 희준의 모습에 도영이 콧방귀를 뀌었다.

"인마, 나 진짜 아파."

"어디가요?"

그러자 희준이 테이블 위로 철퍼덕 쓰러지며 앓는 소리를 했다.

"마음이……. 아, 도영아. 나 우리 연지 두고 바람피우고 싶어."

순간 도영이 그 말에 질색을 했다. 이 양반이, 연지 언니 굵은 팔뚝에 운명(殞命)을 달리하고 싶은 게야? 연지 언니는 곱상한 외모와는 너무 달리 학창 시절 역도를 해 팔뚝이 몹시 건장했다. 그 팔에 헤드락이 걸려 빠져나온 사람은 아무도 없었다.

"독수공방하는 거 너무 외로워. 도영아. 우리 예쁜 도영아, 선배랑 사귈래?"

말이 끝나기가 무섭게 도영은 옆에 있던 편지 상자 뚜껑으로 희준의 머리를 툭 쳤다. 아무리 외로워도 그렇지 정조가 없는 남자는 매로 응징해야 한다.

"정신 차려요."

"요게 선배 머리를 쳐?"

희준이 발끈하자, 그녀가 눈을 부라렸다.

"선배든 후배든. 죽으려면 혼자 죽든지, 왜 멀쩡히 오래 살고 싶은 사람까지 단명하게 만들어요? 연지 언니 팔뚝이 얼마나 굵은데!"

"아휴, 외롭다니까!"

"그럼 연지 언니 있는 독일로 가요."

"하여튼, 유도영. 넌 남자의 외로움을 달래주는 법을 몰라. 됐네, 됐어."

매정한 그녀의 대답에 희준이 샐쭉해져서 자리에서 일어났다.

"나 연지 언니한테 선배의 바람을 메일로 적어서 보낼 거예요. 알아서 해요."

"몰라! 그렇게 보고 싶다고 한국 오라는데 안 들어오는 여자, 됐다고 그래."

협박에도 희준이 성큼성큼 걸어 사라졌다. 오호라, 가만 보니 저 양반들, 사랑싸움을 했던가 보다. 하루만 못 봐도 얼굴이 반쪽이 되는 커플들이니 오죽하겠는가.

"그나저나, 저 양반. 자긴 농담이라도 여자들은 진담으로 받아들일 텐데."

훤칠하게 잘생긴 얼굴로 외롭다는 남자 마다할 여자가 어디 있겠는가. 도영은 더럭 걱정이 됐다. 희준이 아닌, 언니에 대해 아무것도 모를 여자들이. 연지 언니 팔뚝 굵다는 이야기를 해줘야 하는데. 그녀는 서둘러 희준을 찾아 나섰다.

촬영장은 오전 촬영이 끝나고 오후부터 있을 스튜디오 촬영으로 인해 무척 분주했다. 저만큼 보니 수민이 감독과 스태프들에게 둘러싸여 있는 것이 보였다. 이틀 전, 100% 순면 반바지를 팔랑거리던 남자가 짙은 색 청바지에 터틀넥 스웨터 차림으로 무척 진지해 보였다. 그녀로서는 정말 적응할 수 없는 일이었다. 절대 보여지는 것처럼 감수성 예민하고 젠틀한 남자가 아닌 것을!

그녀는 잠시 멈춰 서 감독의 말에 귀를 기울이는 수민의 모습을 지켜보았다. 저렇게 보면 영락없는 배우인데, 하는 짓은 동네 골목대장 같으니 참 알 수 없단 말이지.

홀로 구시렁거리며 뒤로 돌아서던 그녀가 그대로 굳어졌다. 도영은 스튜디오 입구로 들어서는 남자를 보며 자신의 눈을 믿을 수가 없었다.

호, 호건님이 나타났다!

더워서 죽을 지경이었다.

가뜩이나 더위에 약한데 이렇게 두꺼운 스웨터 차림이라니, 수민은 당장이라도 비명을 지르며 뛰쳐나가고 싶었다. 넘쳐 나는 촬영 스태프와 조명 기구들로 인해 에어컨이 가동되고 있는 것이 무의미했다. 영화를 하는 동안 별별 촬영을 다 해봤지만 여전히 적응할 수 없는 게 여름에 겨울 배경 신이었다.

하지만 힘들기 때문에 더 최선을 다해야 했다. 이 영화가 상영이 됐을 때, 혹시라도 더위에 영향 받은 미숙한 감정이나 표정들이 관객의 눈에 띈다면 그건 설수민 이름 세 글자에 엄청난 오명이 될 것이 분명했다. 처음부터 안 하면 안 했지, 이미 시작한 이상 최고의 장면을 만들어야 했다.

"잠시 휴식 후, 촬영 준비되면 바로 시작할 겁니다."

"네."

수민은 감독의 선언에 안도의 한숨과 함께 자리에서 일어섰다. 그런데 뒤에 섰던 선규가 툭 치는 바람에 돌아보았다.

"왜?"

"저기."

선규가 가리키는 곳을 보자, 뜻밖에도 호건이 그를 보고 손을 흔들었다.

"수민아."

"어, 웬일이야?"

반가움에 호건이 내민 손을 잡자, 그가 어깨를 으쓱거렸다.

"필름 보관소에 볼일이 있어서 왔다가 너 여기 있단 말 듣고 와봤어."

선규와도 악수를 나눈 호건이 수민의 의상을 보며 혀를 찼다.

"안 더워?"

"죽을 것 같다. 넌 스케줄 없어?"

"응, 오늘은 한가해서 너 끝나면 같이 술이나 한잔하려고 왔지. 선규야, 너도 시간 괜찮지?"

그러자 선규가 고개를 끄덕거렸다.

"시간은 많은데, 술이 없어서 못 먹는다."

서로의 일정이 바빠 자주 어울리지 못해도, 대학 시절 워낙 뭉쳐 다녔기에 어색할 일이 없었다. 호건도 수민만큼이나 외모와 연기력 모두 인정받았다. 선규가 만약 연기를 했다면 절친한 친구 셋이 모두 유명한 영화배우가 되는 건데, 불행히도 선규는 카메라 공포증이 있었다.

하지만 대신 빵빵한 아버지가 있어 수민을 꽉 잡고 있는 기획사 대주주가 됐다.

"나 두 신 남았는데 기다릴 수 있나?"

"그럼."

호건이 수민의 말에 아무렇지 않게 고개를 끄덕거렸다. 만약 다른 사람이 그랬다면 불쾌해했을 테지만 친구라서 긴 시간을 기다려도 아무렇지 않은 것이다.

"우리 촬영장에 왔으니 일단 음료수라도 한 잔 줘야지."

호건의 어깨를 흐뭇하게 두드리던 수민은 음료수를 찾아 고개를 두리번거렸다. 그러다 저만치에서 고개를 삐죽 내민 도영과 눈이 마주쳤다. 그와 눈이 마주친 도영이 참새처럼 파닥거리며 손짓을 했다.

　"나?"

　수민이 손가락으로 자신을 가리키자, 도영이 열정적으로 고개를 끄덕거렸다. 무슨 일이래? 의아함이 밀려든 수민은 호건과 선규에게 양해를 구한 뒤 도영 쪽으로 갔다.

　"왜?"

　"이리 와봐요."

　그가 다가가자, 이상하게 촬영장에선 절대 아는 척을 안 하던 여자가 팔을 답삭 잡아 스튜디오 밖으로 끌고 갔다.

　"무슨 일인데?"

　"덥죠? 이거 좀 마셔요."

　도영이 영문을 몰라 어리둥절한 그에게 차가운 콜라 캔을 내밀었다.

　"내가 따줄게요."

　생글거리며 캔을 직접 따 그의 손에 들려주는 것이, 대체 무슨 꿍꿍이인지 모르겠다. 수민은 손에 들린 캔을 멀뚱히 바라보았다.

　"약 탔냐?"

　"약이라니요. 사람 성의를 왜 그렇게 무시해요?"

발끈거리는 도영에게 의심의 눈길을 거두지 못한 그가 조심스럽게 콜라를 홀짝거렸다. 다행히 이가 시릴 만큼 차가울 뿐, 농약 맛은 나지 않았다. 마시고 죽지는 않겠단 판단이 서자, 그는 단숨에 콜라를 들이켰다.

"시원하죠?"

"그래, 시원하네."

"저기요."

도영이 우물쭈물 망설이더니 하얀 종이 하나를 꺼냈다. 수민이 호기심 어린 눈으로 종이를 보았더니, 그것은 깨끗한 백지였다.

"뭐냐? 이번에는 도깨비 없어?"

순간 도영이 그의 손을 잡고 애원했다.

"도깨비는 무슨요. 저기 부탁이 있는데요. 꼭 들어줘야 해요. 네?"

"야, 야! 너 왜 이래. 여기 사람들 엄청 많아."

작은 손이 감기는 느낌에 오싹해 물러나려던 수민은 그녀에게서 느껴지는 간절함을 뿌리치지 못했다.

"이유를 말해봐, 이유를."

"나 호건님 사인 한 장만 받아다 줘요. 네?"

호건님? 사인? 수민은 잠시 멍하게 도영을 바라보았다.

"아, 난 세상에서 호건님이 제일 좋아요. 너무 좋아서 꿈까지 꾸다니까요. 그런데 실제로 보다니, 아아, 나 심장 떨려서 죽은 것 같아요. 제발 부탁인데 내 이름 들어간 사인 한 장만 받아줘요. 네? 제발, 제발 부탁이에요."

그가 황당하게 서 있는 동안, 도영이 그의 팔을 기도하듯 부여잡고 간절하게 말했다.

"하…… 참."

수민은 아무 말도 할 수가 없었다.

"사람들이 호건님 직접 보면 주위에서 환한 빛이 난다고 했거든요. 그런데 환한 빛, 그건 어림도 없어요. 천사가 강림한 것 같아. 아고, 심장 떨려."

점점 얼굴이 붉어지는 그는 아랑곳없이 도영이 호들갑을 떨었다. 젠장. 그가 좋아 죽겠다든지, 아니면 그와 사귀자든지 그런 거면 그러려니 이해할 수도 있었다.

그런데 호건 '님'의 사인을 받아달라니. 이 땅콩, 그에게는 사인의 '사' 자도 꺼내지 않았다. 그의 자존심이 땅콩의 호들갑에 산산조각났다. 수민은 도영에게 잡힌 팔을 확 빼냈다. 그리고 캔을 쥐어준 뒤 말했다.

"싫어."

생각 같아선 '내가 자존심 상하고 기분 나빠서 그것만은 못하겠다!'라고 길길이 날뛰며 소리치고 싶지만, 그랬다간 정말 자존심 상해 혀 깨물고 죽을지도 몰라 딱 두 마디만 했다. 그는 지켜야 할 이미지가 있는 영화배우 설수민이니까!

"왜요! 친구라면서요! 사인 한 장만 받아다 줘요, 네?"

심술 도깨비 옆에 팔랑거리던 파리처럼, 도영이 끈질기게 그의 스웨터를 붙잡고 늘어졌다. 날도 더워, 눈앞의 이 여자 하는 짓은 더 더워, 정말 더위 먹겠다. 수민은 이를 악물고 팔을 뿌리쳤다.

"얼른 가서 일이나 해!"

"정말 너무해요!"

도영의 말이 아니더라도, 머릿속에서 그더러 치사하다고 노래를 불렀다. 그깟 사인 한 장 받아주면 어떠냐고, 설수민 참 속 좁다고 욕을 해댔다.

그래서 더 기분이 나빴다. 정말 젠장이다! 수민은 코뿔소처럼 씩씩거리며 촬영장 안으로 쏙 들어가 버렸다.

"에잇, 사인 한 장 받는 데 천 년이 걸리는 것도 아니고. 나 갔으면 부탁 들어준다."

그 모습을 본 도영이 마구 구시렁거렸다. 참 이해할 수 없는 남자다.

호건님이 다른 건 다 좋은데 팬들의 사인 요청을 좋아하지 않았다. 그래서 호건님이 팬을 배려하는 마음이 없다고 인터넷에서 마구 떠들 때마다 도영은 발끈했다. '스타 배우'라고 해서 식당에서 밥을 먹다가, 쇼핑을 하다가, 길을 걷다가 불쑥불쑥 종이를 들이미는 사람들 전부에게 친절할 수는 없다고 생각했다. '스타'도 분명 사람이다. 사적인 시간을 누릴 권리를 지닌. 그렇기에 도영은 무척 아쉽다 해도 호건님에게 달려가 사인을 요구할 수 없었다.

그래도…… 그림의 떡이 이보다 더 아쉬울까. 그녀는 애꿎은 수민을 원망하며 종이를 물어뜯었다.

"어이, 뭐 해?"

그때 희준이 도영의 어깨를 툭 쳤다.

"아무것도 아니에요."

"정말? 그런데 왜 그렇게 굶주린 얼굴로 종이를 뜯어?"

아무것도 아니라면서도 계속 한곳만 바라보는 도영의 시선을 따라가던 희준이 씩 웃으며 말했다.

"왜, 호건님 사인 한 장 받아줄까?"

희준은 대학 시절부터 장호건이라면 도영이 껌뻑 죽는 것을 너무 잘 알고 있었다.

"정말요?"

희준의 말에 그녀가 열정적으로 고개를 끄덕거렸다.

"선배, 진짜 해줄 수 있어요? 호건님 사인 해주는 거 싫어하는데."

"집안끼리 아는 사이야. 내가 받아다 줄게."

도영은 감격에 겨워 희준을 와락 껴안았다.

"선배! 아까 아프다고 할 때 내가 뭐라고 해서 너무 미안해요."

"그래, 인마. 난 널 위해 뭐든 하는데 나랑 사귀자니까."

그, 그것만은 제발! 그녀가 얼른 뒤로 물러났다. 연지 언니 팔뚝이 조금만 덜 굵어도 어떻게 해보는 건데.

"알았다. 농담이다."

그녀의 고뇌를 즐기며 희준이 종이를 받아 들었다. 도영은 돌아서는 희준의 팔을 부여잡았다.

"선배!"

"왜?"

"종이에 '사랑하는 도영'이 꼭 들어가게 해주세요."

"어지간하다."

희준이 고개를 절레절레 흔들며 호건을 향해 걸어갔다. 그것을 지켜보는 도영의 가슴이 마구 콩닥거렸다. 가보로 전해질 호건님의 사인. 아고, 심장이야. 그녀는 두근거리는 가슴을 움켜잡고 호건 쪽을 바라보았다.

희준이 다가가자, 친분이 있다던 그의 말처럼 호건의 얼굴에 웃음이 어렸다. 그리고 희준이 내미는 종이를 순순히 받아 시원한 동작으로 사인을 해주었다. 순간 곁에 앉아 있던 수민이 인상을 쓰며 그녀 쪽을 노려보았다.

"흥!"

도영은 얄밉도록 여유로운 얼굴로 혀를 날름거렸다. 그러자 수민이 눈동자가 튀어나올 듯 눈을 부라렸다. 발끈하는 성질 하고는. 그들이 딱 5m 떨어진 거리에서 기 싸움을 하는 동안 사인을 받은 희준이 그녀에게 다가왔다.

"자, 여기."

"선배, 진짜 너무 고마워요. 내가 정말 이 은혜 잊지 않을게 요."

호건의 사인은 용이 하늘을 나는 것처럼 시원했고, 힘이 넘쳤다. 너무 좋아 눈물이 나올 것 같았다.

"표구사에 맡겨서 제일 비싼 표구할 거예요. 나중에 결혼해서 나한테 제일 효도한 자식한테 물려줘야지."

그녀의 엄숙한 선언에 희준이 혀를 찼다.

"참 비장하기도 하다. 넌 다 좋은데 한 번씩 쓸데없이 비장해."

"그게 내 매력이잖아요."

여전히 호건의 사인에서 시선을 떼지 못한 도영의 말에 희준이 생각에 잠겼다. 그래. 뭐, 그게 유도영의 매력이긴 하다. 너무 엉뚱해서 머릿속이 궁금하긴 하지만 계산적이지 않아 좋다.

"도영아, 너 나한테 엄청 고맙지?"

"그걸 말이라고 해요? 선배는 내 은인이라니까."

"그럼 나 알로에 하나 사주라. 목마르다."

"당장 따라와요."

도영은 희준의 손을 잡고 촬영장을 벗어났다.

저 콩알만한 땅콩이 알게 모르게 바람둥녀다.

수민이 희준의 손을 잡고 사라지는 도영의 뒷모습을 눈이 째질 듯 노려보았다. '호건님'도 모자라 '희준님'도 좋냐?

"너 왜 그래?"

선규가 그의 등을 툭 쳤다. 미술소품팀 도영의 손짓에 순순히 나갈 때는 언제고 잠깐 나갔다 오더니 상태가 무척 심란해졌다.

"무슨 일인데?"

"몰라!"

모르기는.

선규는 쯧쯧 혀를 찼다. 잔뜩 볼멘소리로 보건대 또 뭔가에 단단히 열 받은 모양이다. 설수민이 다 좋은데 딱 한 가지 아쉬운 점은, 너무 사랑받고 자란 티를 낸다는 것이다. 한 번씩 심술궂은 모습이 애 같기만 하다. 촬영이 다시 시작되는 듯 감독이 촬영장으로 들어서자 수민은 뒤도 돌아보지 않고 갔다.

"쟤 왜 저러냐?"

호건이 묻자 선규가 어깨를 으쓱거렸다.

"저놈 속을 어떻게 알아? 멀쩡한 것 같으면서도 어딘지 모르게 정상이 아니야."

"그렇긴 하지. 그런데 도영이가 누군데 그래?"

호건도 희준의 부탁에 '사랑하는 도영 씨'를 적는 순간 수민의 숨소리가 거칠어지는 걸 느낄 수 있었다.

"음. 자세한 건 모르겠지만 수민이 갚아야 할 게 있는 사이라던데?"

"그다지 좋은 사이는 아닌 것 같다?"

"그렇지?"

선규와 호건이 마주 보며 씩 웃었다. 설수민 뒤끝 있는 건, 절친한 사이라면 누구나 다 아는 사실이었다.

"미술소품팀 막내인데, 엄청 귀엽게 생겼더라."

선규의 설명에 호건이 천천히 고개를 끄덕거렸다.

"수민이가 귀여운 여자를 좋아하잖아. 관심있나 보네."

"아이구, 설수민 심술 장난 아닐 텐데."

"그렇지. 저 녀석 좋아하는 사람들한테 짓궂게 대하는 거 보면 꼭 초등학생 같잖아. 누가 나이 서른하나에 그런 심술궂은 표정을 지을 수 있겠어?"

촬영이 시작됨과 동시에 쏟아지는 수민의 눈물연기에도 아랑곳하지 않고 선규와 호건은 열심히 수민의 뒷담화를 늘어놓았다.

"정말 좋아하는 거면 도영 씨 참 힘들겠다."

"그러게."

그들은 도영의 '안녕'을 빌었다.

＊

수민이 그날 촬영 분량을 다 찍고 옷을 갈아입는 동안 호건이 차를 가지러 갔다. 수민의 밴은 동호 편으로 보내고 호건의 차로 움직일 요량이었다.

"어디로 갈까?"

더위와 눈물을 쏟는 감정 신으로 인해 지친 수민이 뒷좌석에 나른하게 기대앉아 호건이 물었다.

"〈Blue〉 괜찮던데, 저기 가자."

"오케이."

선규의 대답에 호건이 천천히 촬영소를 벗어났다. 막 촬영소 입구를 빠져나오는데 선규가 몸을 내밀며 말했다.

"어, 저기 도영 씨다."

순간 수민의 눈이 번쩍 떠졌다.

"아니, 나도 지금 나왔는데, 말단 스태프가 벌써 여기까지 왔어?"

"그러게. 호건아, 차 좀 세워봐."

선규가 창문을 내려 도영을 불렀다.

"벌써 가요?"

버스 정류장 앞에 서 있던 도영이 그들의 갑작스런 등장에 놀라 물러났다. 조수석에서 얼굴을 내민 남자의 얼굴이 매우 낯익은데…….

"어?"

가만 보니 수민의 매니저였다.

"아, 네."

도영은 품에 안은 커다란 종이상자를 보였다.

"소품으로 쓰일 엽서랑 편지 쓰느라 전 일찍 집에 가는 중이었어요."

"아, 그렇구나."

어쩐지 친밀한 척하는 남자가 의아했지만 도영은 그저 고개만 꾸벅 숙였다.

"네, 안녕히 가세요."

"야."

다시 버스가 오는지 고개를 삐죽 내밀던 도영은 갑작스레 들리는 무례한 목소리에 인상을 썼다.

"무식하게 '야'가 뭐예요? 그렇게 매너없는 거, 팬들이 알아요?"

그녀가 수민을 노려보자, 수민이 콧방귀를 뀌었다.

"글씨 예쁘게 적어. 지렁이가 기어가는 것 같던데, 네 글씨 못 알아봐서 NG 나면 가만 안 둔다."

젠장.

빡빡이 하듯 적어 내려간 편지를 읽는 게 수민이란 사실이 이렇게 분할 때가! 조금만 더 예쁘게 태어났으면 영화배우 하는 건데.

도영은 원통함에 가슴을 쳤다.

"'사랑하는 도영 씨'가 도영 씨인가 봐요?"

그때 운전석에서 뜻밖에도 호건이 모습을 보였다. 허거걱! 도영은 너무 놀라 뒤로 물러났다.

"어…… 어……."

행여나 구겨질까 종이 박스 위에 사뿐히 올려둔 사인의 주인공이 눈을 마주치며 말을 걸다니. 그녀는 믿을 수가 없었다. 호건을 보며 아무 말도 하지 못하는데 수민이 톡 끼어들었다.

"정신 좀 차려."

심술궂은 목소리를 들건대, 꿈은 아니다. 오오, 이런 일이!

"아, 안녕하세요."

도영은 떨리는 목소리를 가다듬어 인사를 했다. 아침에 좀 더 예쁘게 하고 오는 건데, 절로 후회가 밀려들었다.

"우리 지금 가볍게 한잔하러 가는 길인데 같이 갈래요?"

창문으로 고개를 삐죽 내민 선규가 제안했다. 어쩐지 싱글벙글인 표정을 보건대 이 상황이 즐거운 듯했다.

"네?"

도영이 멍하게 되물었다.

"우리도 많이 마시면 안 되니까, 가볍게 할 생각이에요. 저번에 수민이 때문에 실례도 했고 해서, 제가 살게요."

해바라기처럼 활짝 웃는 선규의 얼굴에서도 호건처럼 빛이 났다. 매니저가 뭘 믿고 저렇게 잘생겨선, 그것도 모지리 지렇게 예쁘게 웃다니.

"가요."

호건님마저! 이 남자들이 세트로 그녀의 정신을 쏙 빼놓고

있다. 펄떡거리며 요란하게 뛰는 심장, 너 오늘 제대로 무리한
다.

하지만 수민이 초를 쳤다.

"가긴 어딜 가! 집에 가서 편지나 열심히 써."

순간 환상에서 깨어난 도영이 그를 흘겨보았다. 유유상종이
라고 저런 친구들이랑 어울리면 본인도 저 반만큼의 자상함이
있어야 할 터인데. 쯧쯧, 친구들마저 심술의 세계로 물들이고
있는 게 분명하다.

호건님 공식 팬클럽인 〈호건사랑〉 게시판에 수민이 호건에게
미치는 악영향에 대해 올리고 말 테다. 꼭!

"밥만 먹고 가면 되는데, 도영 씨 얼른 타요."

하지만 수민과는 생각이 다른 듯 조수석에서 내린 선규가 뒷
좌석의 문을 열어주었다. 평생 이런 기회는 없을 것이다. 도영
은 얼른 차에 올라탔다.

"집에 가라니까."

그녀가 타자 차가 곧 출발했다. 전혀 그녀를 도와줄 마음이
없는 남자가 옆에서 구시렁거렸다. 뒷좌석 공기는 그렇지 못하
지만, 젠틀매력 꽃미남들이 앉은 앞좌석에서는 은은한 스킨 냄
새가 풍겨왔다. 여기서 죽은들 여한이 있으랴. 도영은 수민의
중얼거림 따위 모두 무시했다.

"좋겠다. 그렇게 좋은 호건님이 운전하는 차에 타서?"

그대가 목소리 좀 낮춰주면 더 좋을 것이다.

도영은 수민의 빈정거림에도 미소 지은 얼굴 표정을 유지했다. 입술에서 경련이 일지언정, 호건님을 만나 기쁜 표를 내야했다.

"바보처럼 웃지만 말고. 왜, 직접 봤는데 악수라도 하지 그래?"

"못해요. 저분을 봤다가 저분의 빛에 눈이 멀고 마음이 녹아 죽어버릴지도 몰라요. 그런데 손을 잡아요? 절대 못해요."

그녀는 복화술을 이용해 수민에게만 들리도록 중얼거렸다.

"흥, 놀고 있다. 그렇게 좋다면서 쟤 때문에 죽는 건 싫냐?"

수민이 짜증을 내자, 도영이 그의 옆구리를 쿡 찔렀다.

"좀 조용히 말해요. 그리고 내가 죽는 건 문제가 안 돼요. 다만 저분 앞에서 추한 모습 보일까 봐 절대 못 가요. 아고, 보고만 있어도 이렇게 떨린다구요."

그 말을 증명이라도 하듯 작게 속삭이는 도영의 목소리가 파들파들 떨렸다.

"저기, 나 우황청심환 하나 먹어야겠어요. 이대로 심장이 폭발할 거 같은데."

하, 참. 정신 차리라고 딱 한 대만 때려줬으면 원이 없겠지만, 저 성질에 맞고 가만있을 리는 없을 테고.

"장호건. 운전 똑바로 못하냐!"

수민은 애꿎은 호건을 향해 바락 소리 질렀다. 그러자 호건과 선규가 그들을 돌아보았다. 호건에게서 쏟아지는 빛이 눈부셔

도영은 고개를 푹 숙였다. 쳇, 수민이 입술을 비죽거리며 노려
보자 도영이 눈을 흘기며 휴대폰을 꺼냈다. 그리고 뭔가를 빠르
게 입력하더니 그를 향해 척 보여준다.

〈우리 호건님한테 소리 지르지 말아요ㅇㅇㅇㅇ오!〉

졌다.

호건과 선규가 숨죽여 웃는 것도 모른 채, 그는 앵돌아져 창
밖만 바라보기 시작했다.

호건은 그들이 잘 가는 바로 차를 몰았다. 바 입구에 주차를
하고 내린 호건이 괜한 시선을 끌지 않기 위해 먼저 들어갔다.
선규가 내렸고 도영이 따라 내리자, 모자를 푹 눌러쓴 수민이
제일 마지막에 내렸다.

"너 지금 뭐 하냐?"

수민은 도영이 한발한발 조심스럽게 걸어가는 것을 보며 물
었다. 절대 말 걸지 않겠다고 다짐했지만, 하는 폼이 너무 수상
쩍었다.

"호건님의 발자국을 따라가고 있어요."

도영의 목소리는 감격에 젖어 꿈결처럼 아득했다. 수민은 그
녀가 호건이 걸어간 길을 더듬으며 어기적거리는 모습에 그만
혀를 찼다.

"성지 순례가 따로 없구만."

그렇게 좋은가? 호건을 좋아하는 사람들은 대부분 그도 좋아했다. 아니, 말이야 바른말로 호건을 싫어하는 사람도 그는 좋아했다. 호건보다 조금 더 잘생겼고, 호건보다 조금 더 연기를 잘한다나 어쩐다나. 물론 그의 말이 아니라 사람들의 말이었다. 그런데 쟤는 왜 저럴까?

수민은 도영의 머릿속에 무엇이 들었나, 하염없이 궁금할 뿐이었다.

"우황청심환 사 먹는다며?"

그가 친절하게 일깨워 주자 도영이 뒤도 돌아보지 않고 말했다.

"좀 사다 줘요."

"야!"

저것 봐라, 수민이 빽 소리를 질렀다. 그를 완전 하인 부리듯 한다.

"소리 좀 그만 질러. 숙녀 분 앞에서 너무 무례하잖아."

선규가 그의 어깨를 툭 치며 말했다.

"왜 우리가 쟤랑 같이 밥 먹어야 해?"

"잊었어? 네가 도영 씨 잡아오라고 했던 거? 동호랑 내가 실례한 거 맞잖아. '너' 때문이었지만 말이야."

조목조목 따지는 선규의 말에 수민이 이를 악물었다.

"쟤 때문에 스캔들 나면 책임질 거야?"

"그래, 책임진다, 내 애인이라고 하면 되지 뭐."

누가 누구 애인이래? 수민이 선규 앞에 코를 바짝 가져다 댔다.

"그랬단 봐. 나 소속사 옮겨 버릴 거다."

"알았어, 알았어. 그렇다는 거지. 네가 물어서 대답한 거잖아. 얼른 들어가."

선규는 으르렁거리는 수민을 달래 바로 들어갔다.

살다 보니 이런 날도 있다. 꿈에서만 봐도 그날 하루가 좋은데, 호건님과 마주 앉아 술을 다 마시다니.

눈 돌아가게 고급스러워 보이는 바의 분위기도, 다른 테이블에도 한 번은 봤음직한 연예인이 앉은 것도 상관없었다. 도영의 눈에는 오직 호건만 보였다.

감히 호건과 정면으로는 눈도 마주치지 못하지만 훔쳐보는 재미가 쏠쏠했다. 아니, 쏠쏠한 게 아니라 황홀했다. 황송한 자리가 도무지 실감이 나지 않는데, 호건이 맥주를 손수 따라주었다.

"한잔하세요."

어머, 어머! 어쩜 좋니. 바라만 봐도 좋은 호건님의 술을 다 받아보다니, 가문의 영광이 따로 없다.

"네, 네."

도영은 너무나 황송해서 두 손으로 잔을 받았다. 그런 그녀의 모습에 호건이 씩 웃었다.

"소품팀에서 일하신다고요? 재미있겠군요."

"네."

선규가 불쑥 끼어들었다.

"촬영장의 분위기 메이커지."

도영이 손을 설레설레 흔들었다.

"아유, 또 무슨 그런 칭찬의 말씀을."

"왜요? 우리 도영 씨, 감독님이 참 예뻐하는데."

선규는 참 멋진 사람이다.

그래도 나름 안면이 있다고 호건님 앞에서 체면도 세워줄 줄 아는 멋쟁이였다. 거대한 촬영장에서 소품팀 막내인 그녀가 무슨 분위기 메이커를 하겠는가. 떠오르는 샛별인 여자 신인도 아닌데 말이다. 거짓인 걸 다 알지만, 말만으로도 감사해 몸 둘 바를 모르겠다. 하지만 수민이 그 좋은 분위기를 깼다.

"그 말을 믿냐?"

순간 도영은 호건님 앞이라는 것도 망각한 채 수민을 노려보았다. 그래, 이 인간. 남 좋은 건 죽어도 못 보니, 이 상황에서 안 끼어드는 게 이상하지.

"가자미 눈 된다. 그만 노려봐라."

모른 척해주는 센스까지 없으시다.

선규와 호건이 그 모습을 보며 묘한 웃음을 짓는 것도 알지 못한 채, 도영과 수민은 눈싸움만 계속했다.

"수민이랑은 어떻게 알게 됐어요?"

분위기를 바꿀 겸 호건이 물었다.

"그게요, 어떻게 된 일이냐 하면요……."

그녀의 일에 이렇게도 관심이 많으신 호건님의 질문에 답하기 위해 열정적으로 입을 여는데,

"됐고, 술이나 마셔."

수민이 친히 잔을 들어 그녀의 입에 가져다 댔다. 하지만 상냥하지 못한 행동에는 부적절한 결과가 발생하기 마련.

"악, 잔에 이 부딪쳤어요!"

도영은 찌릿한 아픔에 인상을 쓰며 수민의 팔을 아프게 때렸다.

"미련하게 그것도 못 피하냐? 앙?"

되레 더 인상을 쓰며 따지고 드는 나쁜 설수민. 호건님만 아니었어도 난투극 한판 벌이는 건데.

"흥."

도영은 새침하게 고개를 돌렸다. 왜 많고 많은 자리 놔두고 자신의 옆에 앉아서 이렇게 산통을 깨는 건지 모르겠다.

"야야, 나도 흥이거든."

샐쭉하게 삐친 수민이 저 홀로 술을 들이켰다.

"자자, 그러지 말고 거국적으로 건배합시다."

결국 또 선규가 나서 잔을 들었다.

"건배해요."

호건마저 잔을 드니, 도영과 수민도 덩달아 잔을 높이 들

었다.

"우리의 우정을 위하여!"

호건은 매 순간 친절했다. 더불어 선규까지 수민과는 다르게 자상했다. 밤늦도록 엽서에 사랑을 속삭이는 글을 써야 했지만 술 한 잔이 두 잔이 되고, 두 잔이 세 잔이 되자, 도영은 세상만사 모든 근심을 잊었다.

그렇게 즐거운 한때를 보내고, 바에서 헤어져 뿔뿔이 흩어지는데 놀랍게도 수민이 도영을 집 앞까지 바래다주었다.

"저기요."

도영은 고릴라처럼 인상을 쓴 수민을 불러 세웠다.

"왜!"

술 먹고 엎어져 울든지, 아니면 구역질을 해서 사람 비위나 상하게 하든지! 왜 저 물건은 눈만 깜빡거리며 바라보는 건지 모르겠다.

"왜, 나랑은 말도 안 할 것 같더니 왜 불러?"

수민은 저도 모르게 퉁명스럽게 말했다.

"생각해 봤는데, 오늘 너무 고마워요. 그쪽 아니었으면 호건 님이랑 술 마실 일도 없었을 건데. 그쪽이랑 내가 악연은 아닌가 봐요."

도영이 그의 팔을 톡톡 건드리며 말했다.

"잘 가요."

팔랑팔랑 손을 흔든 도영이 건물 안으로 쏙 들어가자, 수민은
어이가 없어 죽을 지경이었다.

"쟤, 쟤가 진심인 거야?"

천하의 설수민을 이렇게 무시하는 여자가 있다는 것이 놀라
웠다.

"야! 나도 유명해. 그리고 나도 연기 잘하거든?"

살면서 누군가에게 스스로를 이렇게 설명해야 할 거라곤 생
각하지 못했는데, 참…… 어이없다. 그는 허리춤에 손을 얹고
하늘을 올려다보았다.

"아우."

자존심에 상처받은 남자의 한숨 소리가 땅이 꺼져라 허공으
로 울려 퍼졌다.

딩동.

벨을 누르자, 잠시 뒤 문이 열리고 누군가가 모습을 드러냈
다.

"이제 와?"

커다란 그림자를 발견한 순간, 수민은 와락 안겨 버렸다.

"형."

"어…… 너 뭐야."

갑작스레 안긴 수현이 질색을 해 물러났지만, 수민이 놓아주
지 않았다.

"왜 그래. 무슨 일이야?"
"형, 나 혀 깨물고 싶다."
그래서 콱 죽고 싶다.

의외로 자상하다

5

다섯. 의외로 자상하다

호건이 말했다.

"도영 씨, 사랑해요."

그 달콤한 고백에 도영이 탭댄스를 추기 시작했다. 탁, 탁, 타악. 기쁨을 구두 소리로 표현하며 방정을 떨다, 그만 미끄러졌다. 아뿔싸. 엉덩방아를 찧은 아픔보다 추태를 보였다는 것에 더 절망한 도영이 벌떡 일어나는 순간, 요란한 벨소리가 울려 퍼졌다.

소스라치게 놀라 눈을 번쩍 뜨자, 익숙한 천장 벽지가 눈에 들어왔다. 꿈이었구나. 그녀는 두근거리는 심장을 토닥거렸다.

"꿈이라서 진짜 다행이다."

호건 앞에서 발라당 넘어진 게 절대 현실이 아니라는 것에 안도한 도영은 다시 침대에 누워버렸다. 창밖은 어두컴컴했고 빗소리가 요란하기만 했다. 하지만 빗길에 출근할 걱정보다 호건을 봤다는 생각에 웃음이 절로 나왔다.

　한참을 이리 뒹굴, 저리 뒹굴거리던 그녀는 출근 시간이 임박해서야 자리에서 일어났다. 활기차게 문을 열고 나오자 거실은 침침하기 짝이 없었다. 도영은 거실의 불을 켜며 중얼거렸다.

　"장마도 끝났는데 무슨 비가 이렇게 오는 거람."

　거실처럼 주방도 썰렁했고 어두컴컴했다. 분명 이번 주 식사 담당은 아버지인데, 어찌 이러실꼬. 그녀는 아버지 방으로 다가가 문을 두드렸다.

　"아버지."

　들리는 것은 침묵뿐이었다. 문을 열자, 제일 먼저 보인 건 등을 돌린 채 누운 아버지의 뒷모습이었다.

　"아직 주무시는 건가."

　아침잠 없기로 유명한 분이 저렇게 누워 있으니 어쩐지 걱정이 되었다. 방해하지 않기 위해 슬며시 문을 닫던 도영은 벽에 걸린 엄마의 사진 앞에 멈춰 섰다.

　하이.

　언제나처럼 인자한 얼굴로 자신을 보는 엄마에게 인사를 건넸다. 참 좋은 분이었다. 평생 큰소리 한 번 안 내고 사신 엄마 덕에, 함께 사는 동안 그녀와 아버지는 무척 행복했었다. 조금 더 사셨어도 됐는데…….

"어, 맞다!"

엄마를 추억하던 도영은 돌처럼 굳어졌다. 혹시나 하는 마음에 달력 앞으로 달려가 확인해 보니 역시나 맞다. 오늘은 엄마가 돌아가신 날이다! 세상에, 이럴 수는 없다. 엄마의 기일을 잊다니.

"나가 죽어. 콱 죽어버려."

그녀는 자신의 머리를 쥐어박았다. 강산이 두 번 변할 십칠 년 세월이라지만 잊을 걸 잊어야지! 엄마가 돌아가신 날도 잊은 주제에 호건의 꿈을 꾸었다고 행복해하다니, 도영은 너무 부끄러웠다.

한참 동안 머리를 쥐어박으며 자책하던 그녀는 굳게 닫힌 안방 문을 보았다. 아버지도 잊으셨던가 보다. 그러니 주말에 홍 아줌마와 바다낚시를 가셨지. 해가 뜸과 동시에 자리를 털고 일어나는 양반이 여덟 시가 다 되어가는 지금, 저러고 누워 있을 이유는 오직 하나였다. 죄책감과 그리움, 슬픔이 뒤엉킨 것이다.

"엄마, 미안해."

하나뿐인 딸년은 연예인에 미쳐 잊어버리고, 그리움에 눈조차 못 감게 만들었던 남편은 홍 아줌마에 정신이 팔려서 잊어버리고……. 도영은 한참 동안 그렇게 죄스러움을 곱씹어야 했다.

"제헌 아빠, 수민이 저렇게 둬도 되니?"

수현은 재욱이 건네는 과일 쟁반에서 키위를 콕 찍은 뒤 대답했다.

"놔둬."

"그래도 지금 벌써 두 시간째야."

"영화 때문에 살 빼야 한다잖아."

설수현. 수민의 두 살 많은 형이자 신경외과 의사. 그녀의 남편인 동시에 소꿉친구인 이 남자는 가끔씩 너무 무심하다.

"형제 맞니? 동생이 러닝머신 위에서 두 시간을 쉬지도 않고 뛰는데?"

"너 몰랐어? 쟤가 한 번씩 저러잖아. 아, 넌 월드컵 때 못 봤을 수도 있겠다. 2002년 월드컵 때, 태극 전사들만 전·후반 뛰게 할 수 없다고 저도 러닝머신 위에서 같이 뛰었잖아. 폴란드전부터, 미국이랑 스페인전 볼 때도 다 그랬어. 태극 전사의 숨막히는 고통을 이해하고 싶다나 어쩐다나. 하여튼 우리 집 애지만, 쟤는 좀 이상한 애라니까."

애가 달아 동동거리던 재욱은 수현의 태평한 설명에 기가 막혔다. 아니, 설명 속의 수민이 더 기가 막혔다.

"그런데 우리 아들은?"

수현이 세 살 된 아들을 찾아 두리번거리자 재욱이 이층을 가리켰다.

"수민이 뛰는 옆에서 지켜보고 있어. 걱정되나 봐."

"설마 제헌이도 수민이의 고통을 이해하려고 같이 뛰지는 않겠지?"

그 말에 재욱이 쿠션으로 그를 쳤다.

"뭘 하든 자기보다 나아."

"괜찮다니까 그러네. 우리 집 사람들이 겁이 많아서 죽을까 봐 얼마나 자기 몸을 챙기는데 그래?"

쿠션으로 맞아 까치집이 된 머리를 하고서도 수현은 자기주장을 멈추지 않았다.

"하여튼 설가 넌 못 말려."

그 모습에 재욱이 고개를 절레절레 흔들며 주방으로 사라졌다.

이층. 발코니 창 바로 앞 러닝머신 위에서 수민이 죽을 둥 살 둥 달리는 중이었다. 그 옆을 제헌이 지키고 있었다. 한참을 바라보던 제헌이 톡 끼어들었다.

"삼촌, 얼굴이 빨개."

"엉."

제헌의 지적에 수민이 고개를 끄덕거렸다.

"삼촌 살 빼야 해서 막 달리는 거야."

그가 필사적으로 달리며 하는 말에 제헌이 충고했다.

"그냥 생긴 대로 살아."

헛. 순간 다리에 힘이 풀려 넘어질 뻔한 수민은 가까스로 자세를 유지했다. 조카들이 하나같이 세상과 타협하는 법을 배워서 큰일이다. 그것도 너무 빨리.

"안 된다."

하지만 힘이 빠지는 것은 사실이라, 러닝머신을 멈춘 뒤 아이를 보았다.

"설제헌, 사람은 그냥 생긴 대로 살면 안 돼. 안 되는 걸 되도록 만들며 사는 게 진정한 인생인 거야."

"됐어. 사람은 둥글게 사는 거래."

흠.

"누가 그래? 엄마가?"

"아니, 정헌이가. 정헌이가 한 번씩 막 화내면 고모가 하는 말이래."

설수안답다. 수민은 고개를 저으며 땀을 닦았다.

어젯밤, 산산조각난 자존심을 그러모아 가까스로 형의 집으로 온 그는 새벽부터 러닝머신 위를 뛰기 시작했다. 여름이든 겨울이든, 땀 나게 뛰는 것은 절대 좋아하는 일이 아니었지만 영화를 위해서 어쩔 수가 없었다.

이번 영화 〈추억〉에서 사랑하는 연인의 죽음으로 삶을 포기하려는 남자 〈현〉으로 분했다. 〈현〉이 최악의 선택으로 자살 시도를 하려는 영화 중반부까지 가장 초췌한 모습을 보여줘야 했다.

원래도 날씬한 몸이었지만, 삶의 가장 근본적인 고민을 하는 남자의 모습답지는 않아 그야말로 '죽음의 레이스'를 펼치고 있는 터였다.

"삼촌."

"응?"

"천사가 너무 많이 울어."

이건 또 무슨 말이야? 러닝머신을 멈춘 뒤 수민은 창가에 달라붙어 촉촉한 음성으로 말하는 아이에게 다가갔다.

"천사가 울어?"

"응, 천사가 너무 슬퍼서 자꾸 우는 거야. 그래서 비가 저렇게 많이 온대."

"그건 또 누가 그랬어?"

수심 깊은 제헌의 얼굴을 보며 묻자, 제헌이 진지하게 대답했다.

"달님이."

이 순간, 수민은 제헌에게 뭐라고 대답해야 똑똑한 삼촌 소리를 들을지 고민스러웠다.

"그래서 제헌이도 울고 싶어."

일 초 뒤 울 거라는 예고처럼 커다란 눈에 눈물이 맺히자 수민은 얼른 아이를 안았다.

"아이고, 울면 안 돼."

"흐흑."

하지만 한발 늦어 제헌이 울기 시작했다.

설씨 집안에 이렇게 감성적인 사람은 없는데 유독 이 녀석만은 예외였다. 또래들과 잘 어울리며, 잘 웃는 것을 볼 때면 또래와 다를 바가 없는데 말이다. 아름다운 음악이 흐를 때, 꽃잎이 날릴 때, 눈이 올 때 등 너무 아름다워 견딜 수가 없으면 제헌은 눈물부터 흘렸다.

"형수님, 누나!"

아이가 너무 서럽게 울자 수민이 재욱을 불렀다. 형수인 재욱은 수민이 기억하는 한, 유년을 함께한 이웃집 누나였다. 너무나 좋아하는 그 '누나'가 '형수'가 되었으니 호칭은 언제나 뒤죽박죽이다.

"왜?"

"제헌이 울어요."

이층으로 올라온 재욱은 한눈에 상황을 파악하고 아이를 안아 들었다.

"우리 제헌이 왜 울어? 또 천사가 울어서 슬펐던 거니?"

"응, 천사가 울어서 제헌이 슬퍼요."

제헌이 비 오는 걸 보며 운 게 한두 번이 아닌가 보다. 수민은 넋을 잃고 두 모자를 지켜보았다.

"천사도 슬프면 울어야지. 제헌이도 울고 싶을 만큼 울면 기분이 좋아지잖아? 천사도 마찬가지야. 많이 울고 나면 기분이 좋아져서, 그래서 하늘에 예쁜 무지개를 만드는 거야."

재욱의 침착한 설명에 제헌이 눈물이 그렁그렁한 얼굴을 들었다.

"그런 거야?"

"그럼."

"거짓말 아니지?"

자식, 의심은. 수민은 아이의 모습을 보며 씩 웃고 말았다.

"삼촌한테 물어봐."

"응, 엄마 말 진짜야."

재욱의 눈짓이 아니더라도 그렇게 대답할 생각이었던 수민이 엄숙하게 말했다. 제헌이 고 작은 머리로 곰곰이 생각하더니, 이내 고개를 끄덕거렸다.

"알았어. 천사가 울어도 제헌이는 안 울게. 그런데 엄마."

"왜?"

"제헌이가 아침부터 너무 울어서 피곤해. 나 오늘 어린이집 쉴래."

제헌이 당당하게 선언한 뒤 재빨리 계단을 내려갔다. 뭐야? 이 기막힌 반전 앞에 수민이 어리둥절해했지만, 재욱은 덤덤해 보였다.

"지금 뭐예요?"

동심에 젖어 울 때는 언제고, 울어서 어린이집을 쉬겠다니?

"비 오는 날이면 어린이집 가기 싫어서 어김없이 되풀이하는 연극이야. 관람비 주고 가."

재욱이 어깨를 들썩거리며 설명하자, 수민은 기가 막혔다. 세상에, 저런 영악한 것.

"그래, 형 아들인데 오죽하겠어요?"

"후후, 꼭 전해줄게."

재욱의 그의 어깨를 톡 치며 아래층으로 내려갔다. 제헌이든 정헌이든 피는 속일 수 없다. 제 부모를 판박이처럼 닮은 모습에 웃음만 나왔다.

제헌의 연극 덕으로 기분이 좋아진 수민은 재욱이 차려준 밥을 먹고, 수현이 촬영소까지 데려다 줘 무척 편한 아침이었다. 휘파람을 불며 촬영장 안으로 들어선 그는 저도 모르게 주위를 두리번거렸다. 그런데 아무리 찾아도 없다.

"없네."

홀로 구시렁거리자, 누군가 다가와 어깨를 툭 쳤다. 뒤돌아보자 선규였다.

"누가 없는데?"

수민은 그저 고개만 저었다.

"아니야."

"아니긴 뭐가 아니야. 너 도영 씨 찾는 거잖아. 어제 잘 들여보냈어?"

정곡을 콕 찔린 수민이 으르렁거렸다.

"점집 차렸나?"

"몰랐어?"

"뭐야?"

"복채는 50% DC다. 도영 씨랑 같이 점 보러 와라."

선규가 손을 흔들며 사라졌다. 전부들…… 제정신이 아닌 거다. 그는 선규의 뒷모습을 보며 인상을 썼다.

그나저나…… 땅콩은 왜 안 나왔을까? 어젯밤만 해도 호건 때문에 세상을 다 가진 듯 행복해하더니. 비 때문일까? 흠, 어쩐지 궁금하다.

그는 의상을 갈아입기 위해 의상실로 걸어가며 휴대폰을 꺼냈다. 입력된 번호를 꾹 누르자 신호음이 들렸다. 하지만 도영은 일 초, 이 초…… 오 초, 십 초, 이십 초가 지나도록 받지 않았다. 아쉽지만 전화를 끊으려는데 달각거리는 소리가 들렸다.

[네.]

"뭐냐, 너 오늘 왜 나와? 편지는 어쩌고."

반가움을 숨기고 퉁명스럽게 묻자, 도영이 대답했다.

[오늘은 못 간다고 말했어요. 내일부터 갈 거예요.]

수민은 잠시 휴대폰을 멀뚱히 보았다.

어라, 대답이 왜 이렇게 고분고분해? 다른 때라면 왜 그런 걸 궁금해하냐고 바락거릴 텐데. 이상하게 목소리도 잔뜩 가라앉아선.

"너 울어?"

혹시나 하는 마음에 물어보자, 잠시 아무 대답이 없었다.

"도영아."

[안 울어요. 끊을게요.]

"야, 땅콩."

그가 불렀지만 도영은 이미 전화를 끊은 후였다.

수민은 황망히 휴대폰을 내려다보았다. 우는 거 맞는데. 창밖에 어린 습기처럼 목소리에 습기가 가득해서는 뭐가 아니라는 건지…….

"설마 너도 천사가 울어서 슬픈 거야?"

수민은 끊어진 전화를 보며 중얼거렸다.

✳

비 오는 날이라 더 어둑어둑한 저녁 시간이었다. 우중충한 하늘처럼 마음도 우울해, 시금치를 다듬는데 자꾸만 눈물이 났다.

"뭐야. 양파도 아닌 게 왜 이렇게 매워……."

도영은 애꿎은 시금치를 탓하며 구시렁거렸다. 해마다 조금씩 줄어들던 슬픔이 전부 모여 그녀를 덮친 듯했다. 기일을 잊었다는 자책감 때문이리라.

거실에서 아버지는 놋그릇을 꺼내 닦는 중이었다. 그 모습에서는 최근 홍 아줌마로 인해 활기 넘치던 양반의 모습은 찾을 수가 없었다.

"엄마, 아버지가 다른 아줌마 좋아해서 심술이 나셨던 거야? 왜 가신 날을 감쪽같이 잊어버리게 만든 거야? 엄마가 잘못한 거잖아. 누가 그렇게 일찍 가시래? 아니, 가시려거든 아버지 보는 앞에서 가시든지. 아버지가 그게 한이 돼서 여태 다른 아줌마는 쳐다보지도 않으셨어. 그런데 딱 십칠 년 만에 마음을 콩닥거리게 만든 아줌마를 만난 건데, 그게 심술이 나셨던 거야?"

십칠 년 전 엄마의 죽음은 너무 갑작스러운 일이었다. 무더운 아침, 여름방학이라 늘어지게 잔 그녀의 아침상을 차리던 엄마는 주방에서 쓰러진 후 그대로 깨어나지 못했다. 심장마비였다. 서른다섯 살. 너무 젊고 건강한 엄마는 갑작스런 심장마비도 모자라, 지켜보는 아버지도 없이 홀로 가야 했다. 아버지는 그때 사우디아라비아의 모래벌판 건설 현장에서 일을 하는 중이었다. 그리움에 눈도 못 감은 엄마와 기별을 듣고 일주일 만에 겨우 나타났던 아버지의 넋 나간 모습이 지금도 생생했다.

"도영아, 아비 나갔다가 올게."

석준의 목소리에 그녀가 화들짝 정신을 차렸다.

"어디 가시게?"

도영이 거실로 나가자, 현관 앞에 섰던 석준이 얼버무렸다.

"그냥."

"알았어요. 조금만 있다가 얼른 들어오세요."

울적한 기분을 감추지 못한 석준이 집을 나서자, 커다란 집엔 그녀만이 덩그렇게 남았다. 이렇게 비 오는 날, 어딜 가시려나.

포장마차에서 대포 한잔하시려는 생각이실 게다. 기운 없이 축 처져 앉으려니, 식탁 테이블에 올려둔 휴대폰이 요란하게 울렸다. 수민이었다.

"네."

[집 앞이다. 잠깐 나와봐.]

"어, 뭐라고요?"

[빨리 나와.]

그는 제 할 말만 하고 전화를 뚝 끊었다. 벌써 촬영이 끝났을까? 오늘 야간 촬영까지 있다고 들었는데. 그녀는 의아함을 감추지 못하고 집을 나갔다. 막 사층 계단을 내려서는데, 계단 코너를 돌아 수민이 올라서는 것이 보였다.

"어이."

차에서 내려 건물로 들어서는 짧은 순간에도 비를 맞았는지, 검은 머리카락에 빗방울이 송골송골 맺혀 있었다.

"무슨 일이에요?"

도영이 놀라서 묻자 그가 대뜸 말했다.

"너도 천사가 울어서 슬픈 거냐?"

그는 등 뒤에 숨겨왔던 쇼핑백을 불쑥 내밀었다. 엉겁결에 그것을 받아 든 도영이 어리둥절해 그를 보았다.

"이건 뭐예요?"

"짱라면이다. 슬플 땐 짱라면이 최고야."

그건 그렇다. 슬플 때는 뜨겁고 얼큰한 짱라면이 최고이긴 하다.

"어…… 이렇게 다녀도 돼요?"

도영은 쇼핑백을 가슴에 끌어안고 그를 보았다.

"잠깐 쉬는 중에 나왔어."

머리에 맺힌 빗방울을 털어내는 그를 보며 도영이 비디오방 문을 열었다.

"일단 여기라도 들어와요."

비디오방 문을 열자 익숙한 공기가 물씬 풍겼다. 그녀는 라면을 카운터에 올려두고, 깨끗한 수건을 찾아 그에게 건네주었다.

"이걸로 물기 좀 닦아요."

"응."

수민은 수건을 받아 들며 도영을 살폈다. 아침에 수화기를 통해 들었던 기운 없는 목소리처럼 기운이 없어 보였다. 손가락으로 콕 찌르면 자동으로 발끈할 것 같은 모습은 온데간데없었다.

용감무쌍하던 여자의 축 처진 모습이 낯설었다. 수민은 심술궂게 들리게 일부러 더 퉁명스런 목소리로 물었다. 걱정하는 게 아니니까, 그런 걸 의심하지 않게 해야 했다.

"무슨 일 있냐?"

"오늘 우리 엄마가 돌아가신 날이에요."

도영은 반바지에 너덜거리는 실밥을 뜯으며 중얼거렸다.

"그런데 내가 다른 곳에 너무 정신을 팔아서 잊어버린 거 있죠."

어쩌면 그것 때문에 벼락 맞아 죽을지도 몰랐다.

"그랬구나."

뜻밖의 말에 수민은 그저 고개만 끄덕거렸다.

"벌써 십칠 년 전인데, 아직도 많이 슬퍼요. 영원히 슬플 것 같아."

그리움은 쉽게 사라지는 감정이 아니다. 오히려 세월이 지날수록 그리움은 깊어지게 마련. 도영의 목소리가 촉촉해졌다.

"우리 엄마가 항상 이렇게 비 오는 날이면 김치전을 부쳐 줬어요. 팍 시어버린 김치에 하얀 밀가루를 묻혀서. 참 맛있었는데."

그녀의 목소리가 아련히 잠겨들었다.

해마다 돌아오는 기일이지만 해마다 가슴이 아프다. 엄마도 엄마였지만, 아버지가 느꼈을 그 절망감이 손에 잡힐 듯 생생했다. 사우디아라비아에서 죽을힘을 다해 돈을 벌어왔더니 그를 반긴 것은 공포와 외로움에 기진맥진한 어린 딸뿐이었다.

"어쩌다 그렇게 일찍 돌아가신 거야?"

"심장마비였어요. 어떻게 손도 못 써봤어요. 엄마도 너무 불쌍하고 아버지도 너무 불쌍해요. 우리 엄마랑 아버지 정말 끔찍하게 사랑하셨거든요. 어린 내가 봐도 부러울 만큼 말이죠. 공항에 마중 나온다던 엄마가 영안실에 누워 있으니 기가 막히죠. 우리 아버진 울지도 못했어요. 어이가 없고, 믿기지 않아서. 아빠를 버려두고 간 엄마가 너무 미워서."

그녀는 톡 건들면 그대로 눈물이 주르륵 흐를 것 같았다. 도영의 슬픔이 손에 잡힐 듯 생생했지만 수민은 섣불리 어떤 말도 할 수가 없었다.

그에겐 사랑하는 부모님, 형제들이 모두 건강하게 곁에 있기 때문에, 도영이 느끼는 아픔에 적절한 말을 찾을 수가 없었다. 하지만 어떻게라도 위로는 해주고 싶었다. 한참 동안 머리를 굴리던 그가 주저하며 물었다.

"저기, 호건이 불러줄까?"

그로선 최선의 위로였다. 호건과 도영이 무슨 일로든 서로 연관이 되는 건 참을 수 없었지만, 그래도 이 순간 호건이 도영에게 위로가 될 수 있다면 질투 따윈 참을 수 있었다. 그 말에 도영이 솔깃한 눈으로 쳐다보다 이내 고개를 저었다.

"아니요."

어라, 진짜 진지하게 슬픈 모양이다. 호건님을 마다하다니. 이럴 줄 알았으면 오지 않는 건데.

당최 해줄 수 있는 게 아무것도 없으니 수민은 더 난처해졌다. 그는 눈에 보이는 신문한 귀퉁이에 전화번호를 빠르게 적었다.

"그래도 모르니까 적어줄게. 이게 호건이 개인 번호야. 내가 호건이한테 말해놓을 테니까 언제든 전화해서 '호건님' 목소리 듣고 싶으면 들어."

이상하다. 관심이 없는데, 왜 수민이 적어주는 저 번호가 다 머리에 입력된 거지? 수민이 마지막 숫자를 적는 순간, 도영은 다 암기를 해버렸다.

"그런데 진짜 여긴 왜 왔어요?"

그것도 황금 같은 장라면과 다이아몬드 같은 호건님 전화번호까지 가르쳐 주고.

"간다."

무슨 일로 왔냐니까 이 남자, 간단다. 도영은 황당한 눈으로 수민을 올려다보았다.

"도깨비도 아니고 이게 무슨 일인지……."

그녀는 비디오방을 나서는 그의 뒤를 따라 나가며 중얼거렸다. 아무 말 없이 일층까지 내려온 그가 갑자기 뒤를 돌아보더니 비장하게 중얼거렸다.

"기운 내라."

"네, 고마워요."

도영은 빗속에 주차된 차로 뛰어가는 수민의 뒷모습을 지켜보았다. 설마하니 걱정이 돼서 온 것은 아니겠지? 심술 도깨비의 명성이 금 갈 짓은 안 할 남자인데……. 그런데 와서 하는 걸보니 걱정을 했나 보다. 그녀는 멀어져 가는 수민의 차를 보며 혀를 찼다. 알 수 없는 남자.

한동안 멍하게 서 있던 도영은 정신을 차렸다.

이렇게 한가하게 있을 때가 아니다. 얼른 음식을 해서 제사상을 차려야 한다. 기운 내라는 수민의 말을 들어서인지, 조금 힘이 났다. 씩씩하게 계단을 올라가려는데 뒤에서 누군가 그녀를 불렀다.

"도영 양."

뒤를 돌아보자 건물 입구에 홍 아줌마가 서 있었다. 하늘빛 플레어스커트가 마치 소녀 같은 차림이었다.

"네, 안녕하세요."

도영이 꾸벅 인사를 하자, 홍 아줌마가 다가왔다.

"어머니 돌아가신 날이라면서. 이걸 제사상에 쓸지는 모르겠지만 가져갈래?"

손으로 직접 부친 부침개였다. 황망한 눈으로 그것을 보자, 홍 아줌마가 인자한 얼굴로 그녀의 팔을 다독거렸다.

"실례라면 도영 양이 용서해. 그런데 어머니 제사인 걸 알면서 손 놓고 있을 수는 없을 것 같았어."

"실례라니요. 아니에요."

그녀가 고개를 저었다. 처음이다. 누군가 다른 사람이 엄마의 제사에 음식을 해준 것이. 도영의 콧등이 시큰해졌다.

"많이 착잡할 거야. 그래도 도영 양이 아버지 잘 위로해 드려. 짝을 잃은 마음이 오죽하시겠니. 그래도 너무 슬퍼하지 말라고 위로해 드려라. 누구든 나이가 들면 더 슬퍼하는 법이란다."

이 아줌마가 사람 제대로 감동시킨다.

"고맙습니다."

꾸벅 인사를 하자, 홍 아줌마가 웃었다.

"별말을 다 해. 그럼 들어가."

홍 아줌마는 총총히 사라졌다. 울컥해서 바라마 보던 도영이 홍 아줌마 뒤에서 외쳤다.

"만주 아저씨랑 절대 놀지 마시고, 우리 아버지랑 노세요."

그녀의 외침에 홍 아줌마가 뒤를 돌아보더니 활짝 웃으며 손을 흔들었다. 수민에 이어 홍 아줌마까지, 도영은 조금씩 기분이 나아졌다.

그래, 엄마의 기일을 잊었지만 엄마까지 잊은 건 아니다. 여전히 엄마를 사랑했고, 그리워하는 중이다. 가뜩이나 엄마는 착해서 한 번쯤 잊어버린 것이라면 분명 용서해 주실 터. 제사상을 차림에 최대한의 솜씨를 발휘하리라 마음먹은 도영이 집으로 뛰어갔다.

향이 타는 냄새는 언제나 사람을 경건하게 만든다. 젊디젊은 엄마의 사진을 앞에 두고 유 사장과 도영은 침묵을 지켰다.

두 부녀가 솜씨를 발휘해 만든 음식과 홍 여사의 부침개가 한 상 가득 차려진 제사상은 풍성해 보였다.

"도영아."

"응, 아버지."

"엄마 보고 싶지?"

"아버지도 엄마 보고 싶어?"

"그래, 보고 싶다."

그리움은 어쩔 수 없는 본능 같은 것.

"그래도 나보다는 네가 더 보고 싶겠지. 네 엄마 없어 고생한

건 바로 너니까."

돈 버는 일만 능숙하던 석준에게, 아내가 없어 제일 힘들었던 건 바로 어린 도영을 돌보는 일이었다. 오죽하면 아내를 보내고 처음 한 일이 도영의 길고 탐스러운 머리를 잘라주는 것이었을까.

이목구비가 오밀조밀 예쁘장한 딸이 이렇듯 선머슴 왈가닥으로 큰 것은 바로 그 때문이라 해도 과언이 아니었다. 예쁜 딸을 예쁘게 키울 수가 없어 선머슴처럼 대충대충 키운 것이니 말이다.

석준으로서는 선머슴 도영을 키운 게 편한 것이 당연했으니 도영 스스로도 여자라는 생각을 의식적으로 하지 않는 듯했다.

"도영아, 우리 열심히 산 거 맞냐?"

영정 사진을 한없이 들여다보던 도영이 고개를 끄덕거렸다.

"그럼요. 빌딩이 몇 채인데."

"그래."

도영과 석준은 다시 침묵했다. 아무리 그러지 말자 해도 슬퍼지는 건 어쩔 수 없는 일이었다. 행복했던 일만 추억할 수 있다면 얼마나 좋을까. 지금 엄마의 제사상이 아니라 엄마의 고운 얼굴을 직접 볼 수 있다면 얼마나 기쁠까. 하지만 현실은 그럴 수 없으니, 다시 기운을 차릴 수밖에 없는 일.

부질없는 생각을 털어버린 도영이 자리에서 벌떡 일어났다.

"아버지! 우리 이렇게 축 처져 있지 말아요. 아버지랑 나랑 약

속한 거 있잖아요. 엄마 생각하면서 슬퍼하지 않기."

석준도 같은 생각인 듯했다. 그녀의 말에 고개를 마구 끄덕거렸다.

"그래. 힘내자. 힘!"

죽은 사람인들 마음이 편했으랴. 열심히 사는 것만이 살아남은 자의 의무이며, 먼저 간 이를 생각함에 있어 슬퍼하는 대신 마음을 다해 그리워만 하자.

기운을 차린 부녀는 차려 두었던 제사상을 치우기 시작했다. 도영이 나물과 전을 반찬 통에 가지런하게 담으며 말했다.

"설거지는 아버지 담당인 거 아시죠?"

"뭐야? 그런 게 어디 있어? 나는 오늘 마음이 아파서 설거지 못한다. 네가 해라."

"아버지!"

요즘 유 사장은 집안일을 거의 하지 않았다. 뭐, 식구가 단둘뿐인 단출한 살림이라 할 일이 그리 많지는 않지만 기본적인 밥하기, 빨래, 청소는 해야 했다. 몇 달 전만 하더라도 부녀가 일주일씩 번갈아가며 집안일을 했는데, 최근 유 사장은 '노환'을 핑계 삼아 살림 전선에서 물러나려 했다.

"집안일은 서로서로 도와가면서 해야죠. 그건 내가 고3일 때도 지켜지던 이 집안의 불문율이었어요."

"그때는 그때고. 게다가 난 아내의 기일 날 설거지를 하고 싶지 않단 말이다."

도영이 빽 소리를 질렀다.

"아버지!"

유 사장 역시 소리를 지르기는 마찬가지.

"싫어, 싫다고!"

곧 집 안은 부녀의 왁자한 말다툼 소리에 소란해졌다.

"유도영. 넌 아비를 존중하는 마음이 없어."

"아버지는! 딸을 사랑하는 마음이 없으셔."

그래, 역시 그들 부녀는 소란이 어울린다.

오늘은 나왔다.

수민은 도영이 소품실과 촬영장을 왔다 갔다 하는 것을 힐끔거리며 안도의 한숨을 내쉬었다. 같이 다니는 희준이 뭐라고 했는지 눈을 부라리며 주먹을 쥐는 것을 보건대 어제의 우울함은 모두 떨쳐 버린 듯했다.

수민은 도영을 훔쳐보며 히죽 웃었다. 호건의 전화번호를 적어줬지만, 호건에게 확인을 해보니 전화가 안 왔단다. 장라면으로 충분했던가 보다. 마음에 드는 땅콩. 흐뭇하게 바라보는데 갑자기 도영이 털썩 주저앉았다.

"어?"

저도 모르게 이마디 비명이 나왔다.

"왜?"

곁에 있던 선규가 의아하게 물었지만, 수민은 아무 대답도 하지 못하고 도영을 뚫어져라 보았다.

"너 왜 그래?"

곁에 있던 희준도 놀라긴 마찬가지인지, 그들의 대화 소리가 고스란히 들려왔다.

"아이고, 선배. 나 뒷골 당겨요."

도영이 다 죽어가는 목소리로 웅얼거렸다.

"뒷골이 왜 당겨?"

"이상하네, 왜 이렇게 숨이 가쁘지?"

"숨을 크게 쉬어봐. 젊은 녀석이 고혈압이냐? 왜 그래?"

희준의 걱정스런 말에 도영이 장난스럽게 혀를 날름거렸다.

"선배가 나 먹을 거 안 사주니까 먹을 게 없어서 더위를 먹잖아요. 나 맛있는 거 좀 사줘 봐요."

"알았다. 일단 차가운 거 하나 마시고 하자. 이리 와."

"아싸."

그가 보고 있는지도 모른 도영은 신이 나서 희준을 따라 나갔다. 다른 때라면 바람둥녀니 뭐니 눈이 찢어져라 도영을 노려봤겠지만, 오늘은 그럴 수가 없었다. 도영의 어머니가 심장마비로 돌아가신 것을 떠올리자, 더럭 걱정이 됐다. 태어나는 것은 순서가 있어도, 가는 날은 남녀노소 순서가 없는 법인데…….

"그러게 애한테 뭘 그렇게 편지를 많이 쓰라고 해?"

제사를 지내느라 미처 다 적지 못한 편지를 밤새 적었다던 도영의 말이 생각나자 저도 모르게 화가 났다.

"야, 선규야. 사무실에 내 앞으로 온 팬레터 다 가지고 와. 있는 편지 사용하면 되는데, 왜 생사람을 잡아?"

"뭐라는 거야? 너 왜 그래?"

영문을 모르는 선규가 묻자, 수민이 짜증을 냈다.

"됐어. 왜 하필 죽은 여자가 문학소녀인 거야. 애를 잡으려고 아주 작정을 했어."

정말 곰곰이 생각을 해보니 그렇다. 낮에 하는 육체노동도 힘들 텐데, 야간 편지 작업까지. 오늘부터 그가 대신 적어주든지 해야지, 원.

"에잇."

"야, 설수민."

선규의 부름에도 수민은 제풀에 화가 나 촬영장으로 쏙 들어가 버렸다.

"쟤가 점점 더 이상해지는데 왜 저런 거야? 더위 먹었나?"

선규는 영문을 알 수가 없었다.

"당최 이상한 녀석이야."

늦은 밤.

자정이 넘어 새벽도 훨씬 넘은 시간, 집 안으로 들어서던 수민은 검은 그림자에 흠칫 놀라 민춰 있니.

"헉."

"죄지었냐? 뭘 그렇게 놀라?"

형 수현이었다.

"사람 간 떨어지게 여기서 뭐 해?"

수민은 이곳이 수현의 집이란 사실을 잊어버리기로 마음먹고, 놀라게 한 것에 대해 따져 물었다. 수현은 어이가 없었던지 떽떽거렸다.

"출근하는 중이었다, 됐냐?"

"이 새벽에?"

"의사한테 새벽이 뭐가 중요하다고 그래? 얼른 들어가."

수민은 아직 잠에서 덜 깬 듯해 보이는 수현이 신발을 신는 것을 가만히 지켜보았다.

"형."

수현이 만사 귀찮은 듯 대답했다.

"왜."

"심장마비, 그것도 유전돼?"

갑작스런 질문도 질문이었지만, 평소에 잘 없는 수민의 진지 모드에 수현이 고개를 들어 그를 보았다.

"그건 왜?"

"궁금해서."

"우리 집엔 심장질환으로 돌아가신 분 없다."

"아니, 그거 말고. 정말 유전돼?"

"흠⋯⋯."

수현이 보기에 수민은 지금이 새벽이란 것과 그가 얼른 출근을 해야 한다는 것도 중요하지 않은 듯했다. 집요한 녀석. 이럴 바에는 차라리 빨리 대답을 해주고 사라지는 것이 현명한 방법이었다.

"유전될 수도 있고 안 될 수도 있지. 하지만 가족 중에 질환으로 사망한 가족력이 있으면 더 조심하긴 해야 해. 가족력을 무시할 수 없거든. 그건 심장마비 같은 질환뿐 아니라 다른 모든 질환들도 마찬가지야."

그 물건, 분명 뒷골이 당긴다고 했다.

"그럼 혈압이 높으면 어떻게 되는 거야?"

"고혈압 환자야말로 심장마비를 조심해야 하는 거야."

아이고.

"예, 예방법은?"

그것을 묻는 수민의 목소리가 가늘게 떨렸다.

"정기적으로 검진을 받아야지. 그리고 운동하고 음식 조절하는 기본적인 예방법을 지켜야 해. 그런데 너 정말 왜 그래? 심장이 안 좋아?"

그런 수민이 수상했던지 잠이 깬 수현이 무섭도록 진지해졌다.

"정말 그래? 망할, 그럴 줄 알았어. 그러게 생전 운동도 안 하던 녀석이 갑자기 살 뺀다고 무리하게 달리니까 그렇지! 넌 죽으려고 고사를 지낸 거야! 너 내일 당장 병원에 와. 알았어?"

"잘 다녀와."

수민은 수현의 윽박은 아랑곳없이 대충 손을 흔들고 이층으로 올라가 버렸다.

"야, 설수민. 내 말 들었어?"

하지만 좀비처럼 걸어가는 수민의 귀에는 아무 말도 들리지 않았다.

발이 많이 달린
곤충을 싫어한다

6

여섯. 발이 많이 달린 곤충을 싫어한다

모처럼 비 내리지 않는 상쾌한 일요일이다.

한낮 더위가 예사롭지 않을 거라 예고를 하듯 아침부터 태양이 쨍쨍 내리쬐었다. 아버지가 '일요 야구회' 친선대회가 있어 나가신 후, 한동안 더 침대에서 뒹굴던 도영은 배가 고파 자리에서 일어났다.

냉동실을 뒤져 얼려둔 식빵을 찾아 토스트기에 넣으려는데 추리닝 주머니에 넣어둔 휴대폰이 요란하게 울렸다.

번호를 보자, '톱스타' 수민이시다.

"네."

[너 지금 나와라.]

이 '톱스타'는 전화를 하면 항상 이런 식이다. 전화를 하면 먼저 인사하는 매너를 좀 배우든지 해야 할 것 같았다.

아무리 '톱스타'가 하는 말이라 해도 '톱스타'에 혹하지 않는 냉철한 유도영은 쉽게 오케이 하지 않는 법.

"왜요?"

하지만 수민은 막무가내였다.

[청바지 입고 운동화 신고 나와.]

도영이 인상을 쓰며 수화기를 노려보았다. 하여튼, 뭐든 묻는 말에 쉽게 대답을 하는 법이 없어요.

"대체 왜요!"

소리를 빽 지르자, 그가 간단하게 말했다.

[호건이 옆에 있는데 걔가 그러래.]

헉.

"알았어요."

도영은 서둘러 전화를 끊고 방으로 뛰어들어 갔다. 이유 따윈 필요없다. 그분이 하시는 말씀이라면 당연히 따라야 한다. 발라당 뒤집혀진 머리를 억지로 보듬어 묶은 뒤, 청바지에 나름 예쁜 감청색 셔츠를 입고, 운동화를 신었다.

떨리는 마음을 주체하지 못하고 건물을 내려가자, 편의점 앞 하늘색 스포츠카에 탄 수민이 손을 흔들었다.

"어이."

그런데 어찌 혼자다.

쨍쨍한 햇빛에 눈을 찡그리며 보자, 정녕 그분은 아니 계시다. 그에게 다가간 도영이 따지듯 물었다.

"호건님은요?"

그러자 수민이 심술궂게 웃으며 말했다.

"일본에 팬미팅 갔어. 넌 그렇게 좋다는 호건님 스케줄도 모르냐?"

"그럼 나한테 사기 친 거예요?"

"어."

도영이 이를 악물고 그를 보았다.

"왜요?"

얼려둔 식빵이 녹아 새로 산 식탁보에 물 자국을 남길 텐데 그것도 아랑곳없이 뛰어나오게 만들다니, 대체 무슨 이유인지 듣고 말 테다.

"일단 차에 타라."

그녀의 분노는 아랑곳없이 차에서 내린 수민이 조수석의 문을 열었다.

"내가 거기 탈 거라고 생각한다면 아주 큰 오산입니다."

팔짱을 끼고 서 버티는 도영을 보며 수민이 능글맞게 웃었다. 그러더니 목에 걸고 있던 펜던트를 풀어 마치 최면을 걸듯 눈앞에 흔들어 보였다.

"도영아, 이게 호건이가 하던 펜던트다?"

"차에 타면 되죠?"

수민의 손에서 팬던트를 확 뺏은 도영이 서둘러 차에 올라탔다. 수민에게 놀아나는 것이 분명했지만 상관없었다. 그분의 것이라면 뭐든 좋다.

도영을 태우고 그가 도착한 것은 북한산 우이암 등산로였다.

수현의 말이 계속 마음에 걸렸다. 기본적인 검진과 운동, 식이요법. 그가 당장 해줄 수 있는 것은 같이 운동을 하는 것이란 결론에 도달한 수민은 일요일 아침 일곱 시 기상이란 기염을 토해냈다.

그리고 인터넷을 뒤져 알아본 바, 초보나 노약자들이 오르기 쉬운 코스가 우이암 코스란 것을 알아냈다. 그 역시 운동이라면 질색이라 우이암 코스면 괜찮을 것 같았다. 하지만 도영의 생각은 다른 듯했다.

"지금 내가 생각하는 그걸 하자는 거예요?"

높다란 산을 올려다보는 그녀의 얼굴엔 질린 기색이 가득했다.

"응."

수민이 천진한 얼굴로 끄덕거리자, 도영은 기가 막혔다.

"저기요. 내가 마트에서 멍들게 만들었던 건, 저번에 공원에서 라면 끓여준 걸로 없었던 일 된 거 아니에요?"

"뭐냐? 그럼 넌 내가 그날 일을 아직도 기억해서 원수 갚으려고 등산 하자는 거라 생각하냐?"

그가 아무리 뒤끝이 작열하는 성격이라 해도, 치사하게 되풀이해서 써먹는 그런 남자는 아니다.

"그럼 뭐예요? 이 삼복더위에 등산이라니. 나 올라가다가 죽을지도 모른다고요."

"일단 올라갔다가 내려오면 안 죽었다는 걸 알 수 있을 거야."

"근본적으로 내려올 산을 왜 올라가느냐고요!"

결국 도영이 빽 소리를 지르고 말았다. 정말이지 살면서 이해할 수 없는 게, 왜 멀쩡한 산을 죽도록 올라가 정복했다고 뿌듯해하는 건지, 그게 궁금했다.

수민은 어깨를 들썩거렸다.

"산이 거기 있기 때문이지."

말해놓고 보니 멋진 말이다. 누군가 그 말을 했다는데, 이름은 모르겠다. 그가 앞장서자 도영은 그 뒷모습을 하염없이 노려보았다. 따라오는 기색이 없자, 수민이 한숨을 푹 쉬며 제안했다.

"알았어. 호건이 한국에서 팬미팅 할 때 내가 너 제일 앞자리에 앉을 수 있게 손써줄게. 됐어?"

오오, 돈 주고도 못 가다는 호건님 팬미팅?

"나, 뛰어갈까요?"

도영은 입이 찢어져라 웃으며 뛰기 시작했다.

그의 앞을 바람처럼 달려 지나가는 도영의 뒷모습을 보며 수민이 이를 악물었다. 망할 호건이 놈.

아무리 절친한 친구라지만, 그리고 곤란한 상황에서 유용하게 써먹히는 이름이라지만 도영이 순순히 응하는 것을 보자 심술이 나는 것은 어쩔 수가 없었다.

아무리 호건이 좋아도 힘든 건 힘든 거다. 도영은 턱까지 차오른 숨을 몰아쉬며 주저앉고 말았다.

"물, 물 좀 줘요."

나무 계단에 주저앉은 도영이 앞서 가는 수민을 향해 사정을 했다. 한 시간 십 분 코스의 시작에서 저렇게 늘어지다니, 확실한 체력 저하. 고개를 절레절레 흔들며 수민은 가방을 벗어 뒤지기 시작했다.

"야, 오이 먹어."

"물 달라니까요."

"물 먹으면 배불러서 더 못 가. 차라리 오이가 낫대."

수민은 인터넷을 뒤져 산행 정보를 파악하고 손수 오이를 깎아왔다. 그가 주방일을 얼마나 귀찮아하는지 아는 막둥이가 놀라서 뒤집어질 일이었다. 하지만 그걸 모르는 도영은 마뜩찮은 눈으로 오이를 보다 할 수 없이 받아먹었다. 청량한 향기를 뿜는 오이를 와그작거리자, 바짝 말랐던 목 안이 순식간에 촉촉해졌다. 십 초 안에 이걸 다 못 먹으면 뺏길 것 같은 불안감이 엄습했다.

오이 말고 물 달라던 타박이 무색하게, 오이를 먹는 속도가 빨라졌다.

컥!

그러다 너무 급하게 먹었는지 목이 메었다. 도영이 컥컥거리며 가슴을 팡팡 두드리자 결국 수민이 혀를 차며 수통을 건넸다.

"쯧, 오이 먹다가 목 막히는 사람은 너뿐일 거다."

급한 김에 물을 들이키자 식도에 꽉 뭉쳤던 오이가 시원하게 내려갔다. 안도의 한숨을 쉰 도영이 그를 흘겨보았다.

"그러게 누가 등산 한댔어요?"

"야, 등산을 해야 건강하게 오래 살지."

"됐어요, 됐어."

그녀가 마구 투덜거렸다. 답답한 것. 그 모습에 수민이 혀를 찼다. 다 자길 위해서 이러는 건데. 그도 땀 나도록 더운 날 등산 따윈 도무지 체질에 안 맞단 말이다. 에어컨 빵빵하게 틀고 소파에 길게 늘어져 텔레비전 보는 것이야말로 설수민다운 일인데. 저 물건이 몰라도 너무 모른다.

속 시원하게 '이건 다 너를 위한 등산이다!' 라고 소리치고 싶었지만, 그랬다간 먼저 간 어머니를 떠올려 침울해질지도 몰랐다. 축 처진 땅콩을 보느니 그냥 괜한 짓 한다고 욕을 먹는 편이 나을 것이다.

한참을 걸어가자 약수터가 나왔다. 오아시스가 이보다 반가울까. 도영이 탄식 같은 한숨을 쉬며 돌담에 늘어져 앉았다.

"우리 그냥 내려가요. 나 팬미팅 안 가도 될 것 같아요."

"그렇게 힘들어?"

도영은 대답 대신 고개만 끄덕거렸다. 그 곁에 앉은 수민이 두서없이 말했다.

"조금 더 가봐."

"죽어도 못 가요."

"야, 운동을 해야 심장이 단단해진대."

완강한 모습에, 결국 그가 소리 죽여 중얼거렸다. 심장이 단단해진다는 말에 도영이 감았던 눈을 번쩍 떴다.

"뭐라고요?"

"저기, 우리 형이 의사인데, 형이 그랬어. 음…… 심장질환 예방하는 방법에 대해서 말이야."

아……. 늘어졌던 도영은 등을 곧추세웠다.

"어머니가 심장마비셨다며. 너도 보니까 체력적으로 힘든 것 같고 해서."

그럼 이게 전부 그녀를 위해서?

수줍은 듯 말하는 수민을 보며 도영은 아무 말도 하지 못했다. 그렇게 심술을 내고 따라온 등산이 전부 그녀를 위한 것이었단다. 갑자기 가슴이 울컥해지며 짜증을 낸 것이 너무 미안해졌다. 이 남자, 안 그래도 바쁜 사람인데. 연일 이어지는 촬영

강행군에 쉬는 날은 밀린 잠을 자야 하는 그런.

"저기, 고……."

진심으로 걱정해 줘서 고맙다는 말을 하려는데,

"아악!"

수민이 갑자기 비명을 지르며 펄쩍거리기 시작했다. 그리고 미친 듯이 헐렁한 검은 티를 풀썩거렸다.

"도영아, 나 죽어! 이, 이것 좀 잡아!"

"뭐, 뭘요?"

얼굴이 새파랗게 질린 수민을 보고 당황한 도영이 더듬거렸다.

"벌레, 아악!"

그의 비명 소리가 산 가득 울려 퍼졌다.

"모, 목으로 들어갔어. 억! 점점 내려가는데, 팬티 안으로 들어가려나 봐!"

아무리 놀랐다 해도 이보다 더한 방정은 없을 것이다. 도움을 주려고 해도 발바닥에 스프링을 매단 것처럼 폴짝폴짝 뛰는 통에 뭘 어떻게 해줄 수 있는 게 아무것도 없었다.

"가만히 좀 있어봐요!"

결국 도영이 빽 소리를 지르며 그의 뒷덜미를 잡았디. 디를 들어 벌레가 있는 것을 살피자 수민이 떨리는 목소리로 말했다.

"등이 막 간지러워. 내 등을 더듬으면서 느끼는 거야. 나쁜 벌레 새끼."

하지만 도영은 수민을 더듬으면서 느끼는 '벌레 새끼'를 찾을 수가 없었다.

"아무것도 없어요. 도망갔나 봐요."

아니면 그의 말대로 팬티 안으로 들어갔거나. 그렇다고 팬티 안까지 확인해 볼 수는 없는 일. 다행히 그가 더 이상 움찔거리지 않는 것을 보니 벌레는 어느 틈에 도망을 쳤나 보다.

"진짜 없어?"

뭐, 목소리는 아직 떨린다.

"없다니까요. 진정 좀 해요, 진정."

사람 혼을 쏙 빼놓는 호들갑에 도영마저 놀란 가슴을 쓸어내렸다. 그녀는 수민이 매고 왔던 가방에서 수통을 찾아 건넸다.

"물 좀 마셔요."

"응."

그가 수통을 받아 물을 마시는 것을 보며 주위를 쓱 둘러보던 도영의 눈이 튀어나올 듯 커졌다. 일요일이라 산을 오르는 많은 사람들의 시선이 그들에게 쏠려 있었다. 하긴, 그 방정을 떨었는데 안 쳐다보는 것이 더 이상하지. 사람들의 시선 따위야 두렵지 않지만 이 남자가 '설수민'이라는 것은 문제가 될 수 있었다. 그녀는 한 손으로 가방을 들고 또 한 손으로 수민의 티를 잡아끌었다.

"저기, 우리 저기로 가요."

"아, 조금 있다가. 나 너무 놀랐나 봐. 다리가 후들거려서 못 일어나겠어. 좀 진정을 해야 해."

"그럴 여유가 없다니까요. 사람들이 다 쳐다보는데, 아직까지 당신이 그 유명한 '설수민'이라는 걸 모르니까 잠잠한 거라고요. 얼른 따라와요."

"어, 알았어."

도영의 설명에 당황한 수민이 서둘러 일어났다. 어딘지도 모르고 사람들의 시선에서 벗어나려 무작정 걸었다.

한 오 분 정도 걸었을까, 비탈진 흙길로 나무와 풀이 우거진 한적한 곳에 멈췄다.

"여긴 사람 없으니까 좀 쉬어요."

도영은 작은 바위에 앉으며 손짓했다.

"응."

수민이 잔뜩 풀죽은 얼굴로 그녀 곁에 앉았다.

"괜찮아요? 놀랐을 땐 우황청심환 먹어야 하는데."

"안 먹어도 돼."

그는 진정 불쌍한 얼굴로 무릎을 끌어 모아 얼굴을 묻었다. 한적한 숲 속에 침울한 기운이 감돌았다.

"내가 한심해 보이지?"

어깨를 토닥여 줄까 고민을 하는데 그가 웅얼거렸다.

"어, 아니요."

좀 놀랍긴 하지만 그렇다고 한심하기까지야 하겠니? 도영은 그가 불쌍해 보여 등을 툭 쳤다

"사람마다 무서워하는 게 다 다르잖아요."

"난 세상에서 발 많이 달린 벌레가 제일 싫어. 그런데 나이에 맞지 않게 너무 심하게 놀라니까 우리 형이랑 동생이 항상 나잇값도 못한다고 놀려."

"나쁜 형이랑 동생이네? 무서운 데 나이가 무슨 상관이에요?"

도영이 편들어주자 수민이 얼굴을 반짝 들었다.

"그렇지?"

"그럼요."

자신을 이해해 주는 사람이 있다는 것이 반가웠던지, 수민이 주절주절 과거의 기억을 털어놓았다.

"우리 할아버지가 시골에서 수박밭을 하셨거든? 밭이 엄청 컸어."

"수박밭이요?"

서울에서 나고 자란 도영이라 수박밭이란 말에 호기심이 일었다.

"응. 할아버지 돌아가시고, 그거 다 우리 형이 물려받았어. 지금 땅값 엄청 올랐을 거야."

"수민 씨는 뭘 물려받았는데요?"

"나? 음, 난 수박밭 뒤에 있는 산 물려받았다."

이야, 밭에다 산까지 있는 갑부집 아들이네. 도영이 입맛을 다셨다.

"아, 이야기의 요점에서 벗어났네. 뭘 물려받은 게 중요한 게 아니라, 어렸을 때 방학 때면 항상 할아버지 집에 내려갔는데, 그때가 여름이었어."

　아마 열세 살 무렵이었을 거다.

　푹푹 찌는 여름 태양이 저물어갈 무렵, 할아버지 심부름으로 양조장에서 막걸리를 받아 집으로 돌아오는 중이었다. 허공에 어지럽게 맴도는 하루살이들을 바라보며 주전자를 고쳐 드는 순간, 발이 미끄러져 그대로 수박밭으로 굴러 떨어졌다.

　"주위가 어둑어둑해서 못 봤는데, 난 우리 집에서 기르던 개 삼돌이가 질러놓은 변을 밟은 거야."

　그 기억이 너무 생생해 수민이 절로 인상을 썼다.

　"하필이면 너무 재수가 없었던 게 그날 아침 밭에 전부 거름을 했거든."

　시골 밭에 거름이 다 그렇듯, 고향의 냄새와 함께 우글거리는 벌레들. 마치 열세 살 꼬마가 되어 다시 거름더미에 빠진 듯했다.

　갑자기 속이 매스꺼웠다.

　"아, 아직도 코끝에 그 냄새가 나는 듯…… 우욱."

　호기심 어린 눈으로 바라보는 도영의 기대에 부응한 그가 도하기 시작했다.

　"괜찮아요?"

　"아, 아 괜찮아. 우욱, 나…… 나 비위가 너무 약해……."

이런, 너무 골고루 하셔.

도영이 잔뜩 인상을 쓰며 그의 등을 바라보았다. 젠장, 나도 비위 약한데. 당장 약수터로 도망을 갈까 생각했지만 그건 너무 의리없는 짓이다. 그녀는 할 수 없이 수민의 등을 두드려 주기 시작했다.

"발 많은 것들은 전부 사라져야 해. 우욱!"

그는 계속 토하면서 '발 많은 것들'에 대한 증오를 불태웠다.

"그러니까 이제 생각하지 말라고요, 생각을."

제발! 나도 비위 약하거든?

도영은 자신이 수민을 버려두고 떠나지 않길 간절히 빌었다.

수민이 진정되기까지는 많은 시간이 필요했다. 수통의 물로 입을 헹궈내고, 남은 오이를 와그작거리는 그에게선 기운이 하나도 없어 보였다. 하긴, 산을 들었다 놓을 만큼의 소동을 부렸으니 당연한 결과다.

"조금 더 있다가 내려가요."

"어."

처음 산에 올 때의 기세는 온데간데없었다. 수민의 하얗게 질린 얼굴로 보건대, 아무래도 우황청심환을 먹여야 할 것 같았다. 그런데 잔뜩 풀죽은 얼굴을 보자 그럴 상황이 아님에도 웃음이 나왔다.

"웃지 마."

쿡쿡거리는 그녀를 보며 으르렁거렸다.

"안 웃었어요."

"너도 그렇게 발 많은 벌레들이랑 직접 대면하면 그렇게 못 웃을 거야."

"알았다니까요. 안 웃었어요."

심호흡을 하기 위해 시선을 돌리던 도영의 눈에 풀잎 위에 노랗게 똬리를 튼 망 하나가 보였다. 나비가 되려는 누에고치인가?

"이것 좀 봐요. 얘 나비 되는 거 맞죠?"

도영은 너무 신기해 그것을 수민 앞으로 디밀었다. 순간, 망이라고 생각했던 것이 꿈틀한다. 덩달아 수민도 외마디 비명과 함께 꿈틀 뒤로 물러났다.

"헉!"

컹.

"어…… 이게 애벌레였나?"

갑작스런 상황전개에 당황한 도영이 풀잎을 치우려는데, 위에 있던 것이 또르르 굴러 수민의 발 아래 떨어졌다.

"아악!"

호들갑스런 비명과 함께 물러나던 수민이 그만 중심을 잃고 3m 정도 되는 비탈길 아래를 구르기 시작했다.

"수민 씨!"

아이고, 이 일을 어째! 도영은 순식간에 일어난 상황을 믿을 수가 없었다. 공처럼 비탈길을 굴러가는 수민이 잘못되면!

"절대 안 돼. 수민 씨이!"

그녀는 수민을 구하기 위해 비탈진 길을 뛰어내려 갔다. 등산화가 아닌 탓에 흙길을 내려가는 동안 중심을 잃고 엉덩방아를 찧고 말았다. 도영은 마치 스케이트를 타듯, 쭉 미끄러져 내려갔다. 하지만 엉덩이가 아프다는 생각조차 들지 않았다. 도영은 기다시피 수민에게로 다가갔다. 비탈길을 굴러 만신창이가 된 수민이 엎드린 모습으로 길게 뻗어 있었다.

"수민 씨, 괜찮아요?"

"으……."

그녀의 다급한 말에 수민이 신음을 하며 보았다.

"너 만나고부터…… 내 몸이 성하질 않아."

간신히 머리를 들고 그 말을 뱉은 수민이 가쁜 숨을 몰아쉬었다.

"그러게 무는 것도 아닌데 뭘 그렇게 놀라요!"

죽지는 않았나 보다. 도영은 지레 놀랐던 가슴이 진정되자, 빽 소리를 지르고 말았다.

"내가 벌레 싫다고 했잖아!"

덩달아 수민도 마주 소리쳤다.

"난 정말 산이 싫어!"

절절히 한 맺힌 그의 음성에 도영이 눈을 굴렸다. 하, 기가 막혀서. 등산 하기 싫다는 사람 억지로 우겨서 등산 시킨 사람이 누군데. 하여튼 이 남자, 고마움을 오래 가질 여유를 안 주는 사람이다.

겨우겨우 자리에서 일어난 수민이 짱돌에 얻어맞은 강아지마냥 낑낑거렸다.

"아까 구를 때 다리를 삐었나 봐."

"걸을 수 있겠어요?"

절룩거리는 그를 보며 도영이 초조하게 물었다. '난 죽어도 당신 못 업어!' 란 포스를 담아 그를 비장하게 쳐다보자, 수민이 마치 대답이라도 하듯 신음을 내지른다.

"아이고."

꽤나 아픈지 이마에 주름이 가득했다. 어쩔 것이야. 애초에 나비가 되려는 망인지, 애벌레인지를 내민 것이 그녀인데 모든 것을 체념한 도영은 수민의 한 팔을 자신의 어깨 위에 올렸다.

"죽어도 업어주지는 못해요. 대신 나를 지팡이라 생각하고 걸어요."

"119에 신고하면 들것 가지고 와주지 않나?"

그녀의 어깨에 온몸을 의지한 수민이 너무나 천진한 어조로 묻자, 도영이 그를 확 째려보았다.

"애벌레 보고 놀라서 호들갑떨다 비탈길 굴러 발목 삔 설수민 씨를 구해달라고 신고할까요?"

그녀의 장황한 설명을 들은 수민이 곰곰이 생각하다 고개를 저었다.

"그렇게 말하면 스타일 구겨질 거야. 그치?"

도영은 기가 막혔다.

"말이라고 해요?"

"그래. 그냥 가자."

단순하게 결론지은 뒤, 도영이 죽을힘을 다해 수민을 부축해 산을 내려오자, 이번엔 다른 문제가 그녀를 기다렸다. 하늘색 스포츠 카 앞에 멈춰 선 그가 키를 던져 주었다.

"나 발목 아파서 운전 못하니까 네가 해라."

"어…… 내가요?"

얼결에 키를 받아 든 도영의 눈이 둥그레졌다.

"그래. 너 면허 있지?"

"무, 물론이죠."

"그래, 그럼 가자. 더워서 죽겠다."

그녀는 침을 꿀꺽 삼키고 조수석에 타는 수민을 바라보았다. 아버지 차하고는 비교도 안 되는 으리으리한 스포츠카가 그녀 손 안에서 놀아나게 되다니. 진정 감동이다. 이 스포츠카를 타고 스피드를 즐기는 거다.

기쁨과 설렘의 함성이 저절로 터졌다. 꺄아악!

"너 왜 그래? 차 안 타?"

수민이 눈동자가 하트 모양이 된 그녀를 의아하게 바라보았다.

"타요, 타."

혹시라도 마음이 바뀐 그가 키를 뺏어갈까 두려워 서둘러 운전석에 올라탔다. 차는 뭐, 거기서 거기다.

혼자서 신난 도영이 안전벨트를 맸다. 키 꽂고 시동 걸면……혁! 너무 신이 났나 보다. 액셀러레이터를 밟아주셔야 하는데 브레이크를 밟아버렸다.

끼이익!

급브레이크에 미처 안전벨트를 매지 못했던 수민이 머리를 부딪치고 말았다. 이런, 실수.

"아이고."

수민의 외마디 비명 소리가 차 안에 커다랗게 울려 퍼졌다.

그래, 이쯤 되면 확실히 미안해지는 거다. 놀라서 자라목이 된 도영은 차마 수민 쪽을 바라볼 수가 없었다.

"솔직히 말해. 너 말이야, 내 안티클럽에서 나 죽이라고 보낸 스파이지?"

이마를 손으로 누른 그가 고래고래 소리 질렀다.

"아주 죽여라, 죽여!"

"미안해요."

"운전해 봤다는 거 정말이야? 너 솔직히 말해!"

집요한 다그침에도 육 년 무사고 장롱면허란 말은 죽어도 못한다.

"내 안티클럽에서 급파된 스파이가 아니라면, 너 왜 이래? 다시 한 번만 더 얼굴에 멍들게 하면 가만히 안 둔다고 했는데."

수민은 연신 룸미러를 보며 어쩔 줄 몰라 했다. 그러게 왜 산에 와서 이 모양인지, 쯧. 하고 싶은 말은 너무 많았지만, 수민의 이마에 동그란 멍 자국이 선명해지자 도영은 현명하게 입을 다물었다. 결국 수민은 선규에게 도움을 요청했다. 수민이 SOS를 청한 뒤 약 삼십 분여 만에 선규가 도착했다.

"왜 산에 있어?"

패잔병처럼 지쳐 먼지투성이가 된 그들을 본 선규의 첫마디였다.

"너 지금 배 깔고 누워 잘 시간 아니야? 그런데 도영 씨까지, 이 더위에 산에는 무슨 일입니까?"

"저기…… 우린 등산 중이었어요."

어떻게든 멍 자국을 가리려 딴청을 피우는 수민을 대신해 도영이 얼버무렸다. 하지만 선규가 고개를 설레설레 흔들었다.

"행여나요. 필시 수민이가 꼬드겨서 왔겠죠. 장소가 산이란 게 놀랍지, 수민이가 도영 씨 꼬드긴 건 놀랍지도 않아요."

"그래요?"

선규의 가차없는 말에 도영이 수민을 노려보았다.

"이봐요. 설수민 씨. 대체 얼마나 많은 여자들을 데리고 다니면 배우의 이미지를 관리해야 할 매니저가 그런 말을 해요?"

"그러게 말이다. 매니저 자르고 소속사를 옮겨야 할까 보다."

수민은 쌍방에서 밀려드는 공격을 피할 요량으로 얼른 차의 뒷좌석에 올라탔다.

"바람둥이."

하지만 차 문을 닫으려다 그녀가 비난하는 말을 듣고 인상을 썼다.

"흥, 너만할까. 넌 희대의 바람둥녀야."

"내가 뭘요? 남의 혼삿길을 간단하게 막아버리네?"

선규가 어이없다는 눈으로 바라보는 것도 상관없었다. 도영이 따지자, 수민이 콧방귀를 뀌며 말했다.

"넌 호건님도 좋고, 너네 선배도 좋잖아. 반면에 난 한 번에 한 여자만 좋아한다 이 말이야."

"하, 어이없어. 난 오로지 호건님뿐이거든요?"

감히 그녀의 순정을 무시하다니! 그녀는 차 문을 탕 닫아버리는 수민의 뒤통수를 무시무시하게 노려보았다.

"자자, 그러지 말고 일단 차에 탑시다. 더워서 쓰러지겠네."

그들의 싸움을 흥미롭게 지켜보던 선규가 중재를 위해 끼어들었다.

"도영 씨, 괜한 오해 하지 말아요. 우리 수민이 성격이 지랄 같아서 여자 친구는 절대 없어요."

자랑이다.

"그래요. 진짜 성격 요상해요."

도영은 조수석의 문을 열어주는 선규를 보며 억울하단 듯 말했다.

"친구들두 다 그런 말 하구 해요."

"우리 호건님 나쁜 길로 물들이면 안 되는데."

"걱정 마세요. 호건인 제가 바른길로 인도하겠습니다."

우와, 친구 맞아? 뒷좌석에 앉은 수민은 눈이 찢어져라 선규와 도영의 뒤통수를 노려보았다. 쳇, 저걸 친구라고. 설수민, 세상 잘못 살았다.

"그러게요. 우리 호건님 부탁해요. 제 친구가 그러는데, 사생활이 엉망인 남자 연예인이 그렇게 많다면서요?"

"음, 연예인도 사람이니까. 그런 사람도 있고 아닌 사람들도 있죠. 그런데 누가 그렇게 사생활이 엉망이라던가요?"

그의 기분은 아랑곳없이 선규는 기획사 주주답게 특정 연예인들이 일반인에게 어떻게 인식되어 있는지 궁금한 듯했다. 만약 소문이 나쁜 연예인이 그의 기획사 소속이면 여러 가지를 생각해 볼 필요가 있으니 말이다.

"음."

선규의 질문에 도영이 민주에게 들었던 이야기들을 기억해 냈다. 입이 대자나 나와 투덜거리던 수민도 궁금하긴 마찬가지였다.

"뜸들이지 말고 빨리 좀 말해."

"그런데 진짜 말해도 돼요?"

소문이 영 찜찜한 것이었는데.

"그럼요. 우린 기자도 아닌데요, 뭘."

"빨리 말해."

두 남자의 채근에 도영이 불쑥 말했다.

"흠, 모모 씨는 지방 공연 가면 꼭 밤에 여자 두 명씩 불러들인대요."

헛, 순간 차가 기우뚱했다.

"야!"

하마터면 돌산에 차를 들이박을 뻔한 선규 대신 수민이 얼굴을 붉히며 소리를 빽 지르자, 도영이 인상을 쓰며 돌아보았다.

"왜요."

"여자가 그런 이야기를 아무렇지도 않게 해?"

"하라면서요."

이야기하라고 해서 했더니 웬 성질이래. 그러자 차를 길가에 세운 선규가 숨 막힌 얼굴로 물었다.

"도영 씨, 그 모모가 누군데요?"

"이야기 안 할래요."

그런 이야기쯤 다 하는 건데, 별종 취급을 하다니. 도영은 기분 제대로 나빴다.

"후후, 하룻밤에 여자가 두 명이요? 변강쇠네."

충격에서 깨어난 선규의 얼굴엔 웃음기가 가득했다.

"부산 해운대 쪽 호텔로 가면 그게 전설이래요."

"후훗."

또랑또랑한 그녀의 말에 결국 참지 못한 선규가 소리 내어 웃기 시작했다.

"젠장. 여자가 부끄러운 걸 몰라."

"하하하."

샐쭉해진 수민의 투덜거림 속에 선규가 한참 동안 웃었다. 겨우 그거 가지고 부끄럽다니. 그녀가 알고 있는 많은 이야기를 들으면 대체 어떤 표정을 지을까?

고향이 부산인 민주가 해준 이야기들이 머릿속에서 빙글빙글 날아다녔다. 주로 연예인들 밤일에 대해 낯 뜨거운 이야기가 무성했지만, 이 순진한 두 남자 앞에서 절대 이야기하지 않을 것이다. 흥.

이루지 못한 첫사랑이 있다

7

일곱. 이루지 못한 첫사랑이 있다

여름이 깊어갈수록 촬영장의 열기도 더해갔다.

영화의 중반부로 넘어가자 배우, 스태프 할 것 없이 타이트한 스케줄을 소화해 내느라 진땀을 흘렸다.

도영도 무척 바빴다. 비디오방 영업을 거의 팽개치고 수선집 홍 아줌마와 놀러 다니느라 바쁜 아버지 챙기랴, 촬영장에선 막내로서 온갖 허드렛일을 다 하랴, 몸이 두 개라도 모자랄 지경이었다. 하지만 바쁘기에 더 신이 났다. 학교를 졸업하고 이렇게 생동감 넘치게 일해본 적이 없어서일 것이다.

새벽부터 촬영장에 집합해 온갖 소품들을 챙겨주고 잠시의 여유를 가진 그녀의 맞은편에 앉은 희준이 탄성을 질렀다.

"이야, 크게 터졌네."

도영은 현장에 돌아다니는 미지근한 생수를 한 모금 마시며 물었다.

"뭐가요?"

"여기 좀 봐라. 청순가련의 대명사 여배우 서율에게 사실은 일 년 전부터 동거하던 남자가 있었다네?"

"오, 정말요?"

뜻밖의 기사에 왕방울 사탕처럼 눈이 커진 도영은 희준의 손에서 스포츠 신문을 뺏었다. 빅뉴스다. 서율이라 하면 학원드라마에서 교복 입은 맵시가 예쁘기로 따라올 자가 없다는 스물두 살의 곱디고운 여배우 아닌가.

"에이, 그럼 그동안의 이미지는 모두 거짓이란 말이에요?"

"그러게. 이 신문 보고 서율 좋아 미치던 여러 남자 심장마비 걸리겠네."

그 여러 남자 중에 속하지 않는 희준이 느긋하게 혀를 찼다.

"이야, 서율 그렇게 안 봤는데 호박씨였구나. 역시 청승가증이 맞다니까."

체질적으로 예쁜 여자를 싫어하는 도영이 신문을 접었다.

"연예인들이야 사람들 눈에 보이는 이미지랑 실제 이미지가 다르다는 건 익히 아는 사실인데 그래도 한 번씩 이런 기사 나면 씁쓸하다. 배신감이라고 해야 하나?"

"그러게요."

그녀는 희준의 말에 고개를 끄덕거렸다. 일반인들도 겉 다르고 속 다른 인간이 얼마나 많은데. 게다가 겉과 속 다른 연예인은 멀리서 찾을 필요도 없다. 도영은 머릿속을 스쳐 지나가는 생각에 휴대폰을 꺼냈다.

"어디다 전화해?"

도영은 심심한지 자신에게 관심을 보이는 희준에게 씩 웃어 보였다.

"그냥요."

〈메시지가 도착했습니다.〉

분장 중이던 수민은 메시지 수신음에 소리가 나는 테이블 쪽을 힐끗 보았다.

"동호야, 내 전화 좀 줘봐."

"여기요."

그는 동호에게서 건네받은 휴대폰을 확인했다. 발신자는 도영이었다.

〈사귀는 여자 있죠?〉

뜬금없는 문자에 수민이 씩 웃었다.

"도영 양. 그게 왜 궁금하실까?"

설마 질투하니? 어쩐지 신이 난 그가 답장을 보냈다.

〈왜 묻냐?〉

이제야 호건이보다 그가 더 멋지다는 걸 깨달았나 보다. 흥얼흥얼 다음 메시지를 기다리는데 기다리던 수신음이 들렸다.

"왔구나."

호기심을 가지고 액정을 들여다본 순간, 뒷골에 스팀 받는 소리가 요란했다.

〈여자 친구 있다면 스포츠 신문에 기사 팔아먹게요. 돈 좀 되잖아요.〉

"이게!"

이 맹랑한 여자가 누구 인생 망칠 일 있나?

수민이 마구 눈을 부라렸다. 사람 골탕 먹이는 것도 참 여러 가지다. 가만히 잘 있는 사람 가슴에 불을 지르다니!

"형, 왜 그래요?"

분기탱천한 그를 본 동호가 조심스럽게 물었다.

"동호야, 참을 인(忍) 자 세 개면 살인도 면한다고 했다. 안 그러냐?"

"그렇죠."

"그래. 참자, 참아."

그는 이를 악물고 앞을 응시했다. 그런 그에게 동호가 응원을 아끼지 않았다.

"그래요, 수민 형. 어지간하면 참아야 해요. 얼굴에 또 멍들면 그날이 선규 형이랑 영원히 결별하는 날이라면서요. 선규형이 형이랑 적 되면 형에 얽힌 숨겨진 이야기 다 팔아버린대요."

그 말에 수민은 어이가 없었다.

"뭐야? 정말 그랬어?"

"형 몰랐어요? 그게 선규 형이 술 마시면 늘 하는 레퍼토리인데?"

"하……."

망할 선규 자식. 애 데리고 별말을 다 했다.

수민은 오늘 밤 잠들기 전, 선규 놈을 매니저라고 계속 믿고 일을 해야 할지 진지하게 생각해 보기로 마음먹었다.

"그 협박은 벌써 십 년 전부터 들었던 거다."

음산하게 대꾸해 주며, 대체 어떻게 해야 유도영이 그를 호건보다 멋지고 호건보다 유명한 영화배우로 봐줄까 고민했다. 도영의 숭배 어린 시선에 거만하게 웃으며 내려봐 주고 싶은데, 젠장!

Rrrrrr. 누구에게인지 모를 저주를 퍼붓는데 휴대폰이 요란하게 울렸다.

"네!"

수민이 지금 기분 그대로 성질을 내며 전화를 받자, 수화기 너머에선 한참의 침묵이 흘렀다.

"아무 말 없으면 끊습니다."

원래 기다려 주는 미덕 따위 약에 쓰려고 해도 없기에 전화를 끊으려는데, 숨죽인 웃음소리와 함께 여린 목소리가 들렸다.

[호호. 당신, 여전해요.]

순간 수민의 모든 동작이 멈췄다.

"어……. 주리?"

[네, 오빠. 잘 지냈어요?]

"그래…… 너, 넌 잘 지냈어?"

대답을 하는 목소리가 떨렸다. 한주리, 가슴 떨리는 첫사랑의 여인. 수민의 심장이 미친 듯이 폭주하기 시작했다.

어지간한 막노동이다.

도영은 촬영에 쓰였던 가전제품들을 모두 소품실로 옮기며 빗방울처럼 흐르는 땀을 닦아냈다. 얼음 동동 띄운 물 한 잔이 너무 그리웠다. 삼복더위에 길거리를 100m 속도로 질주한 강아지마냥 혀를 길게 늘어뜨리고 스튜디오로 향하는데, 뒤에서 누군가 그녀의 어깨를 잡았다.

"도영 씨."

선규였다, 반질반질한 얼굴에 태양 같은 미소를 지은.

"안녕하세요."

반가움에 꾸벅 인사를 하자, 선규 역시 환한 어조로 답했다.

"네, 그런데 도영 씨는 별로 안녕하지 못한가 봐요. 얼굴이 형편없네."

"흐흐."

도영은 선규의 말에 흐뭇함을 감추지 못했다. 여자가 들어서 가장 기분 좋은 말이 바로 이거다. '얼굴이 형편없네' 즉 '살이 빠졌네'.

바쁜 일상 탓에 죽음의 다이어트에도 빠지지 않던 봄살이 조금 빠졌나 싶었다.

"오늘 이리저리 많이 움직여서 그래요. 갈증도 나고요."

"그래요? 그럼 내가 시원한 음료 하나 사드릴게요. 시간 돼요?"

"안 돼도 갑니다."

그녀는 선규 뒤를 냉큼 따라갔다.

"차는 가져오셨어요?"

자동판매기 앞에서 선규가 이온 음료를 뽑는 동안 물었다. 선규의 차는 수민의 차를 운전하느라 북한산 주차장에 세워둘 수밖에 없었다.

"네, 아침에 찾아왔어요. 자, 드세요."

"감사합니다."

도영은 염치불구하고 선규가 내민 캔을 따 단숨에 마셨다. 캬, 시원하다. 순식간에 사라지는 갈증에 기분 좋게 앞을 바라보는데,

"어?"

스튜디오 입구에 선 두 남녀를 본 그녀의 눈이 동그래졌다. 다름 아닌 수민이 눈 돌아가게 예쁜 여자와 마주 서 있었던 것이다.

"이런."

도영의 시선 끝을 따라간 선규가 조용히 탄식했다.

"저기, 같이 있는 여자는 누구예요?"

그녀가 조심스럽게 묻자, 선규가 잠시 머뭇거리다 털어놓았다.

"수민이 가슴에 불을 질러놓은 첫사랑이요."

첫사랑?

그 누구에게나 철옹성 같은 그리움으로 남는다는 첫사랑? 도영은 수민을 바라보았다. 과연, 그동안 팔랑팔랑 가볍던 남자의 얼굴이 아닌, 영화 속 누구처럼 카리스마 넘치는 진지한 얼굴이었다.

저 남자는 절대 저런 모습이 아닌데. 실제로 설수민은 애처럼 유치하기만 하다. 사기꾼, 설수민. 어쩐지 부아가 치밀어 올

랐다.

"원래 이루지 못한 첫사랑은 남자의 마음을 찢어놓는 법이
죠."

그녀가 입술을 삐죽거리는 동안, 선규가 조용히 말했다.

"그래도 저렇게 대놓고 만나면 기사 나지 않아요?"

"그것도 감수하는 겁니다. 아련한 기억 속의 여인에게 남자는
바보가 될 수밖에 없으니까요."

이런……. 선규의 담담한 말에 도영도 심각해졌다.

"정말 기사 나는 거 아니야?"

그럼 안 되는데. 이미지 타격 받으면 어떡하지? 왜 걱정을 하
는 것인지, 의아하면서도 걱정이 되어 견딜 수가 없었다. 아니,
게다가 이미 끝난 첫사랑이랑 만날 일이 뭐란 말인가. 도영은
곁에 선규가 있다는 사실도 망각한 채, 중얼거렸다.

"웃기는 여자일세."

끝났으면 그만이지, 왜 갑자기 나타나서 수민을 불러가는 거
야? 왜 미련이 생기디? 진짜 웃겨.

"저 먼저 갈게요."

심술이 머리끝까지 치민 도영이 발걸음도 사납게 스튜디오로
들어갔다.

삼 년 만의 만남이었다.

현재 미국에서 살며 잠시 한국에 들어왔다가 그가 생각났

다는 주리를 데리고 스튜디오 밖 바람이 잘 드는 정자에 앉았다.

"오빠는 예전 그대로예요. 난 눈가에 주름도 생겼는데."

"후후, 그래?"

수민은 얼굴 표정을 애써 맑음을 유지했다. 수민에게 있어 너무 사랑했던 첫사랑 주리를 다시 보는 것은 그다지 쉬운 일이 아니었다. 삼 년 전의 사랑을 아직 간직한 것은 절대 아니었지만, 그 대신 주리로 인해 겪었던 정체성의 혼란이 새록새록 솟아났다.

"결혼했다는 기사는 없어서, 아직 미혼인 걸로 아는데 맞아요?"

"응, 아직."

"난 결혼했어요. 이 년 전에 결혼하고 신랑 박사 학위 따려고 미국 가는 길에 같이 들어갔어요. 난 거기서 경영 과정 듣고 있어요. 다시 한국 들어오면 내 이름 걸고 사업 한번 해봐야죠."

주리는 그와 헤어지고 조금도 시간 낭비를 하지 않았다. 그녀는 여전히 욕심 많고 당당한 커리어우먼으로 열심히 살아가고 있었다.

"잘됐네."

수민은 진심으로 열정적인 그녀의 삶을 칭찬해 주었다.

"오빠, 좋아하는 사람 없어요?"

"왜? 궁금하니?"

그는 정자 사이로 스며드는 바람을 느끼며 주리를 바라보았다.

"네, 당연하죠. 내 인생 최고의 남자가 오빠였는데."

그들은 주리가 소속된 의류회사 CF를 찍으며 가까워졌었다.

"가끔 생각해요. 오빠랑 헤어지지 않았으면 어땠을까?"

"지난 일인데 그런 가정을 해서 뭐 해. 신랑한테 나쁜 짓 아니야?"

짐짓 장난스럽게 정곡을 찌르는 그의 말에 주리가 수줍게 웃었다.

"그러게요. 나 나쁜 부인이야. 오빠, 누가 부르러 왔나 봐요. 얼른 들어가요."

주리의 시선을 따라 고개를 돌리자 스튜디오 입구에 선 선규가 손목시계를 가리키며 손짓을 했다.

"그래, 가야겠다."

"난 오빠 만나서 좋았는데, 내가 바쁜 사람 붙들고 일 방해한 건 아닌지 모르겠어요."

"아냐, 나도 만나서 반가웠어. 잘 지내."

"네, 잘 지내요."

지나치게 담담한 그는 주리의 손을 가볍게 잡아주고 먼저 돌아섰다. 스튜디오로 걸어가는 내내 주리의 시선이 느껴졌지만 수민은 돌아보지 않았다. 이미 모든 감정은 삼 년 전에 정리했다. 충분히 아팠기에 미련 따위 남지 않았다.

"무슨 일로 찾아왔다니? 너 유부녀랑 스캔들 나게 만들려고 작정했대?"

선규에게로 다가가자, 그가 뾰족한 목소리로 물었다. 선규는 처음 만날 때부터 주리를 좋아하지 않았다. 아름답고 똑똑하지만 절대 자신을 낮추지 않고 도도하기만 한 주리의 성격을 말이다.

"지금 미국 있대. 잠깐 한국 들어왔다가 생각나서 보러 왔다는데 스캔들은 무슨. 신랑이랑 행복하대."

"바보 같은 놈. 그때나 지금이나 넌 왜 쟤만 보면 그렇게 물렁해?"

"첫사랑이니까."

간결한 수민의 말에 선규가 잠시 숨을 골랐다.

선규와 수민이 스튜디오 입구로 들어서자 커다란 박스를 든 도영이 보였다.

"지금 행복하대. 그리고 나도 행복한데, 굳이 피할 이유가 없잖아."

피하면 더 이상할 노릇이다. 삼 년 전에 끝난 사랑에 아직 집착한다는 말일 테니.

"호건이는 언제 한국 들어온대?"

"호건이? 걔는 왜?"

갑작스런 화제 변경에 선규가 어리둥절해하자, 수민이 간결하게 대답했다.

"그냥 '호건사마'로 일본서 영원히 살라고 해라."

이해 못할 대답을 남긴 수민이 선규를 버려두고 먼저 걸어갔다. 주리와 헤어지고 얼마나 술을 퍼마셨던지 기억하는 선규는 못내 걱정스러웠다.

"뭐야, 저게 드디어 미쳤나?"

선규는 수민이 아무리 첫사랑이 좋다지만, 이미 지난 사랑에 연연해하지 않기를 바랐다. 아름답고 똑똑했지만 영화배우 설수민의 인기를 시샘하던 여자는 글쎄⋯⋯. 선규는 사람과 사람이 사귄다면 상대방을 이해하고 배려해 줄 수 있어야 한다고 믿었다. 그런 점에서 주리는 꽝이었다.

"첫사랑이 영원한 사랑이 아니라서 다행이지 뭐."

다시 대면한 지금, 수민이 놈이 힘들어하지 않기를 바랄 뿐이다.

✳

새벽부터 시작됐던 촬영은 밤 아홉 시가 훨씬 넘어서야 끝이 났다. 노곤한 몸을 이끌고 버스 정류장으로 가던 도영은 주머니를 뒤져 휴대폰을 찾았다.

"이 남자가 뭘 하나."

낮에 보았던 '가슴을 찢어놓는 이루지 못한 첫사랑'과 다정하게 술을 마시나? 기사 나면 어쩌려고, 설마 그러기야 하겠어?

"그 꼴은 못 보지."

그녀는 설마하는 마음에 전화를 걸었다. 연결음이 열 번을 울리린 후 열한 번째 연결음이 울릴 때 나른한 그의 목소리가 들렸다.

[왜.]

전화 받는 매너 하고는. 그래도 궁금해서 전화를 걸었으니 저자세일 수밖에 없다.

"뭐 하십니까요?"

[술 한잔하는 중이다.]

헉, 그 첫사랑이랑?

"누, 누구랑 마셔요?"

절대 궁금해서 묻는 건 아니다. 영화배우 설수민의 스캔들을 걱정하는 것일 뿐. 도영은 초조하게 대답을 기다렸다.

[누구랑 마시긴, 달님이 심판 보고 풀벌레와 맞장 뜨는 중이다.]

잉, 뭐래? 술 취하셨나?

"어디서 마시는데요?"

[저번에 너랑 라면 끓여먹던 공원. 올래? 너도 끼워줄게.]

"기다려요."

그녀는 전화를 끊었다. 그리고 밤거리를 쌩하고 달려가는 택시를 서둘러 잡았다.

그가 말한 공원은 멀지 않았다. 오 분 정도 지나 한적한 공원 안으로 들어가자 벤치에 홀로 앉은 수민이 보였다. 앞에 소주병 두 개를 놓고서.

그 모습을 보자 부아가 치밀어 올랐다.

"저게 무슨 청승이야? 돈이 없어? 친구가 없어? 왜 이런 곳에서 청승을 떨어?"

필시 첫사랑의 영향 때문이리라. 도영이 터덜터덜 다가가자, 그가 해맑게 웃으며 손짓을 했다.

"어이."

"왜 이런 데서 술 마셔요? 개런티 못 받았어요?"

"그냥 이런 날은 이렇게 마셔야 제격이거든."

"이런 날이 어떤 날인데요?"

"헤어진 첫사랑이랑 다시 만난 날."

역시나 그녀의 짐작이 맞았다. 그녀는 수민이 따라주는 잔을 받으며 조심스럽게 물었다.

"많이 좋아했나 보네요?"

수민이 고개를 끄덕거렸다.

"응, 좋아했어. 예쁘고 착한 사람이니까 엄청 잘 보이고 싶었지."

도영은 순순히 인정하는 그를 보며 착잡한 마음을 감출 길이 없었다. 원래 이렇게 유치하고 감정적인 남자는 사랑을 하면 앞뒤 잴 시 없이 모든 것을 준다. 그렇기에 이별의 상처도 깊고 쓰라릴 수밖에 없겠지.

"왜 헤어졌어요, 그렇게 좋아했는데?"

"글쎄, 왜였을까?"

수민은 한참 동안 밤하늘을 올려다보았다.

"그녀는 욕심이 많았어. 의류 디자인으로 성공하고 싶은 열망, 사람들에게 유능한 여자로 기억되고 싶은 열망 등이 넘쳐났어. 그리고 그런 모습을 나도 좋아했고."

레스토랑에서 밥을 먹을 때, 길을 걸을 때. 수민에게 쏠리는 사람들의 시선을 질투했지만 그건 그들이 헤어진 근본적인 문제가 아니었다.

"그런데 그녀가 원하는 영화 속 이미지에 맞추기 위해 애쓰다 보니까 글쎄, 원래 내가 누군지 헷갈리기 시작하더라?"

"그게 무슨 말이에요?"

"주리는, 아, 내 첫사랑 이름이 주리야. 그녀는 원래 설수민 말고, 영화 속 폼 잡고 카리스마 넘치는 나의 모습을 더 좋아했어."

흠, 어쩌면 공감이 가는 이야기일지도 몰랐다. 그녀도 처음에 스크린 상에서 봤던 설수민과 실제의 설수민 모습에 얼마나 당황스러웠는지 모른다. 그래도 지금은 적응이 됐는지, 이 남자가 영화 속 똥폼 잡는 모습은 상상할 수도 없고, 오히려 유치하게 장난치는 모습이 더 좋았다.

"난 원래 그런 남자야. 엄청 쪼잔하고 유치한 그런."

이 남자, 의외로 자신이 그런 줄은 안다. 도영은 놀라움을 담고서 그를 보았다.

"이 나이에 아기 엄마 된 여동생이랑 머리 붙잡고 싸우기도 하고, 술 먹고 형한테 데리러 오라고도 해. 내가 아무리 이름난 배우라고 해도 근본적인 나 설수민은 그런 사람이야. 그걸 인정하지 않는 여자와 사랑하는 건 참 어려운 일이야."

동감이다. 상대방의 본모습을 부정한 채 보고 싶은 모습만 보려는 사랑은 힘이 들 수밖에 없다.

"결국 주리랑 헤어졌는데, 그땐 참 힘들었어. 내 정체성에 대해서 한동안 갈등하고 고민했다. 사람들에게 보여지는 나 설수민과 원래의 나 설수민. 어차피 멋있기는 영화 속에 내가 더 멋지니까 한동안 따라가 보려고 했는데, 에잇, 죽어도 그 짓은 못하겠더라."

도영은 어쩐지 마음이 아파 그의 어깨를 두드려 주었다.

"나라도 그랬을 거예요. 원래의 나를 싫어하고 조신하고 착한 여자이길 바라는 남자랑은 일찌감치 좀 내고 편하게 살았을 거라고요."

"정말 여자들은 있는 그대로의 나를 싫어할까?"

슬픔이 고스란히 묻어나는 목소리를 듣자, 도영은 어떻게든 위로를 해주고픈 열망에 사로잡혔다.

"누가 싫어한대요? 난 설수민 씨 지금 이대로가 딱 좋아요, 딱."

"정말?"

수민이 한조각 희망을 부여잡고 되묻자 도영은 앞뒤 잴 거 없이 열정적으로 고개를 끄덕거렸다.

"그럼요, 정말이고말고요."

"그럼 나 좀 안아서 위로해 줘봐."

"어……."

그건……. 다 큰 여자가 외간 남자를 안다니, 약간의 망설임이 생기지 않을 수 없었다.

"나 슬프다니까."

하지만 저 촉촉한 부탁을 거절할 수도 없었다.

"이리 와요."

도영은 그의 머리를 꼭 끌어안았다. 커다란 그가 작디작은 그녀의 품에 꼭 안겼다.

"까짓것 마음껏 위로받아요."

잠시 그들 사이로 풀벌레 우는 소리만이 가득했다.

"나 말이야."

평화로운 침묵을 깨고 수민이 꿈결처럼 아련하게 중얼거렸다.

"옛날엔 C 이하인 여자하고는 장난이라도 만나지 말자고 다짐했었다?"

"그게 무슨 말이에요?"

자기도 모르게 수민이 부드러운 머리카락을 만지던 도영이 되물었다.

"너 A컵이지?"

A컵? 그거? 순간 도영은 그의 머리를 확 밀어버렸다.

"이, 이! 변태!"

"아프잖아."

발끈한 그녀의 모습에도 수민이 아프다고 인상을 쓰자 더 기가 막힐 노릇이었다.

"기껏 위로해 달래서 안아줬더니 그딴 말이나 해요?! 이건 명백한 성추행이야, 성추행! 고소할 거라고!"

"성추행은 무슨."

"야, 설수민!"

반성의 여지기 전혀 없는 남자에게 빽 소리를 지르자, 결국 그가 귀찮다는 듯 귀를 후비며 대답했다.

"에이, 알았어. 미안해."

"반성의 기미가 없잖아요!"

"거참, 되게 시끄럽네. 알았어. 이번 주말에 호건이 집에 놀러가자. 호건이 어머니가 오이소박이를 참 맛있게 담그시거든."

"이 남자 안 되겠네."

그녀가 아무리 호건님을 좋아해도, 지금은 아니다. 이 상황을 모면하려고만 드는 남자가 괘씸하기만 했다. 호건님을 들먹여 노 넉히시 않았고, 눈이 세기라 노격만 부자 그녀를 힐끗 부던 수민이 한숨을 푹 쉬었다.

"너도 뒤끝 만만찮아. 그치?"

그는 도영의 머리를 끌어당겨 자신의 가슴에 기대게 했다.

"너도 날 느껴라. 그럼 이판사판, 피장파장이다."

"누가 이러고 싶대요? 피장파장은 무슨!"

그를 확 밀치려 버둥거렸지만 나른하기만 남자의 팔 힘이 보기보다 세다. 아무리 밀어도 머리를 잡은 손에서 힘을 풀지 않았다.

젠장맞을. 다음 세상에선 역도 선수로 태어나 설수민 같은 남자를 한 팔로 밀어버려야지! 제풀에 지친 도영은 그의 가슴에 축 늘어지듯 기댔다. 그녀가 고분고분 기대자 수민이 히죽 웃었다.

"포기냐?"

"포기 아니거든요, 잠시 휴식이거든요?"

"마음대로 해라."

다시 그들 사이로 풀벌레 우는 소리가 가득했다. 의도했든 의도하지 않았든, 이렇게 안겨 있으니 또 괜찮다. 쿵쿵 뛰는 수민의 심장 소리에 세상만사 고요하고 평화롭기만 했다. 흠, 이상하단 말이지.

그녀의 머리를 잡은 수민의 손이 스르륵 풀려 어깨 위에 걸쳐져 있었다. 남자를 확 밀어버리면 자유의 몸이 될 수 있는데, 굳이 자유이고 싶지 않았다.

"달이 밝네."

도영은 수민의 나직한 목소리에 밤하늘을 올려다보았다. 정말 휘영청 밝은 달이 무척 풍요로워 보였다.

연약하다

8

여덟. 연약하다

소품실로 희준이 한량처럼 느긋하게 걸어 들어왔다. 그 모습에 아침부터 소품실 정리의 명령이 떨어져 구슬땀을 흘리던 도영이 샐쭉거렸다.

"선배는 미술소품팀 아닌가 봐요?"

"아니다. 난 미술소품팀이 확실하다."

희준은 뭐가 그렇게 마음에 안 드는지 인상을 가득 썼다.

"왜 그래요? 뭔 일 있어요?"

"도영아, 우리가 다음 주 중국 간다는 말 했냐?"

에어컨 바람 미약한 소품실을 저주하며 땀을 닦던 도영의 눈이 순간 번쩍 떠졌다.

"오, 중국이요? 정말요?"

"응. 너 여권 있어?"

"당근 있죠!"

그녀가 함성을 질렀다. 까아악! 물 건너 해외를 간단다! 그 기막힌 소식을 믿을 수가 없어 희준에게 되물었다.

"감독님이 나도 데려간대요? 정말 데려간대요?"

"그래. 사막 한복판에서 너랑 나랑 꼬봉 시키려고 데려간단다."

희준이 생각만 해도 끔찍하단 듯 마구 인상을 썼다.

한국도 더운 마당에, 같은 위도의 사막 한복판이라니. 훈제 스모크 치킨이 되는 건 시간문제였다.

"난 상관없어요."

하지만 도영은 마냥 신이 났다. 살면서 해외로 간 것은 딱 한 번뿐이다. 대학 졸업 여행 때는 배를 타고 일본을 갔었는데, 이번엔 비행기를 타고 중국을 간다!

"짐부터 챙겨야겠네. 반바지랑 밀짚모자, 선크림은 당근 필수니까 잊어버리면 안 되는데. 또 뭐가 있을까?"

도영이 서성이는 발걸음에 뽀얀 먼지가 송송 피어올랐다. 그 정신없는 모습에 희준이 빽 소리를 질렀다.

"야, 너구리. 놀러가는 게 아니라니까."

"어차피 한국에서도 일하는데, 기왕이면 중국 가서 하는 게 더 좋잖아요."

"됐다. 너 중국 가서 제발 집에 보내달라고 울지나 마라."

"흥."

희준의 불길한 예언에 도영이 혀를 날름거렸다.

"요게 선배한테 감히 메롱을 하다니."

그것을 본 희준이 와락 달려들었다. 그런데 하필이면 벽에 기대두었던 소품용 깃대 다발에 발이 걸려 버릴 건 뭔지.

"엇!"

희준이 외마디 비명을 지름과 동시에 대나무로 만든 깃대 다발이 사선으로 와르르 무너졌다.

"도영아!"

순식간에 도영이 깃대 다발에 깔리고 말았다.

우당탕, 쾅!

"도영아, 유도영! 죽었냐? 안 죽었지? 유도영!"

희준이 무너져 내린 깃대를 치우며 미친 듯이 그녀를 불렀다.

"제발 벌떡 일어나서 선배를 죽여 버려라! 이것아, 대답을 하라고!"

"시…… 시끄러워 죽지도 못하겠네."

희준의 세상 떠나가라 질러대는 비명에 그녀가 신음했다.

깃대가 쏟아져 내리는 순간을 믿을 수가 없었다. 죽창이 쏟아져 내리는 듯, 마치 홍콩 무술 영화에서 봄 직한 광경이었다.

본능적으로 머리를 가리고 엎드렸는데 무수히 많은 별이 반짝거렸다. 어딘지 모를 몸 여기저기가 화끈거렸고, 결정적으로 몸을 움직일 수가 없었다. 머릿속으로 불길한 생각이 스치고 지나갔다.

"헉, 나…… 나 허리 부러졌나 봐."

아이고, 시집도 못 갔는데! 첫날밤도 못 치러보고 허리를 다치면 억울해서 죽지도 못할 거다!

"허리가 부러졌어?!"

도영의 말에 희준이 기함을 했다.

"너, 너 꼼짝하지 말고 있어! 내가 당장 119 불러올게!"

사색이 된 희준이 미친 듯이 소품실을 달려나갔다.

"이게 다 무슨 소란이야? 어, 도영 씨!"

"왜 그래?"

마침 요란한 소동에 왔던 스태프 몇몇이 그녀를 보고 놀라 뛰어들어 왔다.

스튜디오가 술렁거렸다. 어쩐지 상기된 표정의 스태프 하나가 미술 감독을 불러 내려간 지 십여 분 후. 조감독으로부터 무엇인가를 전해 들은 감독마저 휴식을 선언하고 사라졌다. 수민은 선규가 건네준 수건으로 얼굴의 땀을 닦으며 스튜디오를 두리번거렸다. 죽은 연인에 대한 그리움을 이기지 못해 자살이라는 극단적인 방법을 선택하는 중요한 장면임에도 사라진 감독의 행방이 궁금했다. 감정을 살리기 위해 보통은 중요한 씬을 연달아 찍기 마련인데 말이다.

"스튜디오가 어수선한 것 같은데, 무슨 일이야?"

"글쎄."

영문을 모르기는 선규도 마찬가지였다. 두 사람이 눈만 깜박거리며 주위를 살피는데 마침 동호가 다가왔다.

"형, 얘기 들었어요?"

그러자 수민과 선규가 입을 모아 물었다.

"뭐?"

모처럼 두 '형'이 관심을 집중하자 동호가 신이 나서 말했다.

"소품실 지금 난리났어요. 소품용 대나무 깃대가 쓰러져서 도영 씨가 깔렸대요."

"뭐야?"

순간 수민이 자리를 박차고 일어났다.

"그게 무슨 말이야? 많이 다쳤어?"

"그건 모르겠는데요. 머리에서 피 좀 나고 팔에 멍 좀 들고, 그리고 결정적으로 일어나질 못해서 119 구급대가 와서 병원에 실려갔대요."

"이 자식아, 그게 많이 다친 거지!"

말문이 막혀 아무 말도 못하는 수민 대신 선규가 동호의 머리를 둑 지며 소리쳤다. 수민의 귀에는 아무것도 들리지 않았다. 우리 땅콩, 죽는 거야……? 머릿속을 스친 생각에 그는 그대로 스튜디오를 달려나갔다.

"아, 수민아, 너 어디 가!"

당황한 선규가 그를 불렀지만 돌아오는 대답은 당연히 없었다.

"저 바보 자식. 병원에 가는 게 분명해. 어느 병원인지도 모르고 무작정 달려나가면 어쩌겠다는 거야? 지가 하니야? 쯧쯧."

선규가 혀를 차며 동호를 쳐다보았다.

"동호야, 너 도영 씨 병원 알아보고 나한테 바로 전화해."

"형은 어디 가요?"

"수민이 잡으러."

어느 하나에 꽂히면 뒤는커녕 옆조차 돌아볼 줄 모르는 외골수 수민이 서울 시내 병원을 전부 뒤지기 전에 잡아야 했다. 선규는 서둘러 스튜디오를 나갔다.

*

도마 위에 생선이 된 기분이었다. 새벽 수산시장에 금방 배달된 튼실한 활어 말이다. 살은 쪘는지, 눈동자는 생생한지, 꼬리를 들면 살려고 버둥거리는 힘이 좋은지. 119 앰뷸런스에서 내린 뒤, 응급실을 거쳐 방사선과로 옮긴 도영은 그야말로 혀를 길게 빼어 물 만큼 힘이 들었다.

"다행히 허리에는 아무 문제 없습니다. 환자 분이 추측하시는 것처럼 부러지거나 금이 간 게 아니니까 걱정 마세요. 요추가 약간 어긋났는데 그건 물리치료를 받으시면 금방 회복될 겁니다."

　방사선 사진을 찍고, 이리저리 그녀를 눌러보던 의사의 소견
이었다.

　"아이고. 네, 감사합니다."

　곁에 서 있던 희준이 그녀보다 더 안도한 한숨을 내쉬었다.
진짜 다행이다. 첫날밤도 못 치르고 죽은 처녀 귀신은 절대 사
절이다.

　입원실로 옮겨 긴장을 풀어내는데, 희준이 그녀의 손을 잡았
다.

　"도영아, 진짜 미안하다."

　미술 감독에게 눈물이 나도록 깨진 것도, 감독의 매서운 눈총
세례도 받았지만 그건 괜찮았다. 금쪽같은 후배를 잡을 뻔한 선
배로서 희준은 죄책감을 가눌 수가 없었다.

　"내가 너 해달라는 거 다 해줄게."

　"아구, 민망하게 왜 그래요. 일부러 그런 것도 아니잖아요. 괜
찮아요, 괜찮아."

　"괜찮은 게 아니야."

　다름 아닌 그 때문에 다쳤는데! 희준은 결심을 굳혔다.

　"너를 위해 내 인생을 바칠게."

　뭐라는 겁니까? 도영의 눈이 동그래졌다.

　"선배, 대나무에 머리 맞은 건 난데, 선배가 왜 정신 놓은 소
리를 하십니까?"

허리가 부러지지는 않았어도 그야말로 허리를 삐끗한 상태라 꼼짝하면 안 된다는 의사의 엄명에 움직이지도 못하고 그냥 올려만 보려니 죽을 지경이었다.

"정신 차려요. 연지 언니는 어쩌고요?"

"내가 널 다치게 했는데 연지가 문제냐?"

희준은 비장하기까지 했다.

쯧쯧, 날도 더운데 제대로 긴장한 것이 사람을 저리 만들었구나. 그래도 도매금에 넘어가긴 싫단 말이지.

"난 선배 싫은데, 나는 호건……."

도영이 정중히 거절을 하려는데, 그때 병실 문이 벌컥 열렸다.

"도영아!"

귀까지 올라오는 터틀넥 스웨터를 입은 수민이었다. 땀이 비오듯 흐르는데도 얼굴은 백지장처럼 하얀 남자.

"어, 왜 그래요? 어디 아파요?"

"야, 일어나면 안 돼!"

저도 모르게 몸을 일으키려던 도영은 희준의 저지에 다시 누우며 물었다. 말짱한 그녀의 모습에 수민이 좀비처럼 걸어왔다.

"너…… 너…… 괜찮아?"

"네, 그런데 수민 씨는 어디 아픈 거…… 어!"

대체 얼굴이 왜 그 모양이냐고 물으려는데, 순간 거짓말처럼 그가 도영을 향해 쓰러졌다.

"수민 씨!"

"수민아!"

도영과 희준, 그리고 수민의 뒤에 서 있던 선규가 모두 놀라 소리쳤다. 그러나 대답은 없었다. 설수민, 기절했다.

"극심한 스트레스와 탈수로 인해 잠시 정신을 잃었습니다. 링거 맞는 동안 의식만 차리면 괜찮을 겁니다."

의사의 말에 선규와 희준은 안도의 한숨을 쉬었다.

오늘 쓰러진 사람은 도영만으로도 족한데 눈앞에서 수민까지 쓰러졌으니, 두 사람은 잠시였지만 지옥을 경험한 기분이었다.

"망할 자식. 그러게 뛰지 말라고 했지?"

선규는 죽은 듯 누워 있는 수민을 향해 이를 갈았다. 올 여름에 삼재가 끼었는지 설수민 부상 소식에 그의 심장이 콩알처럼 작아졌다.

"도영 씨는 괜찮은 겁니까?"

수민을 병실에 눕혀두고 복도로 나온 선규가 뒤따라 나온 희준에게 물었다.

"네, 천만다행으로 허리 약간 삐끗한 것 말고는 큰 문제가 없답니다."

희준이 한숨을 쉬며 말했다.

"진짜 다행입니다."

각기 수민과 도영의 보호자 격인 두 사람이 잠시 멈춰 서 멍하니 허공을 보았다. 스르륵 긴장이 풀림과 동시에 몸이 나른해진 까닭이었다. 지금 그들이 처한 상황은 동질감을 불러일으키기 충분했다.

"두 사람…… 같이 있으면 참 볼만하겠죠?"

"그렇죠?"

선규와 희준은 서로를 마주 보며 힘없이 웃었다. 지금 선규와 희준의 머릿속을 스친 생각은 단 하나. 참 잘 어울리는 두 사람, 설수민과 유도영이다.

한편, 홀로 병실에 남겨진 도영이 휴대폰을 노려보았다.

"에잇, 선배는 왜 이렇게 안 오는 거야? 전화라도 받든지!"

수민이 쓰러지는 모습이 떠오르자 다시금 심장이 울렁거렸다. 영화배우라서 그런지 쓰러지는 것도 멋지더라…… 가 아니라, 왜 멀쩡한 남자가 쓰러진 건지, 또 상태는 어떤지 궁금해서 죽을 지경이었다. 이 상태로 움직이면 허리가 돌아가서 시집도 못 간다던 희준의 으름장만 아니라면 병실을 뛰쳐나가겠구만.

"아, 답답해, 답답해!"

시체처럼 누운 채 있는 대로 짜증을 부리는데 밖에서 요란한 외침과 함께 병실 문이 벌컥 열렸다.

"도영아!"

아버지였다.

"이것아! 이게 무슨 일이야?"

아버지가 눈물콧물이 범벅이 된 얼굴로 그녀를 보았다.

"아버지, 울었어? 그냥 조금 다친 건데 뭘 그렇게 걱정을 하셨어. 뛰어오셨구나. 이 땀 좀 봐."

도영은 아버지의 땀에 푹 젖은 빨간 티셔츠를 보며 잔소리를 늘어놓았다.

"어어엉, 도영아. 난 너 없으면 못 산다. 나도 데려가, 나도."

사고 소식에 무척 마음 졸이다 막상 무사한 딸자식을 보자, 그대로 무너진 아버지가 통곡을 했다. 서럽기만 한 울음소리에 도영은 코끝이 찡해짐을 느꼈다.

"아유, 애처럼 왜 그래. 나 없어도 홍 아줌마랑 데이트하면서 살아야지."

그녀는 반듯하게 누워 아버지의 어깨를 어루만졌다.

"아버지, 내 방 옷장에 보면 통장 두 개랑 보험증서 있을 거야. 나 죽으면 그거 다 아버지 해."

"어어엉, 싫어!"

아버지가 마구 도리질을 쳤다.

"다 필요없어, 다! 난 너 없으면 못 살아."

"아버지, 나도 마찬가지야."

병실 문 앞에서 그 광경을 본 희준과 선규는 그저 기가 막혔다. 아버지와 딸이 빚어내는 하모니에 박수가 절로 나올 지경이었다. 슬며시 병실 문을 닫으며 두 사람이 중얼거렸다.

"제가 저렇게 엉뚱한 이유가 있더니께."

"그러게요."

선규와 희준은 서로를 마주 보며 웃고 말았다.

드르륵, 드르륵.

끊임없이 귀를 괴롭히는 소리에 수민이 인상을 썼다. 머릿속이 멍하면서, 속도 울렁거리는 것 같아 기분이 몹시 좋지 않은데 소음이라니. 짜증이 절로 밀려들었다.

드르륵, 드르륵.

하지만 소음은 멈추지 않았다.

슬쩍 눈을 떠 옆을 보자, 온통 하얀 벽이 그를 반겼다. 연푸른색 벽지를 언제 하얀 벽지로 바꿨는지, 잠시 생각에 잠겼다. 커다란 눈을 굴려 앞을 보자 컴퓨터와 책상이 있어야 할 자리에 휑한 문이 있었다. 집이 아니다. 벌떡 몸을 일으키는데, 살이 찢어지는 아픔이 고스란히 전해졌다.

"윽, 뭐야?"

외마디 비명과 함께 팔을 보자, 링거 주삿바늘에 살이 찢어져 붉은 피가 송송 솟구쳤다. 그것을 보자 곧장 어지럼증이 밀려들었다.

"아, 현기증."

수민은 그대로 누워버렸다. 죽을병인가. 속이 왜 이렇게 울렁거리는 거지? 그때 병실 문이 열리고 선규의 목소리가 들렸다.

"어이, 연약한 수민 씨. 정신이 들어?"

"응. 그런데 나 왜 여기에 누워 있는 거냐?"

그의 물음에 선규가 혀를 찼다.

"쯧, 기억 안 나냐? 촬영하던 겨울 스웨터 입은 채로 땡볕 아래 그렇게 뛰니 몸이 남아나냐? 탈수란다, 탈수."

맞다, 우리 땅콩! 수민이 다시 자리에서 벌떡 일어나 미친 듯이 링거 주삿바늘을 빼는 모습에 선규가 놀라 저지했다.

"야! 너 왜 이래? 이거 다 맞아야 해."

"우리 도영이 보러 가야 해."

"이것 봐, 이것 봐. 병실이 어딘지도 모르고 또 뛰려고만 하지? 네가 말[馬]이야? 말은 뛸 때 앞만 본다더니, 너도 딱 그 짝이야."

선규가 마구 타박을 했다.

"이대로 일어서면 너 또 쓰러져. 또 쓰러지면 다음 주 중국 일정 취소되고, 그럼 영화 개봉 날짜도 늦어지겠지. 영화 개봉 날짜 늦어지면 다음 영화 크랭크인도 못 해. 그렇게 되면 계약 위반으로 고소 들어가고……."

"아, 알았어. 그만 해. 머리 아파 죽겠다."

수민은 줄줄이 읊어대는 선규의 말을 막고 머리를 움켜잡았다. 아닌 게 아니라, 갑작스레 몸을 일으키니 눈앞이 빙글빙글 돌아간다.

"쯧쯧."

선규가 마구 혀를 차며 병실 한쪽 구석에 놓여 있던 휠체어를 가져왔다.

"타라."

"휠체어는 왜?"

"내가 너를 위해서 구해왔다. 깨자마자 이 난리를 칠 건 너무 당연하잖아."

"너밖에 없다."

수민의 커다란 눈동자에 선규에 대한 감동이 마구 일렁거렸다.

"앞으로 소속사 옮긴다는 얘기 하면 죽는다."

"아유, 누가 그런 얘기를 하는데? 안 해, 안 한다고."

그는 선규가 밀어주는 휠체어에 앉아 마구 도리질을 쳤다.

선규는 복도의 코너를 돌아 한적한 병실 앞에 멈춰 서 문을 열어주었다.

"아까 도영 씨 아버지 계시던데, 가셨는지 모르겠네."

이런, 장인어른이? 수민은 급히 매무새를 가다듬었다. 하지만 문을 열자, 병실 안에는 자리에 반듯하게 누운 도영뿐이었다.

"그토록 바란 해후다. 잘해라."

선규가 문 안으로 휠체어를 휙 밀어주었다.

"고맙다."

감사를 전한 수민이 천천히 도영에게로 다가갔다.

"도영아."

나직한 그의 부름에 잠든 줄 알았던 그녀가 번쩍 눈을 떴다.

"어머, 수민 씨! 괜찮아요?"

그를 본 도영의 눈이 똥그래졌다. 그를 걱정했다는 저 얼굴, 감격이다. 최대한 침대 곁에 붙도록 휠체어를 당겨 앉은 그가 도영의 손을 꼭 잡았다.

"많이 아팠지?"

"수민 씨도 많이 아팠죠?"

별이 빛나듯 반짝거리는 눈으로 응시하던 두 사람은 누가 먼저라고 할 것도 없이 서로를 부둥켜안았다.

"수민 씨, 어엉."

"흐흑, 도영아."

한참 동안 서로를 위하는 마음이 서로를 안타까워했다.

얼마나 그렇게 있었을까. 그래도 남자인데, 수민이 먼저 마음을 가다듬고 도영을 위로했다.

"도영아, 괜찮으니까 그만 해."

"어엉, 안 괜찮아요. 억울해 죽을 것 같아요."

"뭐가?"

그의 되물음에 도영이 젖은 얼굴로 중얼거렸다.

"나 다음 주에 중국 못 가잖아요. 내 평생 처음으로 비행기를 타는 해외여행이었는데! 내가 언제 또 중국을 가보겠어요."

이런. 그 말은 그도 도영 없이 중국을 가야 한단 말이다. 그 둔 사이에 삼팔선과 백두산과 거친 바다가 놓여 있단 말이기도

했다.

"아아, 정말 너무 속상해요."

"속상해하지 마라."

곰곰이 생각에 잠긴 수민이 중얼거렸다. 똑똑한 남자라면 어쩔 수 없는 건 빨리 잊어버리고 실현 가능한 것을 찾아야 한다.

"어떻게 그래요? 어엉. 진짜 너무해. 나도 해외 가고 싶어요."

걱정하지 마, 땅콩. 내가 있잖아.

네가 울면 내 가슴속에서는 피눈물이 난다. 우리 도영이, 죽는 줄 알고 내가 얼마나 걱정했는데. 이참에 우리 그냥 콱 결혼해 버릴까? 그럼 내가 원없이 해외여행 시켜줄게.

한참 동안 속상해하는 도영을 달래준 뒤 병실을 나온 그는 복도를 서성거리고 있던 선규가 다가오자 비장하게 말했다.

"이 실장아, 나 결혼하면 일 년 스케줄 다 비워놔라. 우리 도영이 해외여행 시켜줘야 한다."

너무나 비장하게 지시를 한 수민은 혼자 끙끙거리며 휠체어를 밀고 전진한다. 그 모습에 선규가 기가 막혀 중얼거렸다.

"저게…… 저게 미쳤나."

아니, 청혼이나 했을까?

"야! 신혼여행 걱정하기 전에 청혼은 했냐?"

선규는 저만큼 앞서 가는 수민을 향해 바락 소리 질렀다.

"청혼은 무슨. 이심전심이다. 그냥 날 잡아라."

"진짜 미쳤구나."

태평한 수민의 말에 선규는 말문이 막혔다. 그 소동을 어찌다 감당하라고.

"야! 너 차라리 소속사 옮겨!"

선규의 절규가 병원 복도에 메아리쳤다.

검사 결과 도영은 다행스럽게도 뼈가 부러지거나 신경이 손상되는 중상을 입은 것은 아니었다. 갑작스런 충격에 놀란 일시적인 마비현상일 뿐, 시간이 지나면 괜찮아질 거라 했다. 그 말에 안도했지만 하룻밤이 지나자 긴장했던 근육이 이완되며 근육통을 동반했다. 척추 보호대를 착용한 도영은 다시 움직일 수 있음을 자축하며 병원 곳곳을 돌아다녔다.

그 뒤를 수민의 휠체어가 뒤따랐음은 두말할 필요가 없었다. 무더위가 한풀 꺾였다 하나 아직은 더운 기운이 남아 있었다. 수민과 도영은 정원으로 개조된 병원 옥상 벤치에 나란히 앉았다.

"9월인데 왜 이렇게 덥냐?"

유난히 더위에 약한 수민이 투덜거렸다. 해가 져 제법 선선한 바람이 불었지만 성에 차지 않는 듯했다.

"이렇게 더워야 곡식이 익는데요."

유 사장이 입버릇처럼 말하던 것을 기억해 낸 도영이 응수했다. 그러자 수민이 혀를 차며 그녀를 보았다.

"너 영감 같아."

그러거나 말거나. 도영은 늘어지게 하품을 했다.

"아우, 병원에 있는 게 절대 예삿일이 아니에요. 보호대 착용하고 있는 것도 너무 힘들어요. 갑갑하고."

중세시대 코르셋이 이러했을까. 답답함을 견디지 못하고 보호대를 풀려는데 수민이 기겁을 채 소리쳤다.

"야, 너 제정신이야?"

"왜요?"

"아무리 이상이 없다고 해도, 당장은 모르는 후유증이 있을지 어떻게 알아? 원래 사고는 후유증이 더 무서운 거야."

열정적인 수민의 설명에도 도영은 무심하게 응수했다.

"후유증은 나중에 고민하죠 뭐."

"안 된다니까! 너 허리가 얼마나 중요한데 그래? 허리로 할 수 있는 일이 얼마나 많은지 몰라서 그러는 거야? 난 절대 용납할 수 없어."

비장하기까지 한 수민의 결사반대에 도영은 어이가 없었다.

"원래 그렇게 극단적이에요?"

그러자 그가 고개를 끄덕거렸다.

"그래. 그게 우리 집안 특징이야."

졌다. 할 말 없다. 도영은 말발 좋은 설수민을 상대해 이길 가능성은 희박하기에 그냥 보호대를 착용하고 있기로 잠정 결론 내렸다.

한참을 멍하게 하늘을 보던 도영이 역시 넋 놓고 앉은 수민을 보았다.

"그런데 왜 가족이 하나도 안 보여요?"

"누구, 나?"

"네."

그러자 수민이 손을 절레절레 저었다.

"우리 집 가족들 중에 나 입원한 거 아무도 몰라. 또 어디 지방 촬영 갔을 거라고 생각할 거야."

"어머, 그런 게 어디 있어요?"

도영은 당최 이해가 되지 않았다. 유 사장과의 단출한 생활 덕분인지는 몰라도 아픈 걸 숨기는 건 이해 불가였다.

"우리 집 식구들이 좀 호들갑스럽거든? 우리 형이랑 동생이 다 그래."

흠, 그건 수민의 평소 행동을 보면 이해가 가는 부분이다.

"그래서 나 병원에 입원했다는 걸 알면 온 집안 식구들 총출 동일 거야. 여행 중이신 부모님들도 당장 오실걸? 죽을병도 아닌데 환자 노릇하기 싫다."

그가 줄줄이 읊어대는 걸 듣자 나름 공감이 됐다.

다시 침묵. 이상한 건 설수민과 치고받고 싸울 때나, 또 이렇게 단둘이 아무 말 없이 있을 때나 어색함이 없다는 것이다.

"도영아, 너 배고프지 않냐? 난 이상하게 병원 밥은 싫더라."

얼렁뚱땅 그의 말꼬리가 늘어진다. 도영이 선제공격에 나섰다.

"그래서 설마 이 몸을 한 나에게 장라면을 끓이라는 건 아니죠?"

"야야, 내가 설마 그러겠냐? 우리 뭐 시켜 먹자."

찬성.

"좋아요."

그들은 희희낙락한 얼굴을 하고서 도영의 병실로 돌아왔다.

"우리 싱싱한 회 시켜 먹을까? 초고추장 콕 찍어 먹어도 좋고 상추에 된장이랑 회 듬뿍 올려 먹어도 좋고."

수민의 설명에 침이 절로 넘어갔다.

"얼른 시켜요, 얼른."

먹을 것 앞에서 인내가 부족해지는 것은 어쩔 수가 없다. 도영의 성화에 수민이 114 안내원의 도움을 받아 주문했다.

총알 배달을 철칙으로 한다는 전화 안내 멘트가 무색하지 않게, 무슨 수를 썼는지 십오 분 만에 주문한 회가 배달됐다. 일인용 병실 테이블 하나 가득 차려진 먹거리 앞에서 도영은 행복해했다.

"이야, 이게 얼마 만에 보는 거야?"

"먹자."

그들은 아귀처럼 음식에 달려들었다. 한입 가득 회를 넣고 씹으며 또 상추쌈을 크게 하나 싼 도영이 신이 나 말했다.

"그런데, 아까 배달 총각 엄청 잘생겼죠? 그죠?"

순간 수민의 눈초리가 매서워졌다. 그리고 궁금해졌다.

"넌 나랑 같이 있는데, 다른 남자 얼굴 볼 정신이 들어?"

"수민 씨랑 있는데 왜 다른 남자 얼굴이 안 보여요? 당연히 보죠! 세상에 잘생긴 남자들이 얼마나 많은지 알아요? 보는 사람 눈을 행복하게 만들어서 정말 좋아요."

'잘생긴 남자'를 생각만 해도 좋은지 도영의 입가가 헤벌쭉 벌어졌다. 그 모습을 보노라니 수민은 불안했다.

"너, 솔직히 말해봐."

"뭘요?"

"나 중국 가면 바람피울 거지?"

왜냐, 애는 희대의 바람둥녀니까. 그러자 도영이 콧방귀를 뀌었다.

"바람은 무슨 바람? 우리가 무슨 사이이기는 해요?"

순간 수민의 자존심에 금 가는 소리가 요란했다.

"야, 너 진심이야?"

이내 얼굴이 붉으락푸르락 난리가 난 수민이 젓가락을 테이블에 강하게 내려놓으며 소리쳤다. 그 바람에 초고추장이 환자복에 튄 도영이 얼굴을 찌푸렸다.

"아, 정말 왜 이래요?"

"너 어떻게 나한테 이럴 수가 있어? 실망이다, 정말!"

그는 유도영 해외여행 시켜주려고 결혼까지 생각했는데, 이 바람둥녀는 그저 잘생긴 남자 타령뿐이다. 아, 자존심 상해!

제 성깔에 못 이겨 파르르 넘어가는 수민이 병실 문을 박차고 사라졌다. 그 뒷모습을 본 도영이 쯧쯧 혀를 찼다.

"저 남자, 정말 왜 저래? 성격 제대로 이상하다니까."

아니, 말이야 바른말로 언제 사귀기는 했냐고오! 웃기는 짬뽕이다. 하여튼 설수민 저 남자는 참 알 수 없는 뇌구조를 가졌다.

입맛이 싹 가신 도영은 도시락을 덮어 한쪽으로 치워 버렸다. 속 편하게 잠이나 자려고 해도 분이 풀리지 않아 허공을 보며 빽 소리쳤다.

"심술도깨비!"

정녕, 이보다 더 설수민을 완벽하게 설명하는 말은 없었다.

뒤척거리다 보니 어느덧 아침 해가 밝았다. 푹 자지 못해 부스스한 얼굴을 한 도영은 어느덧 한 몸이 된 허리 보호대를 착용하고, 조심스럽게 침대를 벗어났다.

그녀가 제일 먼저 한 일은 간밤에 먹고 남은 음식물 쓰레기를 죄다 봉투에 담는 것이었다. 그리고 병실을 나와 복도 끝 대형 쓰레기통에 던져 넣은 뒤 어슬렁거리기 시작했다. 예전에는 미처 몰랐는데, 병원에서 환자 노릇을 하는 건 절대 쉬운 일이 아니었다. 그중 도영이 제일 견디기 힘든 것은 다름 아닌 남아도는 시간이었다. 환자로 입원한다는 것은 비디오방을 지키는 지겨움에 버금갔다. 병원에서의 하루가 얼마나 긴지, 겪어보지 못한 사람은 모른다.

그 지겨움이 도영에게 수민을 용서하게 만들었다. 병원에서 그녀와 하루 종일 돌아다닐 수 있는 유일한 사람이기 때문에 말이다.

도영은 수민의 병실로 걸음을 옮겼다. 똑똑, 문을 두드렸지만 안에서는 대답이 들리지 않았다. 뒤끝 심하신 '영화배우' 설수민께서 여전히 삐쳐 있는 중인가 보다.

"쯧쯧, 완전 애라니까."

도영은 혀를 차며 슬쩍 문을 열었다. 그리고 은근슬쩍 그를 불렀다.

"수민 씨."

여전히 무 대답이다.

"아직도 삐쳐 있는 중…… 어?"

병실 안을 들여다보던 도영은 그만 문을 활짝 열어젖혔다. 그가 없었다.

"이 남자, 어디로 갔지?"

도영은 황당해지고 말았다. 깨끗하게 정리된 침상을 보니 잠을 잔 흔적조차 없었다. 침상 옆 테이블에 즐비하던 개인 소지품도 싹 사라졌다. 설마, 아무 말도 없이 퇴원을 한 것은 아니겠지? 그녀는 곧장 간호사실로 갔다.

"저기, 혹시 설수민 씨 퇴원했어요?"

그러자 당직 간호사가 그녀를 알아보고 고개를 끄덕거렸다. 둘이서 열심히 병원을 돌아다닌 탓에, 도영도 수민만큼이나 얼굴이 팔린 터였다.

"네, 어젯밤 급하게 퇴원하셨어요. 퇴원하시고 곧장 중국으로 간다고 하던데, 못 들으셨나 봐요?"

하, 기가 막혀서! 도영은 너무 어이가 없어 눈만 깜빡거렸다. 이 남자, 뒤끝 있는 성격의 표본답게 아무 말도 없이 중국으로 떠났다. 그래도 쌓은 정이 있는데 한마디 말도 없이 떠났다 이 말이다! 도영은 괘씸해서 견딜 수가 없었다. 하지만 허리 다친 몸이 할 수 있는 응징은 아무것도 없으니 환장할 따름이다.

"쳇, 중국 가서 황사 바람에 고생이나 해버려라"

악담이나 퍼붓는 수밖에.

시간은 곧잘 흘러 어느덧 한 달이 지났다.

촬영 장소의 중국 이동으로 스튜디오에서 그녀가 할 일은 모두 끝났다. 지겨워 미칠 것 같던 병원에서 퇴원한 그녀는 집과 가까운 정형외과에서 물리치료를 받으며 '도영 비디오방'을 지키게 되었다.

세상 모든 만물을 불태워 죽일 것 같던 더위가 물러가고 어느덧 가을도 깊어졌다. 도영은 외로웠다.

"대체 왜 이렇게 외로운 거야……"

마치 실연당한 여인처럼 창에 들러붙어 처량하게 밖을 보고 있었다. 가만, 실연? 도영이 흠칫 놀랐다.

"실연은 무슨? 만난 남자도 없는데 헤어질 일이 뭐야?"

그녀는 황당하게 중얼거렸다. 뭐, 수민을 만나고 떠나보낸 것밖에는 아무도 없었다. 쳇, 쪼잔하고 성격 유치하게 우기기 대장인 설수민 때문에 외로울 일은 절대 없다. 그렇게 생각하지만……. 곰곰이 생각하노라면 한마디 말도 없이 휑하니 날아간 수민이 몹시 섭섭하다.

"아, 외롭다."

도영은 또다시 청승맞은 얼굴로 창밖을 응시했다. 아무래도 가을이 깊으니, 외로움도 깊어지나 보다.

Rrrrr, Rrrrr.

소리 나는 일이 극히 드문 휴대폰이 벨소리를 냈다. 발신번호를 확인하자 알 수 없는 숫자가 여러 개 나열되어 있었다.

받아봤자 스팸 전화일 테지만 전화 건 성의를 생각해 받아주겠다. 도영은 심드렁하게 전화를 받았다.

"네."

[야!]

대뜸 들려온 무례한 소리에 도영이 인상을 팍 썼다. 질 수 없다.

"이게 인심 써서 받아줬더니 어디서 반말이야? 아무리 스팸 전화라도 지킬 예의는 지켜야지! 예의는 엿 바꿔 먹었니?"

유 사장이 항상 말하길, 목청 큰 사람이 이긴다고 했다. 사소한 것일수록 이기고픈 욕망에 도영이 고래고래 소리를 지르자, 잠시 수화기 저쪽 편이 조용했다.

놀랐지, 놀랐지?

"다음에는 정중하게 전화해, 알았어? 끊어!"

휴대폰 폴더를 닫으려는 순간 혀 차는 소리가 요란했다.

[야야, 유도영. 너 정말 너무한다.]

어랏, 이 소리는?

"혹시 설수민 씨예요?"

두 눈 동그랗게 뜬 도영이 조심스레 묻자 못마땅함을 참을 수 없는지 혀 차는 소리가 더욱 요란해졌다.

[뭐야? 설수민 씨예요? 한 달 안 봤다고 내 목소리를 잊어버렸냐? 앙? 정말 너무한다, 너무해!]

어쩐지 반가움이 와락 밀려들지만 너무나 못마땅해하는 그의 어투에 보조를 맞춰야 했다. 도영은 심술궂게 들리도록 퉁퉁거렸다.

"아니, 그럴 수도 있지 뭐가 그렇게 너무해요?"

[됐어, 됐어!]

이 남자 짜증 참 제대로 낸다.

그녀 또한 무남독녀 외동딸답게 한까칠 해, 타인의 까칠함 같은 건 도저히 용납할 수가 없지만 국제전화를 한 성의를 생각해 이번만은 참겠다.

[야, 나 지금 너 때문에 이상해. 어떡할 거야?]

툭하면 남의 탓. 이쯤 되면 그녀도 울컥하기 마련이다.

"뭐가 또 나 때문에 이상한데요?"

[솔직히 말해봐. 너 나한테 약 먹였지?]

"기가 막혀서. 그게 무슨 말이에요?"

[그럼 왜 네가 자꾸 보고 싶은 거야? 어?]

따지듯 묻는 수민의 말에 아무 말도 할 수가 없었다.

[잠자려고 눈을 감는데, 세상에, 네가 보이잖아. 밥 먹으려고 숟가락을 들어도 네가 보여. 카메라를 봐도 네가 보이고. 분명해. 너 나한테 약 먹였어. 맞지?]

엄청 심술궂은 목소리인데…… 왜 이렇게 가슴이 떨리는 건지 모르겠다.

"아, 아니에요. 설수민 씨한테 약 먹이고 어떻게 대한민국에서 살아요? 테러 당해서 죽을 거야, 아마."

그러자 잠시 정적. 너무나 고요하자 도영은 전화가 끊어진 줄 알았다.

"수민 씨, 이봐요. 설수민 씨."

[야, 유도영.]

당최 착한 목소리는 나오지 않는 수민의 퉁명스런 부름, 도영이 귀를 쫑긋 세웠다.

"말해요."

[내가 말이다. 넌 바람둥녀라 정말 인정하기 싫은데 말이야.]

"그러니까 말을 하라고요!"

참 어지간히 뜸들인다! 바람처럼 사라져 한 달 만에 전화하는 주제에, 사람 궁금해 미쳐 버리라고 이렇게 뜸을 들이니?

도영이 빽 소리를 지르자, 그에 질세라 수민도 빽 소리를 질렀다

[너 보고 싶다.]

　뭐래? 놀란 붕어처럼 눈만 껌뻑거리는데 그가 계속 소리를 질렀다.

　[너 보고 싶어, 보고 싶다고오! 유도영 너, 바람피우지 마. 난 너랑 결혼까지 생각한 몸이야. 그러니까 너 바람피우면 죽을 때까지 용서 안 할 거야! 그리고 내일 또 전화할 테니까 기다리고 있어.]

　뚝! 전화가 끊어졌다. 이 남자가 대체 뭐라고 한 거니, 글쎄?

　"여, 여보세요. 수민 씨? 설수민 씨, 야, 설수민!"

　통화 단절음에 당황한 그녀가 그를 불렀다. 그러나 대답이 있을 리 만무. 도영은 애꿎은 전화를 보며 성질을 냈다.

　"이 남자, 아주 웃긴 남자야. 자기가 나랑 결혼까지 생각했다고 내가 자기랑 결혼을 할 줄 알아? 어이가 없네, 정말."

　그녀는 절대 바람둥녀가 아니다. 웬걸, 아주 지조가 강한 여자였다. 게다가 설수민이랑 '결혼'과 '바람'을 운운할 어떤 관계도 아님을 다시 한 번 강조해야 했지만 참겠다. 국제전화는 요금이 비싸니까.

　"아니, 대체 바람을 누가 피운다고 그래?"

　절대 그럴 일은 없다고! 얼마나 지조가 강한지 보여주고야 말 테다. 당신이 돌아올 때까지 기다려 주겠다. 도영은 다짐을 굳혔다. 아니, 어쩌면 절대 당신 뜻대로 놀아나지 않겠다는 강력한 의지가 더 필요할지도 몰랐다.

어떻게 하는 것이 좋을지 마음이 한마디로 갈팡질팡이다. 또 전화를 한다고 했으니, 분명 그 말을 지킬 터였다. 전화를 받으면 쉽게 보이는 건데…….

"아, 어지러워."

일단 진정하고.

도영은 입술을 잘근잘근 깨물었다. 설수민 그는, 당최 뭐 하나 쉬운 구석이 없는 남자였다.

쉽게 보이기 싫은 욕심과 전화를 받고 싶은 본능적인 기다림 사이에서 고민하던 도영은 전화가 걸려오기도 전 지쳐 버렸다. 어제와 같은 시각, 어김없이 국제전화가 걸려왔다. 지칠 대로 지친 도영은 비디오방 카운터에 앉아 수민의 전화를 받았다.

[유도영, 너 오늘 누구 만났어? 남자 안 만났지?]

이 남자 참……. 중국에서 걸려온 전화만 아니라면 대답도 없이 끊어버릴 텐데, 일단 참겠다.

"설수민 씨, 의처증 있어요? 그쵸, 있죠?"

하지만 수민은 동요하지 않았다.

[입장 바꿔 생각해 봐라. 난 중국, 그것도 사막 한복판에 있고 넌 서울 한복판에 있어. 곳곳에 널 유혹하는 잘생긴 남자들이 넘쳐 날 거 아니야.]

중국 사막 한복판에서도 전화가 되나? 문득 설수민의 희한한 뇌 구조보다 어떻게 전화를 거는지가 더 궁금해졌다. 그것을 묻자 그가 비웃음을 날렸다.

[위성 기지국 모르냐?]

쳇, 모른다.

오리 주둥이처럼 입을 내밀고 침묵을 지키자, 그의 목소리가 갑자기 낮아졌다.

[여기 별 엄청 많다.]

감탄에 겨운 목소리.

[저기, 은하수도 보이고 오리온자리도 보여. 서울에서는 별이 잘 안 보이는데 여기선 잘 보인다.]

무례한 그와 대화하고 싶지 않지만, 한편으로는 전화를 끊고 싶지 않다는 이율배반적인 마음이 더 강한 건 어쩔 수가 없었다.

"예뻐요?"

[응, 예뻐.]

일 초의 여유도 없이 곧장 들리는 대답에, 도영이 불쑥 물었다.

"나보다 더?"

미쳤다, 미쳤어! 내뱉은 말의 의미가 무엇인지, 뱉고 나니 생각이 난다. 이렇게 멍청할 수가!

"아니, 질문 취소. 취소예요."

허둥지둥 수습을 하려 들자, 그가 웃었다. 기분 좋은 듯 솜털처럼 가벼운 웃음소리가 그녀의 마음을 간지럽게 한다.

[네가 더 예뻐. 그래서 너무 보고 싶다.]

영화 속 초절정 느끼남의 대사 같다.

"아우, 닭살."

그런데 이상하게 부끄러워 몸이 꼬인다.

[너 솔직히 말해봐. 너도 나 보고 싶지? 그치?]

뭐라고 말할까? 도영은 작은 혼란에 빠졌다.

[솔직하게 말해, 솔직하게 말해도 돼.]

에잇.

"보고 싶어요!"

뚝! 외치듯 말하고 전화를 끊어버렸다. 마치 마라톤을 완주한 것처럼 가슴이 두근거려 견딜 수가 없었다. 가슴이 무거웠다가 가벼웠다, 하늘로 솟구쳤다 땅으로 꺼졌다, 아주 난리가 났다.

"나 심장병 생기면 다 이 남자 탓이야."

정말, 이 남자 완전 범죄자다. 그녀의 마음을 훔친 범죄자. 생각이 거기까지 미치자 도영은 쿡쿡 웃음을 터뜨렸다.

"유도영, 너 미쳤나 봐."

정말 그럴지도……

달콤하면서도 멋있다

9

아홉. 달콤하면서도 멋있다

비디오방은 여전히 한가했고, 유 사장은 여전히 수선집 홍 여사에게 푹 빠져 있었다. 단조로운 일상 속, 수민의 전화는 중독성이 강했다. 매일 일정한 시간, 중국에서 걸려오는 전화가 도영의 유일한 즐거움이었다.

벌써 두 달. 얼굴을 보며 이야기를 나누는 것과 청각에만 의존한 대화는 엄연히 달랐다. 전화로 하는 대화는 더욱 친밀감을 느끼게 한다. 숨소리, 바람 소리, 미묘한 감정의 차이까지 고스란히 전해진다. 타인이 끼어들 여지가 없이, 단지 전화를 하는 당사자에게 말이다. 그렇게 도영과 수민도 서로에게 더욱 간절해져 갔다.

도영은 홀로 해 먹는 저녁이 시들해, 라면이나 하나 끓여 먹을 생각이었다. 간편하게 컵라면을 살지, 아니면 좋아 죽는 장라면을 살지 고민하며 일어서려는데, 전화가 왔다. 이제는 전화벨 소리만 들어도 좋다.

"네."

신이 나서 전화를 받자, 다 죽어가는 남자의 신음 소리가 들렸다.

[안녕.]

사막 한복판에서 무슨 일이 생긴 건지, 더럭 걱정이 됐다.

"어디 아파요?"

[아니, 라면이 너무 먹고 싶은데 못 먹어서 그래. 나 정말 라면 먹고 싶다.]

그가 탄식에 가까운 바람을 털어 놓았다.

"중국 갈 때 안 가져갔어요?

[가져왔지. 그런데 너무 조금 가져왔다. 라면을 먹어야 힘이 나는데…….]

정말 그의 목소리에는 기운이 하나도 없었다.

[넌 좋겠다, 라면 먹을 수 있어서.]

안 그래도 라면 사러 가던 찰나에 전화를 받았다는 말을 할 수가 없었다. 먹고 싶을 때 먹지 못하는 고통이 얼마나 클지 짐작이 가기 때문이다.

"기운 내요. 한국 오면 내가 장라면 곱빼기로 끓여줄게요."

[언제 갈지도 몰라. 여기 기상이 너무 안 좋아서 하루에 두세 컷도 촬영하기 힘들어. 나 이러다 죽으면 어떡해?]

어리광 한번 제대로 한다. 그러나 도영은 위로 따윈 할 줄 모르는 무남독녀 외동딸 출신이지만 이 남자는 꼭 달래주고 싶다.

"내가 밤하늘 별 보고 안 죽게 기도해 줄게요."

[알았어. 그럼 내 목숨은 이제부터 네 기도에 달린 거야. 명심해. 그런데 정말 기도할 거야?]

협박하니?

같은 말 자꾸 하게 만들면 확 짜증낸다.

"기도한다니까요!"

[알았다, 끊는다.]

수민은 으름장에 가까운 다짐을 듣고서야 전화를 끊었다. 도영은 수민이 말도 안 되는 이야기로 통화 시간을 길게 끌고, 같은 말을 반복하는 이유를 알고 있었다. 좀 더 오래 익숙한 목소리를 듣고 싶기 때문이었다. 바로 그녀와 같은 마음이다. 휴대폰의 폴더를 닫는 도영의 입가에 흐뭇한 미소가 어리었다.

그렇게 전화를 끊고 나니 어느덧 저녁 아홉 시가 다 되어갔다. 그녀는 귀찮음을 억지로 뿌리치고 비디오방을 나왔다. 삼층 계단을 내려가 막 이층 고녀를 도는데 갑자기 아버지의 절박한 목소리가 들렸다.

"홍 여사, 제발 부탁이오."

유 사장이 뭘 어쨌는지 홍 여사가 하듯짜 놀라 속삭였다.

"아유, 사장님. 왜 이러세요."

얼음처럼 굳어진 도영이 침을 꿀꺽 삼켰다. 계단 층계에서 설마 19금 에로영화를 찍는 건 아닐 텐데, 뭐가 아니 된다는 걸까?

최근 유 사장과 홍 아줌마의 끈끈한 눈빛 교환을 목격했던지라 두 분의 사이가 깊어졌다는 것쯤은 도영도 알고 있었다.

무엇이든 제발 잘됐으면 하는 바람과 지금 두 양반이 뭘 하는지 보고 싶은 마음이 도영을 움직이게 했다. 소리가 나지 않게 살금살금 계단을 내려가자 70년대 복고 스타일을 그대로 재현하는 두 양반을 볼 수가 있었다. 꽃 분홍 손수건으로 입가를 가린 홍 아줌마가 고개를 45도 각도로 돌리고 있었고, 그런 홍 아줌마의 가냘픈 오른손을 유 사장이 꼭 부여잡고 애걸했다.

"이건 하늘이 우리에게 준 선물이라고요. 제발 뿌리치지 말아요."

유 사장의 목소리에는 진심이 철철 넘쳐흘렀다. 도영은 어쩐지 울컥해졌다. 아버지가 저렇게 간절하게 무엇을 바라는 것은 처음 보았다. 단순하고 저돌적으로 돌진만 할 것 같은 양반의 섬세한 속마음을 훔쳐본 것 같았다.

우리 아버지, 엄마 돌아가시고 정말 힘들었지. 나 키우랴, 돈 벌어오랴, 한창 혈기왕성한 청춘 다 지나 이제 겨우 찾아온 사랑인데 놓치면 안 된다. 홍 아줌마, 우리 아버지 거절하면 내가 앙심 품을 거예요.

도영은 손에 땀을 쥐며 홍 아줌마의 대답을 기다렸다.

"그래도…… 이 나이에 너무 부끄러워요."

홍 여사는 거의 울 것 같은 표정이었다.

에이, 홍 아줌마. 나이 육십도 안 되셨는데 뭐가 그렇게 부끄러워요? 아니, 나이 육십이 넘어도 뭐 어때요? 불륜도 아니잖아요.

"내가 잘 키울게요. 다른 집 애들한테 뒤지지 않게 하고 싶은 거 다 해줄 능력도 있어요. 그리고 다른 건 몰라도 홍 여사와 내가 사랑으로 키우면 되잖아요."

누구? 나? 도영은 고개를 갸웃거렸다.

"내 나이가 오십이 넘었는데, 이제 낳아서 언제 키워요?"

헉!

"나이가 무슨 상관입니까!"

이야. 저 양반들, 사고 치셨다!

손만 잡고, 웃음만 교환하는 그런 순진한 사이가 절대 아니었던 것이다. 도영은 쪼그리고 앉아 머리를 움켜쥐었다.

흠, 이 일을 어찌할꼬. 두 양반들의 사랑을 절대적으로 지지했지만 이런 결과를 원한 것은 아니었다.

"나는 자신없어요."

"홍 여사……."

유 사장의 어조는 애원에 가까웠다. 그래, 우리 아버지가 원하는데!

"유 사장님, 저는 정말 자신이 없……,"

"그럼 낙태수술이라도 하시겠단 말씀이세요?"

그것만은 절대 막아야 한다. 저도 모르게 도영이 고개를 삐죽 내밀고 끼어들었다. 갑작스런 그녀의 등장에 유 사장과 홍 여사가 모두 기겁을 했다.

"히익, 너…… 너 뭐야!"

"어머, 도영 양!"

도영은 몸을 숨겼던 코너에서 완전히 모습을 드러냈다.

"뭘 그렇게 놀라세요? 제가 죽었다 살아난 것도 아닌데."

쪼그리고 앉아 있다가 일어서니 다리가 저렸다. 도영은 절뚝거리며 두 양반에게로 다가갔다.

"저도 동생 볼 때가 됐어요. 사실 너무 늦게 동생이 생겼다니까요."

그녀는 유 사장과 홍 여사의 손을 꼭 잡았다.

"엄마랑 아버지, 그리고 형제자매가 있는 가족이 생기길 너무 오래 기다렸어요. 앞으로 제가 잘할게요."

그녀의 말에 무엇보다 유 사장이 감격했다. 고생해서 자식 키운 보람을 지금에서야 느낀 듯했다.

"도영아, 내 딸…… 내가 이렇게 잘 키운 내 딸!"

홍 여사도 감격하긴 마찬가진 듯했다. 감정이 북받쳐 말을 잊지 못했다.

"도영 양, 난…… 난……."

도영은 홍 여사를 꼭 끌어안았다.

"알아요, 걱정되신다는 것. 그래도 우리 아버지 한번 믿어보세요. 제가 이십칠 년을 같이 살아봤는데 대체로 믿을 만한 분이시거든요."

이상하게 눈물이 났다. 눈물 속에 분명 기쁨보다 더한 무엇이 있었다. 아버지를 위해 잘됐다는 안도감, 또 다른 가족이 생긴다는 설렘 같은 그런 감정들이 눈물에 진하게 섞여 흘러내렸다.

"흐흑, 도영아!"

유 사장마저 감정이 북받친 듯 그들을 얼싸안았다.

"우리 잘살아봐요."

"그래, 잘살아보자!"

때아닌 새마을 구호를 외치며 세 사람은 한동안 감격에 젖어 있었다.

다음날 밤, 역시 수민에게서 전화가 왔다.

[오, 그랬단 말이야? 잘됐다. 정말 축하해.]

"네."

[그런데 목소리가 왜 그렇게 시들하냐?]

정말 흥이 나지 않는다. 도영은 단답형 대답을 유지했다. 너무 기쁜 일이 생기면 그에 따르는 여러 망상들이 떠오르는 법이다. 그녀도 지금 기쁨 속에서 슬픔을 느끼고 있었다.

"모르겠어요."

[너 말이야. 혹시 상실감 같은 감정을 느끼는 거 아니지?]

"글쎄요."

정말 상실감일까?

지금 가슴속에서 소용돌이치는 이 감정이 대체 무엇인지 모르겠다.

"허전함도 상실감에 포함돼요?"

그녀의 물음에 수민이 곰곰이 생각에 잠겼다.

[글쎄…… 포함이 되나? 너 지금 많이 허전해?]

도영은 그가 곁에 있기라도 한 듯 고개를 끄덕거렸다.

"네, 가슴이 뻥 뚫린 것 같아요. 폐에서 공기가 새는 것도 같아."

그러자 수민이 혀를 찼다.

[이거 큰일이네, 내가 호건이는 의식했지만 장인어른이 내 라이벌이 될 줄은 꿈에도 몰랐다.]

객쩍은 소리.

"행복한데, 동생도 생기고 새어머니도 생겨서 너무 좋은데요. 아버지랑 단둘이 살던 생활도 엄청 좋았거든요. 그게 그리울 것 같아요. 아버지랑 둘이만 느꼈던 특별함이 사라지는 거잖아요."

결국 눈물이 흘러내리고 말았다. 어처구니없는 유도영. 아버지랑 홍 아줌마 앞에서는 그렇게 쿨한 척, 기쁜 척 다 해놓고 뒤에서 허전함이니, 특별함의 상실이니……. 울상 짓는 건 너무했다. 한참을 울던 도영이 흐느끼며 말했다.

"그런데 우리 아버지가 나한테 빌딩 물려주겠죠?"

빌딩 월세 꼬박꼬박 받는 게 그녀의 꿈이다. 빌딩은 양보할 수가 없다. 그러자 수민의 혀 차는 소리가 요란하다.

[너는 지금 그게 꼭 필요한 대화라고 생각하냐?]

"절대 필요해요."

[만약 안 물려주시면 내가 빌딩 사줄게. 됐냐?]

이렇게 고마울 수가!

"많이 사줘요."

[알았어. 그러니까 울지 마. 이 먼 곳에서 너 우는 거 들으려니 아주 괴롭다.]

"알았어요."

위로란 별것 없다. 아이 같은 투정이라 해도 그것을 받아주고, 무조건 편을 들어주면 된다.

"그런데 대체 언제 와요?"

그러자 수민이 한숨을 푹 내쉬었다.

[묻지 마라, 나도 엄청 괴롭다.]

촬영 스케줄이 계속해서 엉키고 기상 조건이 사나워 체류 기간이 이렇게 길어지고 있었다.

"이런 게 참 안 좋아. 한참 동안 얼굴을 못 보잖아요."

도영의 투덜거림에 수민이 동조했다.

[그렇지?]

하지만 그래서 더 애틋한 것을 말이다.

드디어 아버지를 장가보내는 날.

웨딩홀 대신 고즈넉한 한정식당을 빌려 일가친척과 지인들을 초대한 자리에서 유 사장과 홍 여사는 부부의 연을 맺었다. 떠들썩한 잔치 끝에 유 사장과 새어머니가 된 홍 여사는 일주일 예정으로 신혼여행을 떠났다.

내외는 도영과 함께 가기를 강력하게 원했으나, 도영은 정중하게 거절했다. 신혼여행에 따라가다니, 눈치가 보통 없지 않고서야 있을 수 없는 일이었다. 내외보다 더 강력한 거절에 유 사장과 홍 여사는 아쉬운 표정을 하고 신혼여행 길에 올랐다.

하여 홀로 남은 도영은 집 안을 유령처럼 떠돌고 있었다. 그런데 이상했다. 소파에 앉아도, 침대에 누워도 도통 마음이 편해지지 않았다. 짝 잃은 기러기처럼 외롭고 허전해 집 곳곳을 배회하던 그녀는 결국 비디오방으로 내려갔다.

웃긴 영화를 보면 기분이 좀 괜찮아지려나…….

도영은 시들한 표정으로 코미디 영화 테이프를 비디오에 밀어 넣었다. 곧 화면은 등장인물들의 1차원적인 유머로 넘쳐 났다. 시끄러운 웃음과 오버된 행동을 봐도 기분은 전혀 괜찮아지지 않았다. 오히려 목에서 울컥하고 뜨거운 것이 치솟았다. 그것은 시간이 갈수록 더 심해졌다.

"너무 좋아서 그런 거야……."

도영이 기운 없는 목소리로 웅얼거렸다.

정말이지 행복한 하루였다. 늘 부녀만 있던 외로운 집이 모처럼 친척과 이웃들로 북적거렸고, 그들의 진심 어린 축하 속에 아버지와 홍 아줌마가 백년가약을 맺었다.

말끔하게 차려입은 유 사장이 얼마나 멋지던지 도영은 보기만 해도 어깨가 으쓱거렸다. 스무 살 새색시마냥 수줍은 홍 여사도 무척 고왔다. 자식 키워 시집 장가보내는 부모 마음도 이럴까?

뿌듯함과 흡족함, 그리고 상실감이 밀려들어 견딜 수가 없었다.

"흐흑."

결국 도영은 무릎을 끌어안고 훌쩍거리기 시작했다.

"아버지, 흑. 정말 잘사셔야 해요. 잘살아야 해."

울음이 터지자 걷잡을 수 없게 서러워졌다.

유 사장 내외가 돌아오면 한집에 살게 된다는 것도 지금 그녀에게는 아무런 위로가 되지 않았다.

"어엉, 내가 그동안 아버지 때문에 얼마나 가슴 졸이며 살았는지 알아요?"

그녀는 마치 유 사장이 곁에 있기라도 한 듯 울음 섞인 투정을 쏟아냈다.

"엄마 돌아가시고…… 흐흑, 밥도 제대로 못 먹는 아버지, 뭐라도 드시게 해야 할 것 같아 처음 배운 요리가 라면 끓이기였어요. 지금 내가 왜 라면을 좋아하는데, 그게 다 아버지 때문이야. 끓이기 쉽고 먹기 좋아서……. 그래서 라면에 한잔한 애지럼 그렇게 좋아하게 된 거에요."

되새겨 말하노라니 참 서러웠던 유년이다.

"아버진 그것도 모르고 매일 나 야단쳤어. 밥 안 먹고 라면만 먹는다고. 그런데 아버진 몰라요. 지금이야 라면 좋아하지만 그때는 라면 너무 싫었어."

서운함을 털어놓으랴, 중간중간 울어주랴, 바쁘다.

"나도 밥 좋아하는데, 그럼 아버지가 너무 힘드니까. 나 밥 차려주는 거 너무 힘드니까…… 그리고 난 아버지가 밥 차리는 거 너무 싫었어요. 우리 아버지 너무 처량하게 보여서…… 엄마가 돌아가신 게 믿기 싫은 현실이라서……. 어어엉."

과거의 기억은 항상 눈물을 동반한다. 정말 말하지 않아서 그렇지 유 사장 때문에 얼마나 마음 졸였는지 모른다.

홍 여사님처럼 착한 여자가 아닌 별다방 마담 같은 불여우에게 홀릴까 봐 마음 졸였고, 아내 없는 당신 삶 비관할까 신경 썼으며, 딸자식에게 엄마 없는 고통을 줄까 노심초사하는 양반에게 슬픈 티 내지 않으려 안간힘을 썼다.

"흐흑, 그래도 너무 좋아요. 잘됐어. 엄마도 좋아할 거예요. 이제 우리 아버지 외롭지 않으니까. 어어엉, 나도 너무 행복해요."

도영은 흠뻑 젖은 얼굴을 소매로 닦으며 웅얼거렸다.

듣기 좋은 노래도 한두 번인데 하물며 서러움 섞인 회상은 1절이면 족하다. 어느 정도 마음의 안정을 찾은 도영은 훌쩍거리며 마음을 가다듬었다.

그때 출입문을 두드리는 소리가 희미하게 들렸다.

분명 '영업 끝' 팻말을 붙여놨는데 어떤 매너없는 영혼이 문을 두드리고 난리다. 도영은 앉은 자세에서 미동도 하지 않았다. 아무 대답이 없으면 그냥 가겠지.

그런데 웬걸. 쿵쿵! 어떤 영혼인지 몰라도 마치 문을 부술 기세였다. 참 끈질기다. 끈질긴 영혼은 오래 상대하면 상대하는 사람만 골치 아프다.

"그래, 내가 문 열어주고 만다."

울어서 퉁퉁 부은 얼굴로 객실을 나와 출입문으로 다가갔다. 그런데 문을 열자마자 시커먼 그림자가 소리쳤다.

"야! 안에 있으면서 왜 이렇게 늦게 나와? 앙?"

수민이었다. 놀란 도영이 눈만 껌벅거렸다.

"어……? 수민 씨, 지금 중국 있어야 하는데?"

그러자 카키색 점퍼 차림을 한 그는 퉁퉁 부은 그녀를 보며 인상을 팍 썼다.

"너 이러고 있는 거 다 아는데 중국은 무슨 중국! 추워, 얼른 문 닫아."

그는 마치 제 집처럼 그녀를 밀치고 들어와 카운터 앞 소파에 앉았다. 귀신에 홀린 듯 문을 닫은 그녀가 수민의 맞은편에 앉았다. 딱 세 달 만의 만남이었다. 태양 볕 뜨겁던 날 중국으로 날아간 그는 찬바람 부는 밤, 도깨비처럼 그녀 앞에 나타났다.

여전히 퉁퉁거리며 말이다.

"울지 말라니까 왜 그렇게 말을 안 듣냐?"

심술도깨비.

"나…… 나 너무 서러웠어요."

그런데 말이다. 상냥함이란 눈 씻고 찾아봐도 없는데, 그를 보자 너무 안심이 됐다. 무엇에 대한 안심인지, 위로받는 기분이 들며 눈물이 다시 방울방울 흘러내렸다.

"혼자서 너무 외로웠다고요."

이런, 꼭 사랑 고백처럼 들린다. 여자란 자고로 남자 앞에서 튕겨야 하거늘.

아이처럼 울며 말하는 도영을 보자 수민도 덩달아 울컥해졌다. 진짜 서럽고 외로웠나 보다. 못 본 사이 도영의 볼살이 홀쭉해졌다.

원래 일정보다 두 배는 더 걸린 중국 현지 촬영이 어제 날짜로 끝났다. 모래폭풍 부는 사막뿐 아니라 오지마을을 찾아다니며 촬영을 한 터라 배우, 스태프 할 것 없이 모두 넉다운되고 말았다.

따라서 귀국 일정이 어느 정도 휴식을 취한 내일로 예정되어 있었으나, 수민은 촬영이 종료되자마자 선규를 닦달해 귀국했다. 전화 통화를 할 때마다 점점 기운이 없어지는 도영 때문이었다.

결혼식에도 참석하고 싶었으나 기상 조건이 나빠 비행기의 이착륙이 여의치 않았다. 지금이라도 온 것이 신기할 정도였다. 오고 보니 잘했다 싶다. 저렇게 쓸쓸한 마음을 주체하지 못하는 도영을 보니 말이다.

수민은 도영의 곁으로 다가가 꼭 안아주었다.

"좋은 일 끝내고 왜 이러는 거야? 꼭 애처럼."

"흐흑, 그러게 말이에요."

"내가 와서 좋지?"

"네."

그의 생색에서 발끈하지 않는 착한 도영이. 정말 외로웠나 보다. 수민은 도영이 마음껏 울게 등을 토닥거려 주었다.

잠시 시계 초침 소리와 흐느끼는 소리만이 정적을 깼다. 위로 받으며 울 수 있는 것이 얼마나 행복한 일인지, 속이 후련히게 눈물을 쏟아낸 도영은 그것을 처음 알게 되었다.

"저기, 도영아."

마음이 진정되자, 눈물범벅이 된 얼굴을 티슈로 닦아내는데 그가 불렀다.

"네."

"우리 지금쯤 뽀뽀할 때 아니냐?"

잉? 진심이니? 도영은 붕어처럼 팅팅 부은 눈으로 그를 응시했다.

"원래 헤어졌던 사람들이 만나면 반가움의 표시로 해야 하는 거야."

그의 표정은 사뭇 진지했다.

"헤어졌던 사람들이 아니라 헤어졌던 연인 아니에요?"

도영의 지적에 수민의 얼굴이 발그레해졌다.

"그래, 그거. 너랑 나랑 음, 연인이잖아."

수민의 수줍은 고백을 듣노라니, 도영도 갑자기 부끄러워져 시선 둘 곳을 찾을 수가 없었다.

"너는, 나 안 보고 싶었어?"

"음, 보고 싶었던 것 같아요."

"그치, 그치? 너랑 나랑 연인이니까 그런 거야."

곱씹어보면 이 얼마나 유치한 대화란 말인가. 하지만 이 순간 만큼은 가슴이 두근거려 견딜 수가 없었다.

"도영아."

수민이 은근한 목소리로 부르며 엉덩이를 꿈틀거려 옆으로 바짝 다가왔다. 갑자기 심하게 부끄럽다. 누, 눈을 감아야 할까 보다.

심하게 부끄럽다. 질끈 눈을 감는데, 입술에 촉촉한 느낌이 들었다. 순간 반사적으로 눈이 떠졌다. 동공 가득 밀려드는 남자, 설수민. 나이도 먹을 만큼 먹은 성인들의 입맞춤. 달콤한 솜 사탕에 입을 맞추듯 그렇게 부드러운…….

도영은 스르륵 눈을 감았다. 풋내 내는 키스는 몇 번 해봤지만 이토록 진지한 키스는 처음이었다. 세상 누구보다 소중한 취급을 받는 듯한 기분이 들었다. 보호 받고 사랑 받는 느낌이 들어 행복했다.

"내가 와서 너무 좋지?"

"응, 너무 좋아요."

입술 위로 소곤거리는 소리, 촉촉한 입맞춤을 나누는 친밀함. 창가에 흰 눈이 소복소복 쌓이는 멋진 밤이었다.

다음날. 수민은 4개월여 만에 갖는 여유를 만끽하며 거실 소파에 널브러져 있었다. 정말 오래간만의 평화였다. 누워 있으면서도 누워 있다는 게 믿어지지 않을 만큼 중국 현지에서의 생활은 힘이 들었다. 하지만 그것보다 기분 좋은 건, 다름 아닌 도영을 다시 만난 것이다. 그의 도영은 참으로 멋진 입술을 가지고 있었다. 그것을 생각하자 저도 모르게 민망한 웃음이 터져 나왔다.

"큭큭."

그는 쿠션을 끌어안고 저도 모르게 킥킥거렸다. 그것을 못마땅하게 노려보던 동생 수안이 천진하게 놀고 있던 아들에게 말했다.

"정헌아, 네 삼촌한테 어제 뭐가 그렇게 바빴던 건지 물어봐 줄래?"

그러자 정헌이 정신병자처럼 킬킬거리는 그의 무릎을 탁탁 쳤다.

"삼촌, 뭐가 바빠?"

아이들은 제 엄마가 하라는 것은 반드시 해야 하는 줄 안다. 그래서 천진하다. 정헌의 질문에 웃음을 거둔 수민이 대답했다.

"어, 정헌아. 엄마한테 그게 왜 궁금한지 한번 물어봐."

정헌은 통역사로서의 역할을 열심히 수행했다.

"엄마, 왜 궁금해?"

"삼촌한테 말이야, 엄마가 지금 궁금한 게 아니라 화가 났다고 전해줄래? 신문을 통해서 삼촌 귀국 소식을 전해 들은 게 말이야."

딱히 할 말이 없는 수민이 헛기침을 했다.

"대체 어디 갔다가 새벽이 되어서야 온 거야? 선규 오빠는 모른다던데. 내가 없는 솜씨에 잡채까지 해놨었단 말이야!"

수안이 그를 잔뜩 노려보았다.

"미안."

그는 순순히 항복을 선언했다.

수안의 남편, 태원이라면 모를까, 주방일 하기 싫어하는 수안이 잡채를 해놨다면 그건 그를 매우 기다렸다는 뜻이었다. 그런데 늦었으니 화가 나는 게 당연했다. 하지만 그 순순한 항복이 되레 의심을 샀다.

"뭐니, 지금? 분명 무슨 일 있어. 그런 거지? 오빠, 연애해?"

"응."

"헉, 정말? 빅뉴스네! 누군데? 몇 살이야? 예뻐? 어디 살아?"

수안의 숨 가쁜 질문 공세에 정헌이 불쑥 끼어들었다.

"엄마, 좀 천천히 말해. 그래야 나도 알아듣지."

"정헌아, 일단 엄마랑 삼촌이랑 이야기 좀 하면 안 될까? 대신 엄마가 나중에 정리해서 말해줄게."

"응, 엄마. 애들이 알기 쉽게 설명해 줘야 해."

"알았어."

쯧쯧, 설수안. 애 교육 참 잘 시킨다.

"뭐가 그렇게 궁금하냐? 태원 형 퇴근할 때 됐어. 얼른 아기들 데리고 집에 가라."

수민은 혀를 차며 소파에서 일어났다.

"어딜 가? 말해주고 가야지!"

"야야, 톱스타의 사생활은 극비인 거 모르냐? 나중에 잡지 사서 봐라."

"오빠!"

잔뜩 약 오른 수안의 외침에도 수민은 태연했다. 도영을 아직 그의 몫으로 독차지 한 번 못해봤는데 불쑥 말해서 식구들에게 뺏길 수 없었다.

이층, 자신의 방으로 올라와 방문을 꽁꽁 걸어 잠근 수민은 도영에게 전화를 걸었다.

[네.]

아이구, 착한 우리 도영이. 전화도 빨리 받네.

"우리 데이트하자."

[데이트요? 뭐 할 거예요? 영화 볼 거예요? 아니면 ↑ 핑?]

얘가, 얘가! 사람들 북적이는 데 가서 무슨 소동을 일으키려고 그래? 다름 아닌 그가 톱스타인데!

"장소는 내가 정할 테니 일단 넌 준비하고 나와. 추우니까 치마 입지 말고 청바지랑 점퍼 입어."

[수민 씨…….]

"끊는다."

그는 도영이 뭐라고 하기도 전에 전화를 끊어버렸다. 앞으로 있을 일들에 반박의 여지를 남기지 않겠다.

역시 도영은 예상대로 인상을 썼다.

"또 산에 가자는 말이에요?"

"응."

태연한 그의 대답에 그녀의 눈초리가 하늘로 솟구쳤다.

"이봐요, 설수민 씨. 대체 이 추운 날, 산에 뭐 하러 가요? 눈 쌓인 것 좀 봐요. 그 무슨 청승맞은 짓이에요?"

수민은 그야말로 절대 반대를 외치는 도영에게 간결한 설명을 했다.

"거기 가면 우리만 있을 수 있잖아. 데이트하는데, 시끄럽게 몰려드는 사람들 딱 질색이야."

그 말에 잠시 주춤했지만, 도영은 곧 다시 그를 흘겼다.

"차라리 비디오방에서 탕수육이나 시켜 먹죠."

"야, 야외하고 실내하고 같아? 잔말하지 말고 얼른 차에 타."

"정말 싫은데!"

그녀가 아무리 성질을 내고 투정을 부려도 수민은 꿈쩍도 하지 않았다. 그런 모습에 도영은 결국 차에 탈 수밖에 없었다.

그들은 정확히 다섯 달 만에 다시 북한산 우이암 등산로를 찾았다. 전날 내린 첫눈의 여파로 등산로는 인적이 끊겨 있었다.

"올라가자."

수민은 씩씩하게 올라갔다. 그것을 보노라니 사막에서 단단히 고생을 한 것 같았다. 절대 자발적인 육체 운동은 하지 않던 사람인데, 저렇게 변했다. 그가 변한 게 그다지 반갑지 않은 게 문제지만 말이다. 이 추운 날 등산은 정말 싫다고! 도영은 속으로 마구 구시렁거리며 수민의 뒤를 따랐다.

차츰 깊은 산길로 접어들자 인정하기 싫지만 눈 덮인 산은 너무 아름다워 경탄이 절로 나왔다. 도영은 숨을 쌔쌔 몰아쉬면서도 정신없이 주위를 둘러보았다.

"여름에 왔을 때보다 더 좋다. 그치?"

그녀가 느끼는 감탄을 수민도 느끼는 듯했다.

"네, 너무 멋져요. 나 눈 덮인 산은 처음이에요."

살면서 등산을 그리 많이 해본 것도 아니지만, 겨울 산은 그 자체로 하나의 예술작품이었다. 뭐, 발이 주르륵 미끄러지는 건 조심해야 하지만.

"아이고."

가파른 바윗길에 접어든 도영이 미끄러지며 곡소리를 하자, 앞서 가던 그가 얼른 뒤돌아 잡아주었다.

"내 손 잡아."

오, 매너 좋고. 도영은 수민의 손을 넙죽 잡았다.

"벌레 없어서 너무 좋다."

뽀드득, 뽀드득 눈 밟는 소리만 가득한 가운데 수민이 중얼거렸다. 도영은 그만 웃고 말았다.

"하하하."

"왜 웃어?"

"여름에 왔을 때, 수민 씨가 벌레 때문에 난리 쳤던 게 생각났어요."

산을 들었다 내려놓은 소동이었다. 구르고 박히고, 아주 난리도 아니었었지. 그러자 수민이 퉁명스럽게 말했다.

"야, 그런 건 좀 잊어라."

네버, 잊지 않으리. 도영은 그것을 종종 써먹을 작정이었다.

잠시 화기애애한 분위기에 농담을 주고받았지만 금세 침묵 모드로 돌변했다. 다시 한 번 말하지만 이 추운 날, 등산이라니. 왜 고생을 사서 하는지에 관한 의문을 품을 겨를도 없이 그저 오르고 또 오르길 한 시간이 지났다. 베테랑 등산가들에게 한 시간은 숨을 쉬는 것처럼 수월할 테지만, 도영에게는 죽을 노릇이었다. 정상까지 가려면 걸어온 만큼 더 걸어가야 한다는 표지판을 발견한 순간, 그녀의 입에서 절로 애원이 흘러나왔다.

"수민 씨, 우리 그만 가면 안 돼요? 나 정말 배고파요."

"그래?"

그러자 그가 짊어지고 있던 배낭을 벗어 내렸다.

"정상 가서 먹으려고 했는데 여기서 먹자."

수민이 배낭을 열어 꺼내는 것을 보던 도영의 입에서 절로 신음이 터져 나왔다. 보온병, 컵라면, 막걸리, 종이컵. 수민이 준비해 온 것들이었다.

"수민 씨, 원래 이렇게 주도면밀한 사람이었어요?"

기가 막힌 도영이 빽 소리를 질렀다. 그러나 수민은 그녀의 동동거림도 죄다 무시하고 컵라면 봉지를 뜯어 보온병의 물을 부었다. 한술 더 떠 하는 말이 이런다.

"산에서 먹는 컵라면이, 둘이 먹다 하나 죽어도 모를 맛이래."

정말 환장하겠다. 준비성이 얼마나 철저하신지, 그는 미니 은박 돗자리까지 준비해 와 눈밭에 펼쳤다.

"그렇게 서 있다가 국물 쏟으면 내 거 절대 못 준다. 자리에 앉아."

졌다. 이 산중에서, 이렇게 허기가 지는데 그냥 컵라면이라도 먹어야겠다. 그렇게 생각한 도영은 은박 돗자리에 털썩 앉고 말았다.

"다음에는 레스토랑 통째로 빌려서 맛있는 거 사줘요!"

괜한 오기로 빽 소리를 지르자, 그가 나무젓가락을 쩍 갈라 내밀었다.

"알았어, 입 좀 그만 내밀고 이거나 얼른 먹어. 원래 타넌은

꼬들꼬들할 때 먹어야 제 맛인 거야."

그건 그렇다. 도영은 김이 모락모락 나는 면발을 건져 먹었다. 투덜거리던 그녀는 곧 혀끝에 닿은 매콤한 면발과 뜨거운 온기에 감탄하고 말았다. 우와, 죽여주는 맛이다.

"어때, 맛있지?"

그녀의 반응을 살피던 그가 묻자 고개가 절로 끄덕거려진다.

"정말 맛있어요."

"그치, 그치? 거봐. 내가 산에 오자고 한 게 은근 센스있는 행동이라니까."

잘난 척하기는, 도영은 거만을 떠는 그를 밉지 않은 눈으로 흘겨보았다. 하지만 수민은 그런 눈 흘김은 본 척도 하지 않고 막걸리를 척 내밀었다.

"라면에는 막걸리가 최고지. 한 잔 받아라."

"오오, 넘쳐요. 아깝게 왜 술을 넘치게 해요?"

칼바람, 눈바람, 산바람도 두렵지 않은 산중의 만찬. 인적이 없어 마치 이 산을 통째로 빌린 기분이었다. 레스토랑 하나를 통째로 빌린 것과는 차원이 다른, 어깨가 절로 으쓱해지는 느낌이었다. 라면 국물에 입 안이 행복하고 막걸리에 추위가 물러가 흥얼흥얼 콧노래가 절로 나왔다.

후루룩 면발을 건져 먹던 그가 말했다.

"너 있잖아, 자꾸자꾸 더 좋아진다? 어제보다 오늘이 더 좋고, 오늘보다 내일이 더 좋을 거야. 넌 참 이상한 애야."

진심을 담은 그의 말에 가슴이 콩닥콩닥 뛰었다. 코끝이 빨개져 라면을 먹으면서, 특별할 것 전혀 없는 평범한 단어들이 천상의 음악 같았다. 수줍은 마음에 몸 둘 곳 모르던 도영이 은근슬쩍 그의 팔짱을 꼈다.

"저기, 그거 알아요?"

수민이 그녀를 쳐다보았다.

"뭐?"

"설수민 씨도 엄청 멋있어요. 그런데요, 잘 차려입었을 때보다 형광색 반바지가 더 멋져요. 레스토랑에서 밥 먹는 모습보다 공원에서 쪼그리고 앉아 라면 먹는 모습이 더 자연스럽고 근사해요. 그래서 너무 좋아요."

도영은 속마음을 털어놓으려니 얼굴이 화끈거렸다. 그러자 수민이 헤벌쭉 웃으며 그녀의 어깨를 꼭 껴안았다.

"우린 어떻게 이렇게 천생연분이니?"

그러게 말이다. 속마음을 표현하는 세련된 방법은 모르지만, 단순해도 진실한 단어로 서로가 원하는 말을 할 줄 아는 두 사람이다.

"그런 의미에서 건배 하자."

"네, 건배!"

수민과 도영이 각자의 잔을 들고 외쳤다.

"설수민과 유도영을 위하여!"

"위하여!"

살얼음 동동 뜬 막걸리가 가득 담긴 종이컵이 마주쳤다. 손가락, 발가락도 모자라 온몸이 꽁꽁 어는 눈 덮인 산에서 도영과 수민은 마냥 행복했다.

✳

그렇게 계속 행복할 줄 알았는데, 언제나 반전은 존재하는 법이다. 밤바람이 코끝을 얼리고 지나가는 밤.

"나 3월에 중국 간다."

비디오방 앞으로 찾아와 폭탄선언을 한 그를 도영이 이를 악물고 노려보았다.

"중국에 숨겨놓은 애인 있어요? 툭하면 중국에 간대!"

"그럼 어떡하니? 난 촬영이 잡히면 어디든 가야 한다고. 그게 내 직업이야."

"아무리 그래도! 난 한창 때 남자 친구 군대 뒷바라지도 안 했다고요!"

그냥 한국에서 찍지 말이다.

화보 촬영은 일본, CF 촬영은 프랑스, 영화는 중국. 며칠이 멀다 하고 비행기에 몸을 싣는다. 정말이지 설수민 애인 하기가 너무 힘들다.

"석 달이면 끝난다니까."

석 달! 도영이 꽥 소리를 질렀다.

"지금 장난해요?"

"아, 몰라! 하여튼 너 나 귀국할 때 꼭 마중 나와야 해. 안 나오면 그날이 바로 너 죽고 나 죽는 거야!"

유치한 발언을 서슴지 않고 한 그가 줄행랑을 쳤다.

"야, 설수민!"

"장라면 한 박스 사줄게."

그게 다였다. 젠장, 젠장! 떨어져 있으면 너무 보고 싶게 만드는 주제에 남의 나라를 헤매고 다니는 젠장할 설수민!

"확 바람피워 버릴 거니까, 알아서 해요!"

다시 한 번 말하지만 설수민 애인 하는 거, 너무 힘들다.

수민은 도영을 사랑한다

10

열. 수민은 도영을 사랑한다

6월, 눈부신 태양에 세상 모든 만물이 반짝거리는 아침이 밝았지만 도영은 아직 꿈나라를 헤매는 중이었다.

그녀는 수민이 다시 중국으로 떠난 3월, 만화책 대여점 〈사랑방〉을 오픈했다. 백수에서 탈출하길 강력하게 원하는 유 사장의 지원과 이대로 놀고먹을 수 없다는 도영의 생각이 더해, 홍 여사의 수선집 자리에 대여점을 오픈한 것이다. 경기가 좋지는 않았지만 동네에 딱 하나 있던 대여점이 문을 닫는 바람에 그녀의 대여점 수입이 제법 짭짤했다.

"도영아, 아침 밥 다 됐어. 일어나서 밥 먹자."

홍 여사의 부름에 도영은 눈도 뜨지 않은 채 부스스 일어났다. 새벽까지 영업하느라 잠을 못 자 죽을 지경이었지만 만삭의 홍 여사가 차려낸 아침 식탁에 빠질 수는 없었다. 그녀가 산발이 된 머리에 다 늘어진 트레이닝복 차림으로 식탁에 앉자 유 사장의 혀 차는 소리가 요란했다.

"넌 어떻게 시간이 지날수록 중성적으로 변하는 것 같냐? 어이, 유 군. 여자이길 포기한 거야?"

정말 오늘 아침의 도영은 곰팡내 풀풀 풍기는 노총각 행색과 다를 바가 없었다.

"너 그래서 시집이나 가겠어?"

하지만 도영은 천하태평이었다.

"아버지, 아침부터 왜 그러셔? 그만 하시고 식사하세요."

태연해도 너무 태연한 모습에 유 사장은 그만 복장이 터져 죽을 것 같았다.

"뭘 그만 해, 뭘! 좀 꾸미고 살아. 그래야 눈에 콩깍지 씐 놈이 널 데려가지!"

"걱정 마시라니까. 나 데려갈 남자 있어요."

하지만 그녀의 말을 절대 진심으로 받아들이지 않는 유 사장의 혈압 오르는 소리가 요란했다.

"유도영!"

사태가 이쯤 되자, 그때까지 침묵을 지키던 홍 여사가 점잖게 끼어들었다.

"어유, 왜 그러세요? 새벽까지 일해서 피곤한 애인데, 밥이라도 편하게 먹게 하세요."

홍 여사가 거들자 도영이 히죽 웃었다.

"우리 어머니 최고."

유 사장은 사랑하고 숭배하는 홍 여사의 말에 화는 더 못 내고, 답답한 가슴만 팡팡 쳤다.

"저것 봐, 저것! 저걸 누가 데려가, 누가!"

데려갈 남자 있다는 거, 절대 빈말 아닌데 좀 믿어주지. 도영은 시원한 북엇국을 후루룩 마시며 생각했다. 그녀에게는 설수민이 있었다. 가장 근본적인 모습을 속속들이 알고 있는 남자가 있다. 바로 오늘 그 남자가 돌아온다.

도영은 전투적으로 밥을 먹으며 말했다.

"아버지, 나 오늘 〈사랑방〉 하루만 봐줘요."

"안 돼. 빌딩 월세 받으러 가는 날이다."

아하, 돈이 들어오는 성스러운 날이구나. 깨달음으로 인해 잠시 멈칫했으나, 수민을 잊어선 아니 된다. 그녀는 다시 애교를 부렸다.

"아이, 아버지. 월세는 내일 받으러 가시고 오늘 비디오방 좀 봐주세요. 그럼 오늘 수입 죄다 아버지 드릴게."

"안 된다니까!"

바늘이 비집고 들어갈 틈도 없게 유 사장은 매몰찼다. 정 그렇게 나오신다면……. 도영은 홍 여사에게 구원의 눈길을 보냈다.

"어머니이."

"도영이 중요한 약속 있구나?"

홍 여사는 절대 그녀를 배신하지 않았다. 날이 갈수록 점점 더 좋은 사람이 되어가는 홍 여사, 우리 새어머니. 도영이 열렬히 고개를 끄덕거렸다.

"네, 아주 멀리 갔던 사람이 돌아오는 날이에요. 공항에 꼭 마중 가기로 했는데, 제가 안 가면 너무 섭섭해할 거예요."

"그럼 내가 봐줄게."

그러자 유 사장이 펄펄 뛰기 시작했다.

"안 돼! 당신 힘들어서 절대 안 돼!"

"어머니가 해주신다는 데 아버지가 왜 그러세요?"

"뭐야, 유 군 너! 네 가게를 왜 내 와이프가 보게 해? 그리고 솔직히 말해. 너 남자 있어? 누가 네 마음대로 남자 사귀래. 앙?"

그 흔한 남자 하나 안 생긴다고 타박할 때는 언제고, 또 남자를 만난다고 난리시다.

"이이는, 그럼 도영이는 평생 혼자 살아요?"

"맞아요. 아버지는 어머니랑 결혼하려고 그렇게 안간힘을 쓰셔놓고선. 아버지, 정말 나빠요."

"너랑 나랑 비교하지 말고, 그 녀석이나 데려와 봐. 일단 봐서 내 마음에 들면 둘이 사귀는 거 허락하고, 아니면 당장 끝내는 거야."

유 사장의 강압적인 모습에 도영과 홍 여사는 난감을 표했다.

"아버지가 좀 이상해요."

"원래 아기 태어날 때가 되면 부모들이 좀 예민해진대. 도영이가 이해하고 얼른 밥 먹어."

그러자 유 사장이 발끈해 외쳤다.

"나 안 이상해!"

누군가 편을 들어주며 한통속이 될 수 있다는 게 기분 좋은 아침이다.

✱

두 달만 더 지나면 수민과 만난 지 일 년이 된다. 그를 만나 즐겁고, 화나고, 기뻤던 많은 일들이 있었지만 그중 제일은 기다림의 설렘이었다. 멀리 떨어져 있기에 그가 더 보고 싶었고, 얼른 돌아오기를 기다렸다. 겉으로는 그가 곁에 없음을 투덜거리지만 멀리 있는 그를 생각하면 항상 가슴이 두근거렸다.

공항에 삼십 분이나 일찍 도착해 로비 안으로 들어가려는데, 입구에 몰려선 사람들이 너무 많았다. 무슨 일이 일어났나 싶을 정도로 많은 사람들 사이를 헤치고 들어가려니, 더럭 겁이 날 정도였다. 소란하게 웅성거리는 사람들 틈에서 여학생의 새된 비명이 터져 나왔다.

"꺄악! 호건 오빠, 사랑해요!"

호건님? 도영은 본능적으로 주위를 둘러보았다. 아하, 이제야 사람들이 모여선 이유를 알겠다. 일본 가셨던 우리 호건님이 돌아오시나 보다. 한쪽 무리에서 호건을 애타게 외침과 동시에 반대편에서 거친 야유가 쏟아졌다.

"장호건 빠순이. 확 물어버리기 전에 당장 꺼져라. 우리 수민 오빠 오시는 길 방해하지 말고 꺼지라고!"

오호, 중국 가셨던 우리 수민님도 오시는 날이다. 이 나라 두 별이 같은 날 입국을 하다 보니, 양대 팬클럽이 다 출동을 했구나. 그들은 각각 자신들이 숭배하는 '스타'의 이름을 외치며 신경전이 팽팽했다.

그나저나 공항 안으로 들어가려면 육탄전을 불사해야 할 듯하다. 도영은 심호흡과 함께 사람들 사이를 비집고 들어갔다. 그동안에도 소녀들의 신경전은 계속됐다.

"장호건 당장 꺼져라!"

"뭐야? 네 이년! 어디서 호건 오빠 이름을 함부로 불러? 찐따 설수민이나 따라다니는 주제에?"

"야, 이게 누구보고 찐따라는 거야?"

"다 죽었어!"

두 그룹이 순식간에 충돌하고 말았다. 전혀 그럴 의도가 없었는데, 단지 공항 안으로 들어가려던 것이 전부였는데, 흥분한 소녀 팬들 사이에 휩싸인 도영은 오지도 가지도 못한 신세가 되어버렸다.

"저기, 길 좀…… 안으로 들어가야 되는데……."

어떻게든 소녀들 사이를 뚫고 지나가려 했지만, 그녀의 목소리는 소녀들의 새된 외침 속에 묻혀 들리지도 않았다.

"호건 오빠 욕하는 것을, 다 죽여 버려."

"그래, 년들아. 다 덤벼라!"

진정 무서운 십대들이다.

"좀 비켜주세요."

'압사'라는 말이 실감이 났다. 마구 인상을 쓴 소녀들을 밀치며 앞으로 전진하는데, 갑자기 머리채가 뽑히는 느낌이 들었다.

"아악!"

저도 모르게 비명을 지르자, 머리채를 움켜잡은 소녀가 악을 썼다.

"장호건 빠순이! 내가 널 공항 안으로 들어가게 할 것 같아?"

"으윽, 난 아니야. 아니라니까!"

"얘들아, 이년이야! 제법 나이가 있는 걸 보니 이게 장호건 빠순이 행동대장일 거야. 얘만 족치면 돼!"

아이고. 도영은 기가 막혔고, 어이가 없었으며 머리에 불이 날 것 같았다.

일 대 일의 상황이라면 두 눈에 불을 담고 덤벼들있겠지만, 지금은 움직일 공간도 부족했고 수적으로 너무 밀렸다.

"아악, 아니라니까!"

그저 비명만 지를 수밖에

"설수민이 최고야, 설수민이!"

소녀들아, 그건 익히 알고 있지만 니들이 이러면 설수민이 너무너무 싫어질 것 같다. 대체 이 사태를 어찌 해결해야 할지, 판단이 서지 않는데 멀리서 사이렌 소리가 들렸다. 살았다!

게이트를 나서던 수민은 저도 모르게 주위를 둘러보았다. 공항은 아수라장을 방불케 했다. 모여든 사람들이 어찌나 많은지 사방이 검게 보였다.

"이 사람들 전부 나 보러 온 거야?"

그는 경호원의 밀착 경호를 받으며 뒤따르던 선규에게 물었다.

"조금 전에 호건이가 일본에서 들어왔어. 그래서 네 팬들이랑 호건이 팬들이랑 패싸움 나서 아주 난리났었다."

팬들 간의 충돌이란 말에 수민의 이마가 찌푸려졌다.

"그래? 다친 사람은 없대?"

"그렇지는 않은데, 열혈 주동자 여러 명이 잡혀갔대."

실제는 수민과 호건은 더없이 좋은 사이이나, 사람들은 설수민과 장호건을 라이벌로 만들어 경쟁을 시켰다. 누구 한 사람이 더 우월하게 잘난 것을 결정짓고 싶어했다. 수민은 그게 불만이었다.

"선규야, 경찰서에 사람 보내서 다 나오게 잘 해결해 주라고 해."

호건의 팬도 수민에게는 소중했다. 친구를 아껴주는 사람들이니까 말이다.

"걱정 마라, 다 알아서 해놨으니."

수민은 선규의 장담을 들으며 주위를 살폈다. 보고 싶었던 얼굴을 찾았지만 어디에서도 볼 수가 없었다. 유도영, 안 왔다. 마중 안 오면 절대 가만있지 않겠노라 그렇게 협박을 했는데도 말이다. 간 큰 유도영. 수민은 이를 악물었다. 유도영, 너 정말 나빴다. 응징하고 말 테다. 수민은 이를 바득바득 갈며 집으로 향했다. 마침 오늘은 집안사람들 모두 모이는 날.

대문 앞에 그의 귀염둥이 조카 셋이 옹기종기 모여 있었다. 예쁜 녀석들. 차에서 내린 그는 기분 나빴던 것은 죄다 잊고 큰 소리로 아이들을 불렀다.

"우리 망아지들, 이리 와라!"

그러자 세 녀석이 합창을 하며 뛰어왔다.

"사암—초온!"

병아리 같은 녀석들이 우르르 달려가 그의 품에 쏙 안겨들었다. 작고 보드라운 몸을 마구 부딪쳐 안겨오는 조카들을 한몫에다 안고 눈을 마주쳤다. 하루하루 영글어가는 세 녀석이 너무 예뻐 환장하겠다.

"잘 지냈어, 우리 망아지들?"

"당근, 당근!"

"물론이지!"

이제 네 살이 된 남자 아이 두 녀석들은 제법 또록또록한 발음으로 대답했고, 이제 갓 두 돌이 지난 공주는 옹알옹알 입을 오므리며 알아듣지 못할 안녕을 쏟아냈다.

"후후, 이놈들."

수민의 얼굴에 함박꽃이 피었다.

도토리 같은 세 녀석들 모두 하나같이 예쁘지 않은 구석이 없다. 지난 석 달 동안 중국 현지 촬영이 있어보지 못했던 녀석들은 그 짧은 시간 동안 더 컸고, 더 예뻐져 있었다.

"삼촌, 선물 사 왔어? 선물 사 온다고 약속했잖아, 그치, 정헌아?"

"웅, 그랬어. 삼촌이 분명 그랬어."

"그럼, 물론이지."

아가들아. 니들 엄마, 아빠—제헌네에서는 수현이, 정헌네에서는 수안이 전화했다—가 어젯밤에 국제전화—그것도 누가 남매 아니랄까 봐 둘 다 수신자 부담으로 말이다!—로 선물 안 사 오면 한국에 들어오지 말라고 했단다.

그 말이 목 끝까지 치밀었지만 수민은 차마 어린 눈망울을 보며 부모들의 허물을 말할 수가 없었다.

그렇지 않아도 예뻐 죽는 조카 셋의 선물을 미리 준비해 트렁크 하나 가득 채워두고 있었다. 현지에서 힘들게 촬영하는 형제에게 그런 식으로 말한 수현과 수안을 용서하지 않으리라 다짐하는데, 뒤에서 익숙한 목소리가 들렸다.

"도련님 왔네?"

"아, 제헌 엄마, 잘 지내셨소?"

"아유, 애들 셋을 다 끌어안고 무슨 힘자랑이야. 설제헌, 너부터 내려와. 제일 큰 녀석이 삼촌 피곤하게 안겨 있어? 얼른 내려와."

그렇지 않아도 동갑내기 정헌보다 생일이 넉 달 빠른 제헌이 좀 무겁긴 했었다. 재욱이 아들을 안아 내리자, 양팔엔 태원의 남매만이 남았다.

"그런데, 정헌이 팔은 왜 그래? 다쳤니?"

그제야 정헌의 팔에 흰 깁스를 발견한 수민이 놀라서 묻자, 정헌이 애처로운 표정으로 그를 보았다.

"응응, 나 미끄럼틀에서 떨어졌어. 아파서 죽을 뻔했어!"

"그랬어?"

그가 동정심을 유발하려는 정헌의 말에 맞장구를 치며 재욱을 보자 재욱이 고개를 절레절레 흔들었다.

"아유, 말도 마라. 갈빗집에 고기를 주문해 딱 첫 판 구웠는데 정헌이가 놀이방 미끄럼틀에서 점프를 한 거야. 정헌이 아파 죽는다고 울지, 옆에 있던 제헌이랑 정원이는 지레 놀라 울지. 혼비백산해서 진부 애 하나씩 인고 그대로 병원으로 뛰었다."

"홋, 피는 못 속여. 지 엄마를 아주 그대로 뺐다, 뺐어."

어린 시절의 수안을 그대로 닮은 조카를 보며 절로 웃음이 터졌다. 그러자 넌지힌 목소리가 울려 퍼졌다.

"그럼, 내 새낀데 날 닮지 누굴 닮아?"

여전히 어깨까지 내려오는 고수머리 수안은 시간이 흘러 두 아이의 엄마가 됐어도 개구진 웃음은 그대로였다. 오죽하면 태원이 애 셋을 데리고 사는 것이라 한탄을 했을까. 뭐, 그래도 수안이 좋아 죽는 건 여전한 태원이지만 말이다. 나이가 아무리 먹어도 토닥토닥 서로에게 짓궂은 수민이 구박을 해댔다.

"그래, 정말 네 자식인 것 같다. 그래도 어지간하면 태원 형을 좀 닮지, 어째 그렇게 너를 빼다 박았냐? 툭하면 떨어지고 다치고."

"그래도 정헌이에 비하면 정원이는 좀 낫지."

제헌을 안은 재욱이 대화에 끼어들자 수안이 고개를 저었다.

"정원이가? 절대 아니야. 정원이도 정헌이 못지않아. 어제 세발자전거 탄다고 얼마나 떼를 쓰는지, 마지못해 태웠는데 잠깐 한눈파는 사이에 자전거에서 떨어져서 이마 멍들었어. 그래서 금쪽같은 공주님 이마에 멍 자국 남겼다고 서방님한테 혼났다."

수안이 정원이를 안아 이마를 보여주었다. 입술을 삐쭉 내미는 폼이 어지간히 잔소리를 들은 모양인데, 수안이라면 자다가도 일어나 챙기는 태원이 그 정도로 화를 냈다? 소동이 어지간했겠구만.

수민은 그저 웃음만 나왔다.

"그럼 우리 제헌이가 제일 점잖은 거야?"

그가 재욱의 품에 안긴 큰조카를 보며 말했다.

"후후, 우리 제헌이가?"

그 말에 재욱은 품에 안긴 아들을 보았다.

이 녀석, 겉으론 엄청 점잖고 멋쟁이인데, 놀이방 또래 여자애들을 얼마나 좋아하는지……. 하루가 다르게 상대를 바꿔 팔랑팔랑 사랑이 움직이는 제헌으로 인해 상처받은 여자애들의 눈물이 바다를 이룰 지경이었다.

"난 다른 말은 안 해. 다만, 제헌인 아빠를 쏙 빼닮았어."

"그래? 누나 애 좀 먹겠다."

재욱의 진지한 선언에 수민이 내심 심각하게 말했다. 그때 현관문이 열리고 수현과 태원이 나왔다. 시간이 흘러도 변하지 않는 모습으로.

"여, 설수민, 반갑다."

수민도 반가움에 손을 들었다.

"오랜만이오."

"안 들어오고 뭐 해? 부모님 기다리신다."

"그래, 다들 들어가자."

활짝 열린 현관문을 버티고 선 수현과 태원이 우르르 몰려드는 가족을 반겼다.

그가 귀국한 오늘은 아버지 설 교수의 정년퇴임 기념 파티가 있는 날이었다. 가족 모두가 모이고, 절친한 지인이자 사돈인 하 교수 내외까지 모두 모여 집 안은 북적거렸고 웃음이 끊이지 않았다. 하지만 수민만은 이층 자신의 방에 콕 박혀 울리지 않는 휴대폰을 노려보았다.

"유도영, 너 나 뒤끝 있는 거 알면서 이렇게 나온다 이거지? 얼른 전화해, 지금이라도 전화해서 왜 공항에 못 나왔는지 이유를 밝히면 조금 용서해 주겠어."

침대에 누워 그는 애꿎은 휴대폰을 보며 으르렁거렸다.

"전화하란 말이야."

그러자 거짓말처럼 휴대폰이 울렸다.

Rrrrr, Rrrrr.

화색이 만연한 그가 발신번호를 확인했다. 이런, 선규였다. 수민은 피시식 김이 빠진 얼굴로 전화를 받았다.

"그래, 나다."

[어, 수민아. 나 지금 경찰서에서 막 나왔다.]

선규의 말에 수민이 고개를 갸웃거렸다.

"경찰서? 아까 애들 보낸다고 하지 않았어?"

[그랬지.]

"그런데?"

[문제가 좀 있더라고.]

선규의 설명에 의하면 공항 측 보안요원들이 통제하기엔 소란이 너무 커 경찰이 개입됐고, 그 와중에 싸움의 핵심 인물들이 다 연행되어 갔다는 것이다. 그건 이미 공항에서 전해들은 바인데, 왜 새삼스럽게 말이 길어지는 건지 모르겠다.

"핵심만 말해. 나 지금 기분 안 좋거든?"

[어, 수민아…… 나 있잖아. 지금 도영 씨랑 같이 있어. 도영 씨는 집으로 바로 가려고 하는데, 네가 기를 쓰고 한국에 오려던 이유를 알기 때문에 억지로 도영 씨 데리고 너희 집 앞으로 가는 중이야. 얼굴이라도 보라고.]

잉? 수민은 침대에서 벌떡 일어났다.

"네가 왜 우리 도영이랑 있어?"

[공항에서 패싸움에 도영 씨가 주동자가 되어 있더라. 호건이 팬클럽 행동대장이 되어 있던데?]

뭣이라? 수민의 입이 떡 벌어졌다.

"정말이야?"

그의 팬클럽 행동대장도 아니고, 호건네 팬클럽 행동대장이라고?

[도영 씨가 억울하게 몰려서 연행되어 간 거야. 아, 여기 다왔다. 지금 대문 앞이니까 나와.]

"알았어."

기가 막힌 수민은 요란하게 방문을 열고 뛰어내려 갔다.

"수민아, 너 어디 가?"

일층 거실에 몰려 있던 가족들 모두 어리둥절한 눈으로 쳐다봤지만 수민은 아랑곳하지 않고 현관을 박차고 밖으로 달려나갔다.

이 물건 어디 있어, 어디? 정신없이 주위를 두리번거리는데,

선규가 보였다.

"수민아."

수민은 선규를 보자마자 도영을 찾았다.

"도영이는?"

선규가 뭐라고 설명하기도 전에 밴에서 도영이 내렸다.

"여기 있어요."

수민이 대뜸 소리를 질렀다.

"야, 너 어떻게 그럴 수가 있어? 호건이 팬클럽 행동대장이라
니? 너무하잖아."

그에 질세라 도영도 빽 소리를 질렀다.

"호건님 팬클럽은 맞지만, 행동대장 절대 아니거든요? 오늘
공항은 당신 때문에 간 거예요. 난 아무 짓도 안 했다니까요. 나
정말 억울해!"

정말이지 너무너무 억울했다. 그토록 보고 싶었던 수민에 대
한 반가움은 눈곱만큼도 남아 있지 않았다. 그녀는 지금 정말이
지 너무너무 억울했다. 소녀 떼들에게서 그녀를 구해줄 거라 믿
었던 경찰들이 되레 그녀를 덥석 잡아갈 때의 충격에서 헤어 나
올 수가 없었다. 경찰이 그럴 수밖에 없었던 이유는 그녀의 머
리채를 잡고 흔들던 요망한 소녀가 바로 그녀 때문에 이 사단이
난 거라 지껄였기 때문이다. 그 당치도 않은 소녀의 말을 경찰
이 믿을 줄은 꿈에도 몰랐다.

"억울해, 억울해—애!"

도영은 경찰차에 태우던 순간을 죽을 때까지 잊지 않을 것이다.

"이게 다 당신 때문이야!"

"뭐가 나 때문이야?"

"씨!"

한 번도 경찰서에 가본 적 없던 모범적인 유도영이 바로 설수민 마중 갔다가 봉변을 당한 거란 말이다. 눈물이 날 것 같았다. 난리법석 소동도 정신이 없었지만, 눈물 나게 허기지는 이 상황이 너무 화가 났다.

그들의 살벌한 대치 사이로 선규가 끼어들었다.

"야, 그만 해. 도영 씨 잘못한 거 하나도 없어. 점심도 못 먹었을 텐데, 내가 대접할 테니까 넌 들어가 봐. 도영 씨, 우리 가요."

선규가 막 그녀의 팔을 잡을 찰나, 눈에 쌍심지를 켠 수민이 도영을 자신에게로 확 잡아당겼다.

"내가 데려가서 밥 먹일게. 넌 그만 가봐. 얘 구출해 줘서 고맙다."

"어, 그럴래?"

소유욕 강한 그의 모습에 선규가 물러났다.

"나 설수민 씨랑 같이 밥 먹는 거 싫거든요? 우리 집 갈 테니까 이 팔 좀 놔요."

콱 물어뜯기 전에 말이다. 그러자 수민이 이를 악물고 그녀의 팔을 잡아당겼다

"어림도 없거든?"

"놔줘요!"

미친 듯 발버둥을 쳤지만, 수민에게는 어림도 없었다. 이참에 집안 식구들에게 얼굴 도장을 꽉 찍어 도영이 딴생각을 못하도록 만들 작정이었다. 도영은 힘 좋고 몸 좋은 그에게 끌려 순식간에 집 안으로 들어갔다. 행사가 있는지, 거실에는 많은 사람들이 모여 있었다. 그들의 등장에 집 안은 일시적인 침묵에 휩싸였다.

이 남자, 중국에서 뭘 먹고 와서 이렇게 무례한 거니? 당황한 도영이 수민에게 잡힌 팔을 빼려고 버둥거렸지만 소용없었다. 그녀의 저항 따윈 무시한 수민이 제멋대로 말했다.

"아버지, 어머니. 제 여자 친구입니다. 인사해, 우리 부모님이야."

헉! 어머님, 아버님? 정말 미치겠다. 공항에서의 소란에 엉망이 되었을 자신의 차림새가 어떻지, 얼굴이 확 붉어진 도영이 겨우 고개만 숙였다. 나중에 이 모든 것에 대한 응징을 하겠노라 다짐하며 말이다.

"안녕하세요. 처음 뵙겠습니다."

그러자 당황한 듯 눈을 깜박이던 나이 지긋한 여인이 가족들의 불편한 침묵을 깼다.

"어머, 그래? 어서 와요."

"잘 왔어요. 우리 수민이가 여자 친구 데려온 건 처음이네."

그의 아버지까지 이 상황에 대한 설명을 요구하지 않고 그저 자상하기만 했다. 이 괴팍한 설수민이 저렇게 인자한 분들의 자식이라는 게 믿겨지지 않았다. 서로서로 불편하기 짝이 없는 소개가 끝나자 그가 또 불쑥 목청을 높였다.

"형수님, 죄송한데 이 여자, 밥 좀 주세요."

완전 기절하겠다.

이 상황에서 밥이 목구멍으로 넘어가냐?! 도영은 소리를 지르고 싶었다. 하지만 역시 나중을 위해 참아야 하느니.

그녀를 곤란함에서 구해줄 생각이 전혀 없는 듯한 수민 대신 '형수님'이라 불린 여인이 그녀에게 다가가 어깨를 감쌌다.

"일단 들어와요. 수안아. 우리 밥 남은 거 있지?"

"흠, 있어. 주방으로 가요, 우리."

그들은 도영을 데리고 주방으로 갔다.

"여기 앉으세요."

"네, 초면인데 실례가 많습니다. 죄송해요."

도영은 수줍은 목소리로 미안함을 전했다.

"아유, 괜찮아요. 아직 식사 전이면 무척 배고프실 거예요. 얼른 드세요."

그때 주방 커튼이 활짝 젖혀지며 수민이 따라 들어왔다. 그는 주방으로 들어와 다짜고짜 그녀를 향해 짜증을 냈다.

"너 바보지? 엉?"

순간 감정이 욱하고 치솟았지만, 그래도 여기 그의 백그라운

드다. 참아야 한다.

"작은 오빠, 왜 그래?"

너무나 무례한 어투에 어려 보이는 여자가 놀라 수민의 팔을 잡았다.

"식사하시잖아. 그만 해, 그만."

동생인가 보다. 하지만 수민은 같은 여자가 봐도 너무 귀여운 동생의 손을 뿌리치고 식탁 가까이 다가갔다.

"어우, 밥이 넘어가냐, 넌? 대체 생각이란 게 없어. 진짜, 살다 살다 너 같은 앤 처음 봐. 알아?"

한계다. 민망함에 얼굴을 붉히고 앉아 있던 도영이 벌떡 자리에서 일어났다. 끼익.

"왜! 얼른 앉아서 밥 먹어! 점심도 안 먹었다면서!"

그는 도영이 자신의 성질에 못 이겨 자리를 피하리라 여겼겠지만 천만의 말씀이다. 저벅저벅 수민을 향해 다가가 가운뎃손가락을 번쩍 들어 올렸다.

참다가, 참다가 폭발하는 표현은 열 마디 말보다 강력하다. 그 무엇보다 강력한 제스처에 주방 안 관계자 여러분이 놀란 눈으로 쳐다보았지만 상관없었다. 수민의 무례함을 도무지 참을 수가 없었던 것이다.

"야!"

분노한 수민이 뭐라 하기도 전에 도영은 작은 머리로 수민의 턱을 탁 쳤다. 툭하면 중국이니 어디니 가서 그녀를 외롭게 만든 것도 모자라, 그의 백그라운드에서 이렇게 수모를 주는 그를 결코 참아주지 않을 테다.

"아악!"

요란한 수민의 비명 소리.

"어디 한 마디만 더 해봐요."

그럼 우리 이판사판 되는 거야, 앙? 까불고 있어.

수민을 향해 살벌하게 중얼거린 도영은 임무를 마쳤다는 듯 다시 얌전히 식탁 의자에 앉았다.

"어우, 진짜!"

그리고 방방 뛰며 난리를 치는 수민을 본 척도 하지 않고 도영은 숟가락으로 가득 밥을 퍼 맛있게 먹었다.

"자꾸만 무례한 모습 보여 드려 죄송해요. 그런데 정말 맛있어요."

도영은 사각거리는 김치를 씹으며 커다란 두 눈에 가득 웃음을 담아 보여주었다. 그래도 수민의 가족들에게는 예쁘게 보여야 하니까. 그러자 황당한 듯 바라보던 두 여인이 싱긋 웃었다.

"많이 드세요."

"네. 아무 신경 쓰지 말고 많이 드세요. 그런데 정말 대단하세요. 난 우리 작은 오빠 입 다물게 하는 법을 몰랐는데, 도영 씨는 제대로 아신다. 너무 멋져요."

그 말에 도영이 배시시 웃었다.

"제가 좀 그렇죠?"

기가 막혀 거품을 무는 수민은 아랑곳없이 세 여자의 분위기는 좋기만 했다.

수민의 가족은 대가족임이 분명했다. 여자들끼리 분위기가 아무리 좋아도 자꾸만 주방을 기웃거리는 다른 가족들의 눈치가 보이는 것은 어쩔 수 없었다. 도영은 서둘러 밥 한 그릇을 뚝딱하고 수민의 집에서 탈출했다. 너무 자상하신 수민의 부모님 뵙기가 민망할 지경이라 놀다 가라는 권유에도 더 있을 수가 없었다. 그녀가 극구 만류해도 데려다 준다는 미명 아래 수민이 따라붙었다.

벌써 거리는 어두웠다. 제법 긴 6월의 태양도 오늘의 소동 때문인지 짧게 느껴졌다. 수민은 곧장 그녀의 집으로 가는 대신 한적한 공원에 차를 세웠다. 너무나 황망해서 가출했던 그녀의 이성이 차츰 돌아오자 묻어두었던 수민에 대한 분노가 새록새록 솟아났다. 그도 그런 기운을 눈치 챈 듯했다.

"야, 유도영."

그의 부름에 도영이 도전적인 얼굴로 노려보았다.

"할 말 하세요."

그러자 뜻밖에도 그가 살랑 웃으며 애교를 떤다.

"너 화났어?"

너 지금 장난하니? 그녀의 가슴속에서 활화산처럼 부글거리던 분노가 그의 웃음으로 폭발하고 말았다.

"뭐? 너 화났어?"

이 남자, 정말 안 되겠다. 도영은 엄청난 수모에 대한 분노를 담아 운전대에 올려진 그의 팔을 꽉 물고 말았다.

"아악!"

불식간에 당한 수민의 비명 소리가 요란했다.

"야, 아파, 아프다고!"

온 힘을 다해 깨물어준 도영이 씩씩거리며 그를 노려보았다.

"아파서 죽어버려라! 당신이 스타면 다야? 어쩜 그렇게 무례해? 당신 팬들이나 당신이나 다를 게 하나도 없어. 정말 실망이야!"

바락 소리를 지르고 차에서 내렸다. 아우! 하늘을 향해 분노의 용트림을 하며 걷는데, 차 문이 닫히는 소리가 들리며 그가 요란하게 뛰어왔다.

"야, 너 그냥 가면 어떡해? 내 말 좀 들어봐."

그녀는 허둥지둥 달려드는 그의 가슴을 팍 밀쳤다.

"설수민, 너 자꾸 이러면 나한테 죽는다."

도영은 옹골찬 주먹을 그의 얼굴 앞에 들이밀었다. 그가 그녀의 주먹을 꽉 움켜쥐고 빠르게 말했다.

"미안하다니까. 생각해 보니까 내가 너무했어. 미안해."

전혀 반성이 담겨 있지 않은 사과는 하나마나.

"손 놔요. 당장 안 놔?"

"야, 그런데 너 왜 이렇게 말이 짧아? 내가 너보다 나이 많다니까."

홍이네. 여차하면 격렬한 K—1을 한판 벌이려는 찰나, 섬광이 번쩍거렸다. 검은 하늘에서 번개가 번쩍거리듯, 깊은 밤 섬광은 그녀를 놀라게 했다.

"엄맛!"

도영이 비명을 지름과 동시에 수민이 힘껏 잡아당겼다.

"얼른 차로 가. 얼른."

"왜, 무슨 일이에요? 네?"

벼락 맞아 죽는 건 아니겠지? 상황 파악이 안 되는 도영이 허둥지둥대는데, 그가 그녀의 손을 당겨 차에 태웠다. 그동안에도 섬광은 여전했다.

"대체 뭐예요?"

빠르게 시동을 거는 수민에게 묻자, 그가 혀를 찼다.

"너 이렇게 둔해서 어떻게 내 와이프 할래? 지금 파파라치한테 걸린 거잖아."

헉, 말로만 듣던 파파라치? 도영은 떡 벌어진 입을 다물지 못했다.

"그럼 내 얼굴 기사에 실리는 거예요?"

무례한 파파라치를 피해 공원을 벗어나며 시니컬하게 중얼거렸다.

"어딜 찍었는지에 따라 다르지. 뒤통수가 나갈지, 다리가 나

갈지."

어쩐지 그동안 운이 좋다고 했다. 도영과는 워낙 한적한 곳(?)만 찾아다닌 터인지 몰라도 지금껏 기자들에게 발각되지 않아 마음을 놓고 있었다. 뭐, 부모님께 소개도 시킨 마당에 기사가 나가도 상관은 없지만, 신문지상에 도영이 얼굴이 오르락내리락하는 건 달가운 일이 아니었다.

"너 이제 큰일났다."

"왜요?"

도영은 아직 당혹감에서 벗어나지 못한 듯 보였다. 그에게는 다반사인 카메라 플래시 세례가 도영에게는 놀라운 일이 당연했다.

"이제 사진까지 찍혔으니 내가 아무리 마음에 안 들어도, 유도영은 나한테 시집와야 한다."

그러자 그녀가 그의 옆구리를 아프게 꼬집었다.

"한 번만 더 성질내고 무례해 봐요. 아주 이판사판이야."

"알았어. 내가 잘못했어."

도영은 백기를 팔랑거리는 그를 보며 더 화를 낼 기운도 없어 새침하게 말했다.

"피곤해요. 집에 가고 싶어."

"네네, 얼른 댁으로 모시겠습니다."

수민은 싱글벙글 웃음을 지으며 운전을 했다. 쉽게 용서받지 못할 거라 생각했는데, 파파라치가 이이이 도유도 다 준다 도영의 집 앞까지 온 그가 입술을 내밀었다.

"나 환영의 키스도 못 받았다.

하지만 도영이 그의 입술을 막았다.

"흥. 예쁜 구석이 있어야 환영의 키스를 해주죠. 오늘 설수민 씨 때문에 겪은 고초가 얼마인데?"

"그럼 내가 키스로 사과할 기회를 주든지."

"오호, 그만큼 키스를 잘해보겠다는 말?"

그가 자신있게 고개를 끄덕거렸다.

"당연한 말."

그럼 한번 믿어보겠다. 도영도 입술을 내밀고 눈을 감았다. 촉촉한 입술이 다가왔다. 뜨거운 혀가 노크를 하듯 그녀의 입술을 톡톡 두드렸다. 곧 깊어지는 키스. 말로 설명하기에는 너무나 벅찬 느낌. 아우, 너무 좋잖아.

그도 그걸 느낀 모양이다. 모른 척해주는 센스 따윈 전혀 없는 그가 민망하게 소리 내어 묻는다.

"너무 좋지?"

얼굴이 발개진 도영은 수민의 가슴을 토닥토닥 두드렸다.

"아유, 몰라, 몰라."

수민이 두 눈을 반짝이며 물었다.

"유도영, 너 나밖에 없지?"

"당근. 설수민 씨도 나밖에 없죠?"

"물론이지."

그가 킬킬거리는 소리조차 좋다. 그렇게 요란한 귀국 일이 지나갔다.

*

다음날 아침, 홍 여사의 부름에 겨우 잠에서 깬 도영이 거실로 나오자 소파에 앉아 있던 유 사장이 신기한 듯 신문을 내밀었다.

"너 마침 잘 나왔다. 도영아, 여기 신문에 실린 이 여자 얼굴 한번 봐라. 너랑 엄청 닮았다."

도영은 게슴츠레한 눈을 깜박거리며 다가갔다.

"응?"

하지만 석준이 내민 신문을 본 순간, 잠이 확 달아났다. 파파라치의 등장으로 어느 정도 예상은 했었지만, 그래도 오늘 아침 바로 신문에 기사화될 줄은 꿈에도 몰랐다.

"거참, 신기하네."

유 사장은 사진 속 인물이 도영이라도 꿈에도 생각하지 않는 듯했다.

"우리 도영이가 그리 흔한 얼굴은 아닌데. 몰골을 저렇게 헤다녀서 그렇지 실제로는 예쁜 애인데 말이야. 이렇게 예쁜 얼굴이 또 있다니. 이 여자가 배우 설수민의 애인이래. 복도 많지."

웬일이셔? 그녀더러 예쁘다는 말까지 다 하시고?

"아무리 봐도 닮았단 말이지. 신기해."

신문 속 여자의 정체가 밝혀질 때까지 계속 신기해할 유 사장을 위해, 그녀는 머뭇거리며 입을 열었다.

"아버지, 신기할 것 없으셔. 이 여자, 아버지 딸이야."

그러자 유 사장이 너무나 궁금한 눈으로 쳐다보았다.

"애 아버지가 누군데?"

우리 아버지가 그렇게 버퍼링이 늦은 양반은 아닌데.

도영은 뒷머리를 긁적거렸다.

"유석준 씨."

"유석준? 그럼 이 여자가 내 딸? 너란 말이야?"

유 사장은 말 그대로 경악했다.

"뭐야? 정말이냐?"

"응."

"오, 믿을 수가 없다. 그럼 어제 네가 마중 갔던 사람이 바로 이 설수민이란 배우였어? 그런 거야?"

"맞아요. 맞다니까."

순간 유 사장이 소파에서 벌떡 일어나 소리쳤다.

"여보! 우리 도영이 횡재했어!"

언제나 조용하던 홍 여사마저 흥분을 했다.

"어머, 정말? 정말 설수민이 도영이 애인이야?"

도영이 투덜거렸다.

"아버지, 횡재라니요? 내가 이 남자에 비해 빠지는 게 뭐라고 횡재씩이나."

수민이 인기 스타이기 때문에 더 대단할 건 없다고 생각했다. 사실, 도영에게는 수민이 톱 스타란 게 실감나지 않았다.

그냥 잘 삐치고, 뒤끝 심하지만 솔직했고 유쾌했으며 한 번씩 그녀의 마음을 녹여주는 남자일 뿐이었다. 애초에 그들이 만난 이유가 장라면을 쟁탈하기 위한 전쟁 때문이었으니 말이다.

그녀에게는 그런 사람이지만, 유 사장과 홍 여사는 아니었다.

"우리 집에 데려올 거지?"

"도영아, 데려올 때 꼭 미리 말해. 그래야 상을 차리지."

만삭을 한 몸으로 이른 더위에 음식까지 하신다니, 홍 여사도 수민의 팬이 확실했다. 어쩐지 어깨가 으쓱해졌다.

"알았어요. 그럼 쇠뿔도 단김에 빼라고 했는데 오늘 저녁에 초대할까요?"

"좋아. 좋아!"

그녀는 두 분의 열렬한 찬성에 흡족한 웃음을 지었다.

그렇게 화기애애한 도영네와는 다르게 수민의 기획사 사무실은 초여름 더위가 무색하게 을씨년스러웠다.

"설수민!"

감정을 다스리다 못한 선규가 결국 바락 소리를 지르며 자리에서 일어났다. 이제나저제나 선규의 고함을 고대했던 수민이 의자에서 몸을 곧추세웠다.

"무섭다. 소리 지르지 마라."

"하, 내가 무섭냐? 정말 무섭기는 한 거냐? 그런데 이런 거냐?"

선규가 그의 열애설로 장식된 신문을 흔들어댔다. 선규의 손에서 마구 춤추는 신문을 수민이 낚아챘다.

"이선규. 내가 스무 살 막 지난 아이돌도 아닌데, 이런 기사가 났다고 뭐 잘못이라도 되냐? 앙?"

서른두 살. 나이 꽉 찬 총각이 연애하는 게 뭐 그리 큰 잘못이라고 아침부터 불러다 놓고 이렇게 죄인 취급인지, 생각할수록 부아가 치밀었다.

"너 그렇게 악덕 매니저야? 네가 기획사에 제일 큰 투자자라 해도……."

순간 선규가 그의 뒤통수를 탁 쳤다.

"인마, 그게 아니잖아!"

"악, 이선규! 너 지금 나 쳤어?"

너무 곱게 자라, 부모님께조차도 매 한 번 맞지 않았던 수민으로서는 눈이 뒤집힐 노릇이었다.

"그래, 쳤다."

"너 지금 해보자는 거지?"

"해보기는. 말이야 바른말이지, 넌 내가 어떻게 해볼 기회를 안 주잖아!"

"무슨 기회를 안 줘?"

"이놈아, 다음 달에 새 영화 크랭크인 하기 전에 기자회견 하고 폼 좋게 도영 씨 존재 드러내면 너 좋고 도영 씨 좋은데, 이게 뭐냐? 어두컴컴한 공원에서 사귀어선 안 되는 여자랑 도둑 연애하는 거 같잖아. 천하의 설수민이! 매니저인 내가 용납할 수 없어!"

선규가 주먹까지 불끈 쥐며 소리쳤다. 별일 아니구만, 유난은.

하지만 수민은 현명하게 그 말을 입 밖에 내지 않았다. 선규의 입장에서 생각하면 유난은 아닐 터였다. 그의 모든 것을 관리하고 그가 최상의 별로 빛나도록 최선을 다하는 게 선규의 일이니 말이다.

"각종 언론이며 잡지사에서 난리났어. 알아? 그런데 일정이 어떻게 되는지 알아야 응대를 하지. 나 내 배우가 나두 모르는 일정을 갖는 거 싫다. 기자들한테 대답 못하는 것도 싫고."

"미안해. 대신 결혼식 기자 회견은 폼나게 하면 되잖아."

"웃기지 마."

이런, 과격한 언사를 거침없이 써주시는 우리 이 실장. 화가 엄청 났다는 뜻인데, 어쩌나.

잠시 머리를 굴리던 수민이 은근슬쩍 물었다.

"선규야."

그러자 선규가 빽 소리를 질렀다.

"왜!"

아구, 귀야. 성질 같아서 친구고 뭐고 확 엎어버리고 싶지만,

그래서는 아니 된다.

"이번에 호건이 계약 만료되면 우리 기획사로 오라고 할까?"

"흥. 됐어."

이런, 작전이 먹히질 않는다. 수민은 애가 달았다.

"야, 콧방귀 뀌지 말고 잘 생각해. 호건이 오면 우리 회사 주가 엄청 올라간다."

"됐다니까. 난 너 하나로도 벅차다. 너 하나 움직일 때마다 우리 회사 업무가 1/3은 마비된다. 그런데 호건이까지? 나 죽일 일 있냐?"

음, 그런가? 수민이 머리를 긁적거렸다. 그럼 뭐로 우리 이 실장 마음을 다독여 주나? 잠시의 침묵이 지난 뒤, 선규가 그를 흘겨보았다.

"그런데 부르면 오기는 한대?"

"당연하지! 호건이가 너랑 나랑 다니는 거 엄청 부러워했다니까."

그의 호언장담에 선규가 못 이긴 척 물러났다.

"그래? 그럼 한번 말해 봐."

자식, 저도 좋으면서!

"알았어, 이 실장."

"나 회의 들어간다. 오후에 화보 촬영 있는 거 알지?"

수민이 활짝 웃었다.

"그러엄. 걱정 마. 절대 옆길로 안 샐게."

"간다."

그는 선규가 회의실로 들어가는 것을 보고서야 온몸의 긴장을 풀었다. 휴, 겨우 마음 풀어놨다. 선규가 너무하다는 생각은 하지 않았다. 톱스타라고 해서 모든 것을 마음대로 하는 것은 아니다. 수민도 선규가 그의 일정을 관리하고 함께하는 매니저로서 사생활까지 다 알아야 한다고 생각했다.

그런데 죽일 파파라치의 사진이 신문에 실리고, 상대가 누군지, 어떤 사이인지 물어오는 기자들을 상대해야 했으니, 선규가 화가 날 만도 했다. 그가 미리 도영과의 관계와 앞으로의 일정을 밝혔다면 선규가 당황해할 일도 없을 텐데 말이다.

Rrrr, Rrrr.

전화벨이 요란하게 울렸다. 발신자 번호를 보니 스캔들의 주인공 도영이었다. 아구, 예쁜 내 사랑. 수민이 활짝 웃으며 전화를 받았다.

"왜, 내 사랑?"

하지만 이 분위기 없는 여자,

[욱, 느끼하게 왜 그런데?]

이런다.

"왜!"

빈정 상한 그가 바락 소리를 지르자, 도영이 머뭇거렸다.

[어, 저기······.]

흄, 너무 과격했나?

안 그래도 신문에 얼굴 팔려서 당황스러울 내 사랑, 수민은 더할 수 없이 다정한 목소리로 물었다.

"왜, 무슨 일인데?"

[오늘 바빠요?]

"오늘? 오후에 화보 촬영 말고는 한가한데, 왜?"

[우리 아버지가 신문 보셨어요. 그래서 수민 씨를 만나고 싶어하세요.]

수민이 자리에서 벌떡 일어났다.

"아버님이?"

[네. 저녁에 우리 집에 와요.]

어이쿠, 예비 장인어른께서 부르신단다. 갑자기 심장이 미친 듯이 두근거렸다.

"저기, 나 무서운데 어쩌냐?"

아직 인사도 안 드린 주제에 귀한 딸 신문에 얼굴 팔리게 했다고 미워하면 어떡하나, 걱정이 이만저만 큰 게 아니다.

[난 아무 준비도 없이 수민 씨 부모님 뵈었거든요? 나보다는 유리하잖아요. 내가 마음의 준비를 하도록 전화까지 줬으니까, 그죠?]

"저기, 도영아."

[일곱 시까지 와요. 우리 아버지 상 차려놓고 사람 기다리는 거 엄청 싫어하니까, 시간은 꼭 지켜야 해요.]

"도, 도영아!"

달칵, 그의 간절한 부름에도 매정한 도영은 전화를 확 끊어버렸다.

"아휴……."

수민은 그만 테이블에 엎드리고 말았다. 소녀 팬들 마음 사로잡는 건 어렵지 않은데, 예비 장인어른 마음을 사로잡는 건 녹록한 일이 아닐 터였다. 저녁 일곱 시를 생각하자 부담감 백배가 해일처럼 밀려들었다.

릴렉스…… 릴렉스…….

그는 반복적으로 호흡을 가다듬었다. 살면서 이토록 긴장하긴, 첫 영화의 주인공으로서 카메라 앞에 섰을 때 이후로 두 번째였다. 앉은 자리는 가시방석이 따로 없고, 시선 처리 좋기로 소문난 톱 배우의 이름이 민망하게 눈 둘 곳을 찾지 못했다. 슬쩍 고개를 돌리다 주방 입구에서 훔쳐보던 도영과 눈이 딱 마주쳤다.

도영아, 제발 이 침묵에서 날 구해줘.

그는 간절하게 도영을 보았으나, 이 눈치 없는 여자 이런다.

파이팅!

주먹까지 질끈 쥐어 보이는 도영에게는 그를 구해줄 어떤 의사도 없어 보였다. 저 미련둥이 같으니! 평생 저 눈치 없는 여자를 데리고 어떻게 살아야 할지, 잠시 눈앞이 깜깜해지는 수민이었다.

"흠."

그대 침묵을 지키던 유 사장이 드디어 헛기침을 했다. 그 소리에 놀란 수민은 잔뜩 긴장해 침을 꿀꺽 삼켰다.

"자네 말이네."

무슨 말씀이든 하십시오. 수민은 씩씩하게 대답했다.

"네, 아버님!"

"이 나라에서 자네 모르는 사람은 없을 거라 생각하는데, 맞나?"

순간 예상하지 못했던 질문에 수민이 당황했다.

"아, 네. 제 직업이 배우다 보니 그럴 것 같습니다."

"온 동네방네 얼굴 팔린 녀석한테 내 딸을 줘야 할지, 사실 난 판단이 서질 않네."

유 사장의 말에 정작 놀란 것은 도영이었다. 이제나저제나 허락의 말을 기다리던 도영이 뜻밖의 말에 포르르 달려나왔다.

"아버지, 그게 무슨 말씀이세요? 나도 이제 신문에 얼굴 팔려서 이 남자한테 꼭 시집가야 해요."

"어허, 넌 가만있어."

오늘따라 유 사장은 유난히 엄숙했다.

"자네 잘 듣게. 연예인들이라고 해서 무조건 그런 건 아니겠지만, 그쪽 사람들의 인물이나 끼가 일반인들과는 다르기에 하는 말이네. 난 바람피우는 사위는 절대로 용서를 할 수 없네. 만약 내 사위가 바람을 피워 내 딸 유도영의 눈에 피눈물을 쏟게 한다면, 자네 각오해야 할 거야."

그러자 수민이 가슴을 쫙 폈다.

"걱정 마십시오. 만약 제가 바람을 피워서 도영이의 눈에 눈물 나게 한다면, 아버님한테 목숨을 맡길 틈도 없을 겁니다. 아마도 제 아버지, 어머니가 먼저 절 맷돌에 갈아 바다에 뿌리실 겁니다."

그의 호언장담에 유 사장의 눈이 반짝거렸다.

"오호, 그래?"

"네. 제 부모님이라면 그러고도 남으실 분들입니다. 사실 제 부모님께서는 남부끄러운 짓을 한 자식은 모두 당신들이 잘못 키운 책임이라 생각하시고 속죄하실 분들이기 때문에, 저희 자식들은 부끄러운 짓을 할 수도 없습니다."

유 사장이 고개를 끄덕거렸다.

"흠, 그래?"

요즘 같은 세상에 자식의 허물을 고스란히 인정해 남보다 먼저 나무라는 부모는 흔치 않다. 그가 부모라서 더 잘 알고 있었다. 도영이 완벽한 딸자식은 아니라지만, 남들이 도영의 허물을 지적한다면 유 사장 역시 딸 교육 잘 시킬 생각보다, 욕한 놈의 멱살을 잡고 싸우는 것이 먼저일 터였다.

"여보. 저녁 아직 멀었어?"

그러자 주방에서 나온 홍 여사가 활짝 웃었다.

"아유, 멀었긴요. 어서들 들어오세요."

"설 서방, 가세."

설 서방? 수민의 얼굴에 화색이 돌았다.

"네, 아버님!"

유 사장이 홍 여사와 함께 주방으로 가는 사이, 도영과 수민이 서로를 마주 보며 흡족한 웃음을 지었다.

두 사람의 관계에 대한 인정은 일사천리로 이루어졌다. 부모님끼리의 상견례와 결혼발표 기자회견을 연달아 하고 나자 남은 건 도영과 수민의 결혼식뿐이었다. 하루도 도영 없이는 못 자겠다는(?) 수민의 성화에 두 사람은 정신없이 결혼식 준비에 매달렸다. 그래도 잠시 짬을 내야 할 때가 있는 법.

수민의 부모님 내외와 사돈 간인 하 교수 내외가 젊은 사람들만의 자리를 마련해 주기 위해 야외 드라이브를 떠난 오후, 수민의 집에서는 삼겹살 파티가 한창이었다.

수민의 형제들이 모두 모인 정원은 소란했다. 아이들 셋은 작은 풀장 안에서 물장난에 여념이 없었고 어른들은 먹느라 정신이 없었다.

수민의 형인 수현이 와이프인 재욱에게 삼겹살 하나를 내밀었다.

"재욱아, 이것 좀 먹어봐."

그 모습을 본 수민의 동생 수안이 남편에게 똑같은 행동을 했다.

"태원 오빠, 이거 되게 맛있게 구워졌다?"

아이들이 보고 있다는 것도 상관없었다. 그럴 앞에서 삼겹살을 굽던 수민이 닭살 부부들의 애정행각에 진저리를 쳤다.

"아유, 참. 짝 없었으면 서러워서 살았겠냐?"

정말이다. 나머지 형제가 똑같은 해에 결혼을 해, 수민은 저 광경을 사 년이나 홀로 봐야 했다. 그 긴 시간 동안 혀 깨물고 죽지 않은 게 다행이다. 그가 툴툴거리는 것을 들은 도영이 기름장에 콕 찍은 고기를 그의 입에 넣어주었다.

"안 그러길 잘했죠."

"응?"

"수민 씨가 혀 깨물고 죽었으면 나 못 만났잖아요."

어리둥절하던 수민이 도영의 설명에 씩 웃었다.

"그렇긴 해. 그치?"

"암요."

귀여운 우리 자기. 수민이 도영의 어깨를 꼭 안아주었다. 한여름 더위가 무색하게 꼭 붙어선 모습에 수현이 야유를 보냈다.

"우, 너무들 하네. 둘만 있어?"

아이고! 수민이 콧방귀를 뀌었다.

"쳇, 누가 할 소리를 해?"

설수현으로 말할 것 같으면 그동안 말로는 다 못할 염장질을 한 사람이다.

"도영아, 우리 형이 매일 그랬다? 누가 보든 말든 형수님 볼에 키스하고, 손 잡고 부비고, 솝무의 기슴에 붐을 칠렀다는 기 아니냐."

그러자 수현이가 어깨를 으쓱거렸다.

"그럼, 우리 재욱이는 특별하니까."

우우! 여기저기서 야유가 쏟아졌다. 그중에서 가장 격렬한 야유는 수안에게서 쏟아져 나왔다.

"야, 설수안. 너도 만만치 않거든?"

"그러게 말이야."

수안이 두 눈에 쌍심지를 켰다.

"아니, 왜 나한테 그래?"

이번에는 수현, 수민의 합동 공격이 시작됐다.

"수민아. 수안이 쟤, 태원이 병원에 입원했을 때 생각나냐?"

"생각만 나? 난리, 난리, 그런 난리가 따로 없었는데."

점잖게 침묵을 지키던 재욱마저 끼어들었다.

"정말 대단했지."

석 달 전 태원이 빗길 접촉 사고로 삼 일 동안 입원했을 때를 회상하면 다들 고개를 저절로 흔들게 된다.

거짓말 하나 안 보태고 수안은 삼 일 내내 울었다, 삼 일 내내. 영문을 모르는 도영과 당사자인 수안 부부를 제외한 나머지 사람들은 전부 혀를 찼다. 그것에 분노한 수안이 빽 소리를 질렀다.

"이씨, 그때의 아픈 기억을 왜 들추고 그래?"

여차하면 매서운 혹이라도 날릴 태세인 수안의 주먹을 곁에 앉았던 태원이 꼭 잡아 손깍지를 꼈다.

"그냥 놀리는 거야, 꼬마."

"아무리 그래도 그렇지! 오빠 사고를 우습게 보는 건 용서할 수 없어."

그러자 태원이 나머지 사람들을 응시했다.

"다들 사과해. 우리 원이 엄마가 사과를 원하고 있어."

집단 야유가 쏟아졌다.

"우!"

그러거나 말거나, 태원은 수안의 작은 얼굴을 감싸 자신의 가슴에 꼭 안아주었다.

"나는 우리 와이프밖에 없어. 알지?"

"응, 우리 신랑. 사랑해."

"나도."

그들은 경악에 찬 사람들의 눈을 응시하지 않고 입맞춤을 했다.

"이야⋯⋯!"

그것을 본 도영은 감탄을 금할 수가 없었다. 이 집 식구들을 보면 볼수록 놀라운 게 전부 우수한 유전자를 가졌다는 것이었다. 수민의 형제들은 말할 것도 없고, 그들 배우자도 모델 뺨치게 훌륭한 외모를 지녔다. 그중에서 수안의 남편 대원은 보고만 있어도 가슴이 떨렸다.

저⋯⋯ 저 우수에 찬 외모.

누가 저 남자를 보고 나이가 사십대 중반의 에 돈 맏린 유분닌이라 할 것인가! 하지만 외모보다 더 도영을 황홀하게 하는 것은 부인인 수안을 사랑스러워 미칠 것 같은 눈으로 보는 것이었다.

너무 낭만적이야……. 감탄이 끊이질 않는다.

"으, 또 시작이야. 원조 닭살커플들. 그런데 너 왜 그래?"

정말 못 말린다는 듯 고개를 흔들던 수민이 두 눈이 하트로 변한 도영을 취조하기 시작했다.

"상상도 하지 마. 태원 형은 내 동생 남편이란 말이야."

도영의 바람둥녀 기질을 언제나 의심하는 수민이 떽떽거렸다. 그러자 도영이 한숨을 푹 쉬었다.

"누가 뭐래요? 저 두 사람 정말 사랑하는 거 같아서, 너무 보기가 좋다는 거죠. 형님 내외도 그래요."

수현과 재욱은 이 집 정원의 명물 은목서 아래 어깨를 감싸고 앉아 귓속말에 여념이 없었다.

"어쩜 저렇게 완벽할 수가 있어요?"

그녀가 한숨까지 쉬며 하는 말에 수민이 진짜 심각해졌다.

"뭐냐? 그럼 나는? 너 사랑하는 난 보기 안 좋냐? 안 완벽해?"

이런 질투의 화신을 보았나. 도영은 수민을 흘겨보았다.

"누가 보기 안 좋대요? 하여튼! 진지한 대화가 안 돼."

팩 토라진 도영이 들고 있던 그림용 집게를 내려놓고 정원을 벗어났다.

"야, 너 어디 가!"

"상관 마요."

수민은 포르르 날아가는 파랑새를 쫓아 뛰었다. 그는 뒷마당
으로 접어드는 길목에서 도영의 팔을 낚아챘다.

"아싸, 잡았다."

"꺄요."

그는 갓 잡아 올린 생선처럼 펄떡거리는 도영의 얼굴을 답삭
움켜쥐었다.

"어이, 내 사랑. 나는 네가 나만 봐주면 좋겠다."

급작스런 진지 모드에 반항하던 도영이 그를 응시했다.

"그게 무슨 말이에요?"

"너 처음에 만났을 때도 나보다 호건이 더 좋아했고, 네 선
배 희준 씨랑 더 친했어. 그런 거 보는 내 기분이 어떻겠냐?
앙?"

"하지만 그건 순수한 동경이고, 순수한 친분일 뿐인데요?"

"그래도. 난 질투의 화신이거든."

음. 확실히 설수민은 자신에 대해 알고 있는 남자다. 여전히
그의 손에 얼굴이 잡힌 도영은, 그 자세 그대로 수민의 얼굴을
답삭 움켜쥐었다.

"잘 들어요, 설수민 씨. 난 호건님도 아니고 희준 선배도 아
닌 딱 한 사람, 설수민 씨 당신만 사랑해요."

흔들흔들, 그녀의 두 손 안에 갇힌 그가 고개를 끄덕거렸다.

"응, 알고 있어."

"그럼 뭐가 너 궁금해요?"

"한눈팔지 말라고."

"잘생긴 남자한테는 저절로 눈이 가는데……."

눈치 없는 여자. 수민이 빽 소리를 질렀다.

"그거 하지 말라고!"

도영도 그의 강도에 맞게 소리를 질렀다.

"알았으니까 소리 지르지 마요!"

아무렴, 그의 목청에 질 여자가 아니지. 그래서 사랑하는 여자다. 새삼스럽지도 않는 깨달음에 수민이 씩 웃으며 그녀에게 키스하기 시작했다.

"꿀처럼 달콤한 우리 도영이."

도영의 입술에 소곤거린 그가 깊이 입을 맞춰왔다. 이렇게 황홀할 수가. 도영은 숨이 턱 막혔다.

이렇게 키스를 잘하면 바람둥이라는데…….

하지만 이 남자, 절대 바람피우게 두지 않을 거니까 상관없다. 도영은 오뉴월 버터마냥 수민에게 녹아들었다.

그런데 방청객이 있었으니, 어느 틈인지 풀장을 탈출해 집 안으로 들어갔던 두 아이가 창턱에 나란히 턱을 괸 채 그들을 지켜보고 있었다.

"정헌아, 삼촌이랑 누나랑 지금 뽀뽀하는 거지?"

제헌의 말에 정헌이 고개를 끄덕거렸다.

"응, 뽀뽀하는 거 맞아. 우리 엄마랑 아빠도 저렇게 하거든."

"우리 엄마랑 아빠도 그런데."

두 녀석은 한참 동안 익숙한(?) 광경을 감상했다.

"그런데 제헌아, 저 누나 되게 멋지다? 도깨비 그림 되게 잘 그려."

"안 그래도 우리 아빠 말이 삼촌이 제일 잘한 일이 저 누나 만난 일이래."

"어, 정말?"

정헌이 반색을 했다.

"우리 엄마도 그랬는데. 삼촌이 좀 유치한 면이 있어서 예쁜 여자 만나기는 힘들 거라고 그랬거든. 도영이 누나가 좋은 일 했대."

정헌의 기나긴 설명에 제헌이 한마디로 상황을 표현했다.

"그래, 좋은 일이야."

이 두 녀석을 감히 누가 네 살배기들이라 하겠는가.

아무리 모른 척하려 해도 두 녀석의 대화가 수민의 귀에 들어오는 것은 어쩔 수 없었다. 도무지 수안과 수현이 그의 입장을 세워주지 않는다. 꿀맛 같은 도영의 입술에서 겨우 관심을 돌린 수민이 두 녀석에게 바락 소리를 질렀다.

"설제헌, 박정헌! 좀 모른 척해주는 예의는 없는 거야?"

그러자 정헌이 낭랑한 목소리로 외쳤다.

"알았어. 삼촌, 눈감아줄게. 계속해."

"아니면 방에 가서 뽀뽀해. 우리 엄마랑 아빠는 내가 계속 보고 있으면 방에 들어가서 히넌네?"

제헌의 지원사격까지, 아주 가관이다. 결국 수민이 도영의 손을 잡았다.

"그래, 방으로 들어가자."

"들어가긴 뭘 들어가요? 정헌아, 제헌아, 아이스크림 사 먹으러 가자. 이리 나와."

도영의 말에 아이들이 신이 나서 소리쳤다.

"이야!"

"우와, 누나 최고!"

그의 불타는 마음 따윈 하나도 모르면서 꼬마들 마음은 너무 잘 안다. 대체 그의 열정은 어떡하라고! 수민은 하늘을 올려다보며 한숨을 푹푹 내쉬었다.

그렇게 사리가 족히 한 말은 나올 만큼의 긴긴 인내 끝.

모두의 축하 속에 결혼식을 마친 후 그들은 신혼여행을 떠났다. 그들이 정한 곳은 다름 아닌 지리산 골짜기였다. 생각하면 참 놀라울 따름이다. 수민과 도영 둘 다 산이라면 끔찍하게 싫어했는데 자진해서 산으로 간다니 말이다.

"공기가 다르다. 그치?"

"네, 너무 좋아요."

이제는 가파른 산길을 걸어 오르며 감탄사까지 연발할 수준에 이르렀다. 그들은 한참을 산을 타고 올라가 야영객들이 몰리지 않고 갑자기 폭우가 와도 땅이 쓸려 내려가지 않을 명당을 발견했다.

"여기 좋다."

이마에 구슬땀이 송송 맺혔지만 수민은 의욕적으로 짊어지고 온 텐트 가방을 풀었다.

"텐트부터 치자."

"무너지지 않게, 아주 단단하게 쳐야 해요."

"나만 믿어."

호언장담한 수민이 주황색 텐트를 탈탈 털었다. 그 모습에 도영이 꺅 비명을 질렀다.

"우리 신랑 너무 멋져 보여."

그러자 그가 거만하게 웃어 보였다.

"내가 좀 그렇다니까."

텐트가 위치할 세 평 남짓 평지 아래 맑디맑은 계곡물이 흘렀다. 수민이 텐트를 치는 동안 도영은 배낭에서 일용할 식량을 죄다 꺼냈다. 그리고 오이며 토마토, 김치 등을 각각 비닐에 넣어 계곡물에 담갔다.

"저녁에 뭐 먹을 생각이셔?"

"밥이랑 김치, 그리고 라면 어때요?"

"좋지."

산에서는 간단한 음식일수록 더 맛있는 법이다. 두 사람은 바쁘게 텐트를 치고 저녁을 준비해 모깃불 앞에 앉았다. 부부로서 처음 같이 먹는 식사였다.

"차린 건 없지만 많이 먹어요."

"잘 먹을게, 부인."

그들은 언제나처럼 왕성한 식욕을 자랑해 눈앞의 음식을 전쟁 치르듯 먹었다. 꿀맛이 따로 없었다.

허겁지겁 먹어도 워낙 심하게 움직였던지라 소화가 금방 될 듯했다. 대충 그릇을 치운 수민은 부른 배를 두드리며 텐트 앞에 앉았다. 하늘을 올려다보자 키 높은 나무들 사이, 별이 반짝거렸다.

"도영아, 이리 와봐."

그대로 털썩 누운 수민이 팔을 쭉 뻗어 도영을 불렀다.

"왜?"

"여기 누워봐."

도영은 수민의 팔을 베개 삼아 누었다. 순간 눈앞이 별천지로 변했다.

"우와."

감탄사가 터져 나왔다.

"예쁘지?"

"너무 예뻐요."

"그래도 우리 와이프보다는 덜 예쁘다."

"그건 그래요."

그들은 마주 보며 키득거렸다. 그렇게 한참 동안 별구경을 하던 수민이 갑자기 고개를 돌려 그녀를 보았다.

"왜?"

"자기야, 밤이다."

아이, 부끄럽게. 도영이 수줍은 척 눈을 깜박거렸다.

"그렇죠?"

열정이 불붙는 순간, 수민의 눈이 타올랐다.

"색시, 이리 와."

"어머, 부끄럽게 왜 이래."

말은 그렇게 하면서도 도영은 수민의 손을 덥석 잡았다.

"오늘을 기다렸어, 색시."

"나도, 나도!"

그들은 손을 꼭 잡고 텐트 안으로 들어갔다. 텐트 입구의 지퍼를 잠그자마자, 서로 키득거리며 눈 깜짝할 사이 옷을 벗었다. 첫날밤 새색시답게 좀 수줍어하기도 해야 하건만, 도영은 그저 좋아 입이 벌어질 뿐이었다. 성급하고 숨 가쁜 준비 시간에도 도영은 느끼한 머슴처럼 히죽 웃는 수민의 벗은 가슴을 유혹하듯 만졌다.

"우리 강쇠, 몸 너무 좋다."

"마님을 위해 단련했어. 이리 와."

수민은 정열적으로 그녀를 덮쳤다.

"어머, 부끄럽게."

그녀의 새치름한 목소리가 수민의 욕구를 활활 타오르게 했다.

"괜찮아. 결혼식의 마지막이 바로 이건데 부끄럽긴. 이거 안 히면 우리 결혼 무효야. 난 첫대루 해야 해."

동감이다.

"응, 우리 열심히 해요."

산중에서의 첫날밤이라 유혹을 고조시키는 붉은 조명등도 없었고, 근사한 와인도 없었다. 그렇기에 깊은 어둠 속, 텐트 안에서 서로의 체온과 숨소리에 더욱 민감해졌다. 소쩍새가 소쩍소쩍 우는 가운데, 수민과 도영의 키득거림만이 요란했다.

"자기야, 어떡해."

"너무 좋지, 그치?"

몰랑몰랑한 살이 탄탄한 살에 부딪치는 느낌은 그야말로 죽여줬다. 이렇게 진한 사랑을 나눠야 하는데 못했으니 사리가 넘쳐날 만도 했다. 울퉁불퉁한 바닥을 피하고자 은박 돗자리를 깔았지만 돗자리는 그들의 요란한 움직임 탓에 발꿈치에 밀려난 지 오래. 텐트 아래 톡톡 불거진 돌이 여린 살을 찔러댔지만, 도영과 수민은 의식조차 하지 못했다. 도영은 깊이, 깊이 키스해 오는 수민에게 숨 가쁜 목소리로 속삭였다.

"자기 정말 너무 멋져."

"우리 색시도 멋져."

그들의 몸짓에 따라 텐트가 출렁거렸다.

그렇지만 무너지지 않으니, 수민은 열심히 말뚝 박은 보람을 느꼈다. 정말 유치하지만 정말 좋은 산중의 밤이 깊어갔다.

에필로그

일 년 후.

벌써 네 시간째. 분만실로 들어간 도영은 나올 생각을 하지 않았다. 수민은 병원 복도를 서성거리며 두서없이 중얼거렸다.

"어떡하지, 어떡해……. 아, 정말 어떡하지……. 우리 도영이, 도영아. 제발 힘내……."

그는 기도하듯 두 손을 맞잡고 간절히 애원했다.

"도영이 파이팅!"

그 유난을 보는 양가 사람들은 고개를 설레설레 흔들었다. 결국 보다 못한 설 교수가 헛기침을 하며 유 사장을 보았다.

"사돈, 제 이름 너석이 좀 번닌 구석이 있습니다."

그러자 유 사장이 손을 저었다.

"아이고, 아닙니다. 제 여식을 생각해서 그러는 건데, 제 눈에는 설 서방이 너무 예뻐 보입니다."

"그렇게 봐주시니 너무 감사합니다. 그나저나 얼른 아기가 태어나야 할 텐데…… 시간이 너무 길어지면 아기랑 새아기 모두 힘이 빠져서 말이죠."

"그러게 말입니다."

두 사돈이 걱정 어린 대화를 나누는 동안에도 수민은 뒤가 급한 강아지마냥 쩔쩔맸다. 뒤늦게 소식을 듣고 온 수현과 태원이 수민을 위로했다.

"괜찮아. 우리 재욱이도 심한 난산이었는데, 결국에는 괜찮았어."

"그래, 괜찮을 거야. 너무 걱정하지 마. 수안이는 정원이 낳을 때 일곱 시간이나 진통했어. 말이야 바른 말이지만……."

태원이 헛기침을 하며 저만큼 떨어져 재욱과 함께 있던 수안의 눈치를 살폈다.

"뭐예요? 형?"

수민이 궁금해하자 태원이 소리 죽여 말했다.

"수안이가 견뎠으면 난 그 누구도 견뎌낼 수 있을 거라 믿어."

"그래 맞다. 수안이가 했으면 다 해."

수현도 무릎을 치며 동의했다. 하지만 수민은 마구 도리질을 쳤다.

"안 돼. 우리 도영이는 연약해서 못 견뎌."

급기야 그는 울먹거리기 시작했다.

"그 작은 몸으로 어떻게 견뎌? 콘돔을 계속 썼어야 했는데."

"야, 설수민!"

견디다 못한 수현이 수민의 유별남을 나무랐다.

"좀 그만 해라, 그만. 정 걱정되면 제수씨 손이라도 잡아주면 좋잖아. 제수씨 소리치는 거에 놀라서 기절한 주제에."

그랬다. '연약한 수민 씨' 답게 분만실의 공포를 이기지 못한 수민은 부끄럽게 기절을 하고 만 것이다.

"아아악!"

도영의 비명 소리가 요란했다. 그러자 수민이 메아리를 외친다.

"흐흑, 도영아!"

"아윽!"

분만실 안에서는 도영이, 밖에서는 수민의 울부짖음이 요란하니 남은 가족들은 정신을 차릴 수가 없었다. 결국 수현이 제안했다.

"안 되겠다. 태원아. 우리 어른들 모시고 휴게실에 있자."

"그러는 게 좋겠다."

태원마저 수현의 말에 동의했다. 곧 분만실 복도에 남은 것은 수민뿐. 하지만 그는 그런 시선조차 인지할 겨를이 없었다. 무든 마음과 정신이 도영과 아기에게 쏠려 있었다. 지리산 맑은 정기를 이어받은 아기랑 그의 사랑 도영이 무사하기를 간절히 바랐다.

피를 말리는 시간의 끝, 드디어 씩씩한 울음소리가 들렸다. 아아앙! 요란한 울음소리와 함께 그의 주니어가 드디어 세상 밖으로 나온 것이다.

"아, 하느님!"

수민의 목소리가 떨렸다. 자, 이게 아기와 도영이 무사하다는 확답을 들어야 했다. 천만년 같은 시간이 지나고 드디어 분만실의 문이 열렸다.

"유도영 씨 보호자 분."

"네!"

"축하드립니다. 아기는 3.1kg의 건강한 왕자님입니다. 그리고 산모님과 아기 모두 건강합니다."

"아……!"

너무나 안도한 수민은 그대로 털썩 주저앉고 말았다.

"하느님, 감사합니다!"

이 기쁨과 축복을 모두 감사할 따름이었다.

파김치가 된 도영과 역시 온몸의 진이 쏙 빠진 수민이 신생아실 앞에서 갓 태어난 2세를 뚫어져라 보았다.

"흠……."

쉽게 말을 꺼내지 못하는 수민과는 달리 도영이 직선적으로 감상을 말했다.

"애가 너무 못생겼다."

난산이었으니 도영만큼 아기도 고생을 했을 터였다. 그걸 감안하더라도 쭈글쭈글하고 빨간 얼굴은 진정 예뻐 보이지 않았다.

"자기 어떡해? 난 모성애가 없는 여자인가 봐."

엄마라면 자기 아기는 무조건 예뻐야 하는 법인데 말이다. 그러자 그런 도영을 수민이 안심시켰다.

"흠, 도영아. 넌 모성애가 없는 엄마가 아니라 객관적인 엄마인 거야. 아무리 내 자식이라도 허물이 무엇인지는 아는 현명한 엄마 말이야."

"자기가 보기에도 아기가 안 예쁘지?"

심각한 도영을 보며 수민이 어깨를 꼭 안아주었다.

"응, 그러네. 그래도 괜찮아. 건강하잖아."

그래, 그것만으로도 엄청난 축복이다. 수민의 위로에 도영은 마음을 진정시켰다.

"그런데 자기야. 내가 보통은 넘는 인물인데 그지?"

"그럼, 우리 도영이 보통은 넘는 외모지!"

그가 당연하단 듯 눈을 동그랗게 떴다.

"자기도 멋진데."

"당연하지. 너는 이 너기기 인정한 원수남이야."

아무렴, 그렇고말고. 수민의 말은 도영도 인정하는 바였다. 그렇기에 더욱더 이 현실을 이해할 수 없어 고개를 갸웃거렸다.

"그럼 쟤는 엄마, 아빠를 왜 안 닮은 거야?"

"그러게 말이다."

수민과 도영은 어깨를 맞대고 심각하게 고민했다. 뒤에서 그 어이없는 광경을 보던 가족들 중 수현이 대표로 말했다.

"바보들."

어쩜 저렇게 죽이 잘 맞는 부부인지, 수현 외 가족들은 놀라울 따름이었다. 보고 또 봐도 놀라워 감탄을 하게 된다.

"하긴, 그러니 부부지."

정말 그랬다. 설수민과 유도영의 주니어, 설주헌이 향후 일년 이내 꽃미남 얼짱 아기가 될 거란 사실을 알지 못한 그들은 진정한 바보 부부였다.

작가후기 ♥♥♣♥

이렇게 또 한 편의 글이 완성되었습니다. 이 글의 완성은 제 글 중 첫 시리즈의 완성이기도 하지요. 시리즈의 첫 글을 2005년도에 연재하기 시작했으니 햇수로 3년인가요? 그동안 저는 설 씨네 3남매로 인해 무척 행복했습니다.

하지만 한편으로는 시리즈의 글을 쓰는 게 부담스러웠어요. 다른 작가님들도 그런지 잘 모르겠지만 저는 이상하게 그렇더라고요.

다른 상황, 다른 인물을 통해 새로운 글을 창조한다고 하기보다 전작의 연장인 듯한 느낌이 더 강렬했기 때문입니다. 〈수민에 관한 진실〉을 시작할 때 역시 마찬가지였습니다. 만약 이 글이 시리즈가 아니었다면…… 하고 수없이 생각했었습니다.

전작들에서 수민은 톱스타이지만 톱스타의 모습보다 엉뚱하고 개구진 아이 같은 모습이 더 부각되었습니다. 그래서 〈수민에 관한 진실〉에서 역시 톱스타란 이름을 단 주인공이기 때문에 멋있는 척, 잘난 척하기란 쉽지 않았습니다. 남자 주인공이 멋지길 원하는 건 언제나 저의 로망이지만 말이죠.

결국 〈수민에 관한 진실〉에서 수민은 톱스타란 이름보다 그저 한 집안의 아들, 동생, 오빠란 이름이 더 잘 어울리게 쓰고 말았답니다. 우리 주변에서 쉽게 만날 수 있는 그런 사람으로요. 수민만큼이나 엉뚱하고 요란한 우리 도영이. 이들이 빚어내는 시끌벅적한 이야기가 흡족하셨습니까?

부디 그러셨길 간절히 바랍니다.

설 씨네 3남매의 이야기는 여기서 끝이 납니다. 저는 지금 시원섭섭, 복잡미묘한 기분입니다. 하지만 제 가슴속에는 영원히 살아 있을 그들이기에 아쉬움을 달래려 합니다.

제 글을 읽어주시는 모든 분들께.
더욱 발전하는 모습 보여 드릴게요. 항상 감사드리고 언제나 건강하시길 진심으로 기원합니다.

2008년 초여름.
—정경하 드림.